리넌에스민 그의 흔적을 찾는 집오일치의

셰익스피어처럼
걸었다

최여정 지음

바다출판사

차례

나는 런던으로 떠났다. '왜 갑자기?'라는 친구들의 질문에 나는 그들이 원하는 답을 하지는 못했던 것 같다. 공연을 만들고, 홍보를 하고, 티켓을 파는 일을 한 지 꼭 10년이 되던 해였고, 참 즐겁고 행복한 일이었지만 잠시 쉬고 싶다는 생각을 했다. 그게 전부였다. 그럼 왜 런던이냐고 묻는다면, 그것도 글쎄. '마음껏 공연 보고 그림 보고 음악을 들을 수 있는 곳이 어디일까' 생각했다. 그래서 런던.

금요일에 사표를 내고 월요일에 비행기에 올랐다. 가방에는 여권과 비행기 티켓, 그리고 어학원 수강증과 런던에서 머무를 하숙집 주소가 전부였다. 당연히 런던에 도착한 후 몇 주간은 생존을 위한 시간이었다. 그렇게 서서히 런던에 적응을 했다. 동네 어디에나 있는 슈퍼 같은 세인즈버리스 마켓에서 장 보는 것도 익숙해지고, 지하철 환승도 헤매지 않고 다닐 때쯤, 잠시 떠나 있던 공연장이, 연극이, 몹시도 그리워졌다.

살인적인 월세와 지하철비, 밥값에 매일 밤 통장 잔고를 머릿속에 떠올려 보는 게 일이었지만, 그래도 미술관과 박물관은 언제나 활짝 열려 있었고 거리에는 음악이 흘렀다. 세계적인 수준의 발레와 오페라, 연극도 15파운드면 기웃거릴 수 있었다. 맵시 나는 명품 가죽 가방 대신 샌드위치 하나 달랑 들어 있는 가난한 배낭을 들고 거리를 나섰지만 누구 하나 부럽지 않았다. 여기에 우연한 이와의 만남이 있었으니, 바로 셰익스피어, 그였다.

여름에서 초가을로 넘어가는 무렵의 런던은 하루하루가 눈부셨다. 어학원 수업이 끝난 오후부터 밤늦게까지 소호 거리와 웨스트앤드를 쏘다녔다. 사우스뱅크 센터Southbank Centre는 출퇴근하듯 들락거렸다. 널찍한 로비, 층마다 마련된 테이블과 푹신한 소파, 무엇보다 무료 와이파이까지. 가난한 학생에게 이만한 공간이 없었다. 공부를 하다가 지겨워지면 책을 들고 아이스크림 트럭 앞 작은 벤치에 앉아 흐르는 템스강Thames River을 지켜봤다. 이곳에서 나는 많은 영국인들을 만났다. 벤치 옆 빈자리에 앉았던 많은 이들이 친절하게도 내게 말을 걸어 왔다. 집에서 만든 파이를 건네주시던 은발이 너무 예쁜 할머니, 한국어를 더듬더듬 할 줄 알던 고등학생, 스탠딩 코미디언이라면서 자신을 소개하며 나를 관객

삼아 연습을 하던 배우까지. 그렇게 즐거운 오후를 보내다가 저녁이면 셰익스피어 글로브 극장Globe Theatre에서 공연을 봤다.

주말에는 기차를 타고 런던 근교의 마을로 짧은 여행을 떠날 정도로 마음의 여유가 생겼다. 물론 지갑은 날로 가벼워져 갔지만 그래도 좋았다. 그러던 어느 가을 주말, 드디어 스트랫퍼드 어폰 에이번Stratford-upon-Avon으로 떠나는 기차에 올랐다. 셰익스피어의 고향. 이른 주말 아침 런던 교외로 떠나는 기차는 한적했다. 팔짱을 끼고 꾸벅꾸벅 졸고 있는 중년의 남자, 잠이 든 아기를 품에 안고 무슨 책인가를 열심히 읽고 있는 젊은 엄마, 그리고 나. 성냥갑처럼 작게 보이는 런던의 빌딩들을 뒤로 하고 기차는 탁 트인 들판 속으로 질주하고 있었다. 어쩐지 이상한 기분이 들었다. 셰익스피어의 고향으로 가고 있다니. 대단한 목적이 있었던 건 아니었다. 그저 발칙한 호기심이랄까. 책 속에서, 무대에서만 만났던 그의 실체가 고향 땅에 정말 남아 있기라도 한 걸까. 셰익스피어의 흔적이 남아 있다는 고향 마을도 놀이동산 같지는 않을지, 의심만 뭉게뭉게 피어났다. 어쨌든 지금도 꺼지지 않는 '가상 인물'설의 주인공이 아니던가.

두 시간여 만에 닿은 스트랫퍼드 기차역에 내려 관광철이 지나 한적해진 마을로 천천히 발걸음을 옮겼다. 옅은 안개로 감싸인 마을길로 접어드니 마치 중세의 어느 시간으로 타임머신을 탄 듯한 기분. 마을의 중심가는 세계적인 관광 명소답게 카페와 식당, 기넘품 가게가 즐비하지만, 아름다운 에이번 강가를 따라 늘어선 키가 큰 나무들, 오래된 집들, 호젓한 산책로는 청년 셰익스피어가 오가던 그때의 풍경 그대로다.

가장 먼저 찾은 곳은 셰익스피어의 생가였다. 방금 전까지 장갑을 만들다가 잠시 자리를 비운 듯한 셰익스피어 아버지의 가죽장갑 공방을 지나 2층으로 올라가면 대문호가 태어난 방이 있다. 셰익스피어 부모님의 침대 옆에 놓인 작은 아기 요람. 아, 인간 셰익스피어를 만나는 순간이었다.

18살 셰익스피어를 사로잡은 사랑의 흔적도 있다. 셰익스피어의 집을 나서 그의 아내 앤이 결혼 전까지 살던 집으로 향했다. 20여 분이면 닿을 수 있는 그녀의 집까지는 불과 1.6킬로미터. 셰익스피어도 이 길을 걸었겠지. 8살 연상녀 앤의 원치 않은 임신으로 어쩔 수 없이 했다던 결혼, 그를 증명하듯 3년이라는 짧은 결혼 생활 동안 세 아이만 남기고 불쑥 떠나 버린 셰익스피어. 불행했던 부부 관계를 추측하는 많은 이야기들은 꽃으로 가득한 앤의 정원으로 들어서는 순간 모두 사라져 버렸다. 비록 젊은 날의 한때였을지라도 순수했을 그들의 사랑을 믿고 싶어졌다.

셰익스피어는 금의환향했다. 20대 청년은 50대가 되어서야 고향으로 돌아왔다. 작가가 되겠다는 꿈을 이룬 그는 과수원이 딸린 저택까지 살 정도로 돈도 모았다. 그리고 스트랫퍼드 홀리 트리니티 교회Holy Trinity Church에 묻혔다. 짧은 묵념이라도 하고 싶어 교

아기 요람이 있는 스트랫퍼드의 셰익스피어 생가

회 마당으로 들어섰다. 다정하게 손을 잡고 산책을 하는 부부의 곁을 지나려는데, 노년의 신사가 빙긋이 미소를 지으며 인사를 건넨다. "아까 기차역에서 봤어요, 혼자 여행 중이예요? 셰익스피어와 즐거운 산책이 되길."

그날 밤 나는 스트랫퍼드에서 런던으로 향하는 마지막 기차에 몸을 실었다. 1875년부터 마을을 지키고 있는 로열 셰익스피어 극장에서 셰익스피어의 작품 〈뜻대로 하세요As You Like It〉까지 보고 난 뒤였다. 차창 밖으로 시선을 돌리니 보이는 거라곤 어둠 속에 반사된 내 옆모습 뿐. 문득 궁금해졌다. 가족을 두고 런던으로 떠나던 그 밤, 셰익스피어도 어둠보다 더 짙은 불확실한 미래가 두려웠을까. 아니, 흥분되었을까. 나는 왜 런던에 왔던가. '셰익스피어와 즐거운 산책이 되길.' 노신사의 말은 마치 주문처럼 나의 런던 생활을 바꾸어 놓았다. 셰익스피어는 그저 무심코 지나쳤던 런던의 골목마다 다시 나를 이끌었다.

젊은 셰익스피어가 꿈을 가지고 도착한 당시 엘리자베스 시대의 런던 풍경과 생활을 엿보고, 그가 남긴 발자취를 따라 런던 곳곳을 걸었다. 런던의 유명한 관광지에 가려져 있던 극장들의 역사와 전설은 곧, 런던의 역사와 전설이 되었다. 놀랍게도 런던은 셰익스피어가 떠난 후 400년의 시간을 고스란히 간직하고 있었다. 가끔 떠오르는 여행자의 외로움과 향수는 셰익스피어와 그의 친구들이 드나들던 펍에서 마시는 맥주 한 잔으로 달랬다. 그리고 오랜 친구에게 이야기하듯 매일 밤, 이 책을 써 내려 갔다. 이 긴 이야기가 끝날 때쯤 내가 그랬듯이, 셰익스피어가 그랬듯이, 불쑥 런던으로 떠나는 이가 있다면 기쁘겠다. 그저 자유롭게.

1장

세익스피어의
출퇴근 길

연극인들의 성지 '글로브 극장'과
스타 셰프들의 시장 '버로우 마켓'

모뉴먼트에서 뱅크사이드까지

모뉴먼트 지하철역을 나서 뱅크사이드를 따라 걷는다. 바쁜 출근길을 재촉하
는 런더너들 속에서 여행자의 발걸음은 느릿느릿 흐르는 템스강의 물결에 보
조를 맞춘다. 오래된 골목마다 셰익스피어의 흔적이 느껴지는 이곳. 연극인들
의 성지와도 같은 글로브 극장과 영화 〈셰익스피어 인 러브〉의 배경이 되었던
로즈 극장의 터가 남아 있고, 공연을 마친 셰익스피어가 그의 친구들과 들락
거렸던 술집도 있다. 셰익스피어 시대 런던의 흔적을 고스란히 담고 있는 거
리들을 걷노라면 400여 년의 시간을 훌쩍 뛰어넘는다.

1580년대 후반, 화창한 3월의 이른 아침, 잠에서 깨어난 런던의 골목은 활기와 소란스러움으로 가득하다. 부지런한 대장장이의 힘찬 망치질 소리, 식구들의 아침 식사로 분주한 어느 집 주방의 냄비 부딪치는 소리, 파인트 잔 가득 넘치게 모닝 맥주 한잔 따르는 소리. 파이 장수의 맛깔스러운 외침은 밤새 굶주렸던 식욕을 당긴다. '사과와 양고기로 속을 채운 뜨거운 파이요! 신선한 청어와 따뜻한 감자도 있어요!'

스물을 넘긴 청년, 윌리엄 셰익스피어William Shakespeare(1564~1616)가 지친 말 위에 올라 런던으로 들어서고 있다. 신선한 과일을 바구니 한가득 담은 소녀가 말 위에 올라탄 셰익스피어에게 오렌지 한 개를 내민다. '신선한 세빌리야 오렌지와 레몬이요!' 돈을 꺼내려고 머뭇거리는 사이, 수레 한 대가 그의 곁을 빠르게 지나쳐간다. 깜짝 놀란 말고삐를 붙들어 아슬아슬하게 몸을 피하려는데 이번엔 천둥 같은 말발굽 소리를 내며 달려오는 마차가 보인다. 좁은 골목길에 말과 마차, 수레, 그리고 사람들이 엉켜 이른 아침 교통 체증이 오늘날 못지않다. 16세기 엘리자베스Elizabeth I(1533~1603) 치세하의 런던은 치명적이고도 매력적인 곳이었다. 오물이 뒤덮인 하수구를 통해 창궐하는 전염병으로 목숨을 잃는 일이 다반사였지만 '유럽의 시장'이라고 불릴 만큼 상업은 날로 번성했다. 모든 도시 중의 꽃, 런던. 청년들은 꿈을 안고 도착한 런던에서 운명을 예측하는 주사위를 던졌다. 대부분은 좁고 더러운 뒷골목을 벗어나지 못했지만 이 한 사람은 달랐다. 앞으로 펼쳐질 런던 생활에 대한 기대감으로 영혼까지 한껏 흥분된 셰익스피어. 연극사의 새로운 장이 펼쳐지는 순간이었다.

런던은 엘리자베스 시대 영국의 유일한 대도시였다. 시골 마을을 떠돌던 돌팔이 의사, 마을 축제에서 연주깨나 했다는 음악가, 변장한 예수회 수도사들까지 익명의 도시이자 기회의 땅인 런던으로 몰려들었다. 성공은 손에 잡힐 듯 가까이에 보였다. 그러면서도 대놓고 만연하는 계급제는 어쩔 수 없었다. 옷차림새만 봐도 신분을 알 수 있도록 철저하게 구분했고 실크와 새틴으로 만든 옷은 왕명에 의해 상류층에게만 허락된 특권이었다. 이른바 '사치금지법.' 옷을 만드는 데 사용되는 천의 양에도 제한이 있어서 주름 하나 마음대로 잡지 못했다. 하지만 런던으로 상경한 시골뜨기 셰익스피어도 낡은 옷이나마 제일 좋은 옷을 꺼내 입고 한껏 멋을 내어 치장하지 않았을까. 말 위에 올라탄 셰익스피어의 차림새가 한번 볼 만하다. 집에서 짠 결이 거친 적갈색 모직 재킷의 소매는 푸른색으로 염색한 염소 털로 장식되어 있고, 촘촘히 달려 있는 백랍으로 만든 단추가 아침 햇살에 반짝인다. 몸에 딱 붙는 회색 스타킹 위에 걸쳐 입은 커다랗고 엉성한 반바지, 여기에 헐렁한 모자까지 눌러썼는데 이게 바로 그의 고향 스트랫퍼드 어폰 에이번 최신 유행 스타일. 물론 런던 멋쟁이들의 눈에는 그야말로 '나 방금 시골에서 올라왔소'라고 외치는 꼴이다.

하지만 셰익스피어의 의상을 보면 그가 당시 영국 중부 시골 마을의 중산층 출신이라는 것을 짐작할 수 있다. 1564년, 셰익스피어는 존 셰익스피어John Shakespeare(1531~1601)와 메리 아덴Mary Arden(1537~1608)의 8남매 중 셋째로 태어났다. 아버지 존은 피혁 가공업으로 성공한 부유한 상인이었다가 시장까지 지낸 마을의 유지였다. 어머니 메리도 유복한 집안의 막내딸이었다. 셰익스피어가 태어나고, 숨을 거둔 스트랫퍼드는 제법 큰 도시였다. 영국 전체에서 인구 1만 명 이상의 도시가 단 3개뿐이었던 당시에 스트랫퍼드의 인구는 2천 명쯤 되었다. 런던에서 북서쪽으로 140킬로미터쯤 떨어진 거리는 당시 교통수단을 생각하면 걸어서 4일, 말을 타고는 2일이 꼬박 걸렸다. 버드나무 드리워진 에이번강 물결이 반짝이고, 아름다운 아든 숲으로 둘러싸인 고향 땅의 자연 환경은 셰익스피어의 작품 속에서 꽃과 나무, 그리고 동물들의 풍부한 묘사로 다시 태어났다.

스트랫퍼드는 로마 시대의 군사 도로 요충지였으며 수도 런던과 양모 생산지 웨일스 지방을 이어 주는 양모 운반 도로의 중요한 거점이기도 했다. 그의 아버지 존 셰익스피어는 불법으로 금했던 양모 사업에도 손을 댔다. 당시 양모 거래는 전적으로 상인들에게만 주어진 특권이었는데, 도시 관리의 요직에 있었음에도 상거래 법칙을 어겼던 것이다. 하지만 이런 위험을 감수할 만큼 '양털 낚기'라고 불리던 밀수 거래의 벌이가 꽤나 짭짤했는지 어린 셰익스피어까지 양모 거래를 도왔다. 셰익스피어가의 불행은 예고 없이 찾아왔다. 1577년경부터 갑자기 가세가 기울어 어린 셰익스피어는 상류층 자제들만 다닐 수 있었던 문법 학교 졸업을 포기할 수밖에 없었다. 문법 학교 중퇴. 영문학을 꽃피운 대문호 학력의 전부다. 하지만 이때 배운 라틴어는 수사학과 문학의 탄탄한 기초가 되었다. 그렇게 우여곡절의 어린 시절을 보내며 집안일을 돕던 셰익스피어는 배우의 꿈을 안고 1580년대 후반 어느 날, 런던으로 상경한다.

아무도 모르는 셰익스피어의 얼굴

셰익스피어가 아름다운 고향 스트랫퍼드를 떠나 언제, 왜, 런던에 도착했는지에 대한 정확한 기록은 남아 있지 않다. 셰익스피어의 일생을 통틀어 관공서에 공식적인 기록으로 남겨진 순간은 단지 네 번뿐. 침례 기록, 결혼 기록, 그리고 두 차례의 자녀 출산 기록이다. 이것이 논쟁의 여지없이 그에 대해 객관적으로 알고 있는 사실 전부다. 그런데, 잠깐, 여기에도 허점이 있다. 뭔가 빠진 듯하다. 바로 출생 기록. 사실 우리가 알고 있는 1564년 4월 26일이라는 셰익스피어의 출생일도 정확히는 침례 기록으로 남겨진 그의 세례일이다. 셰익스피어의 일생을 추적하기가 만만치 않은 일임을 예고한다. 〈템페스트The Tempest〉를 마지막으로 52세에 세상을 떠난 대문호의 사생활은 이처럼 우리의 상상력을 한껏 자극하지만, 셰익스피어는 그가 남긴 36편*의 희곡과 154개의 소네트, 그리고 시를 통해서만 우리에게 말을 건다.

익히 알고 있었던 셰익스피어의 얼굴도 어쩌면 전혀 다른 사람일 수 있다. 앞이마가 훤히 벗겨지고 정수리 부분에서 어깨까지 기른 단발머리를 곱게 빗어 넘긴 셰익스피어. 누구든지 비슷하게 떠올리는 그의 얼굴은 현재까지 전해지는 두 장의 초상화와 한 개

---

* 16편의 희극, 12편의 비극, 그리고 역사극은 8편으로 보았다. 2부로 나뉜 〈헨리 4세〉와 3부로 나뉜 〈헨리 6세〉를 각각 한 작품으로 구분했다.

의 흉상으로 남아 있는 모습이다. 하지만 이 중 두 작품은 그의 생전에 제작된 것이 아니다. 그나마 셰익스피어가 살아 있을 때 그려졌을 것이라고 추정되는 초상화도 날조된 것이라며 비난을 받고 있으니, 자 이쯤 되면 '도대체 셰익스피어에 대해 제대로 아는 것이 있기라고 한 걸까'라는 의문이 들 지경이다.

먼저, 셰익스피어 사후 7년 후인 1623년에 출판된 그의 희곡 전집 〈윌리엄 셰익스피어 씨의 희극, 역사극, 비극〉 속표지에 실린 초상화를 보자. 사진이 없었던 당시에 저자 소개를 위해 실렸을 이 그림은 마틴 드루샤우트Martin Droeshout가 제작한 동판화다. 훗날 이 책은 《퍼스트 폴리오the First Folio》라고 불린다. 36편의 셰익스피어 희곡이 수록된 《퍼스트 폴리오》는 우리말로 하면 '2절판 초판본'쯤으로 부를 수 있다. '잎 또는 장'이라는 뜻의 라틴어 폴리움folium을 어원으로 하는 폴리오folio는 전지의 가운데를 접어 만든 책이라는 의미. 전지를 한 번 접은 2절판은 A3 정도 크기로, 이 정도면 지금도 흔치 않은 대형 크기에 값비싼 책이었음을 짐작할 수 있다. 당시 대부분의 책은 전지를 두 번 접어 만든 카르토quarto, 즉 4절판 크기였다. 《퍼스트 폴리오》에 실린 드루샤우트의 그림은 1604년 셰익스피어의 실물을 보고 그렸지만 지금은 사라져 버린 초상화를 참고한 것으로 추정된다. 셰익스피어와 동시대 사람들의 인정을 받은 것은 바로 이 그림이었을 것이다. 《퍼스트 폴리오》의 편집자인 존 헤밍John Heminges(1566~1630)과 헨리 콘델Henry

TO THE READER.

This Figure, that thou here seest put,
It was for gentle Shakespeare cut;
Wherein the grauer had a strife
With nature, to out-doo the life:
O, could he but haue drawne his wit

As well in brasse as he hath hit
His face; the print would then surpasse
All that was euer writ in brasse.
But since he cannot, reader, looke
Not on his picture, but his booke.

Ben. Jonson.

《퍼스트 폴리오》세익스피어 초상화

Condell(1576~1627)은 셰익스피어와 수십 년 동안 가깝게 지낸 친한 친구이자 극단의 동료였기 때문이다. '그래도 이 정도면 내 친구, 셰익스피어와 닮았어!'라고 생각했으니 책에 싣지 않았을까.

또 하나의 작품은 셰익스피어 유해가 묻혀 있는 스트랫퍼드 홀리 트리니티 교회의 흉상이다. 1623년, 석공 기라르트 얀센Gheerart Janssen이 제작하여 교회 성단소에 설치했다. 다른 두 작품과 달리 그림이 아니라 조각품이다. '자기만족에 차 있는 푸줏간 주인'을 닮았다는 혹평의 주인공은 불그스레한 뺨에 통통한 턱선, 그리고 살집 있는 두 손에 펜과 종이를 쥔 채 정면을 바라보고 있는 셰익스피어. 드루샤우트의 판화와는 사뭇 다른 모습이다. 그의 무표정하고 특색 없는 얼굴에 실망해서 놓치기 쉬운 이상한 점이 있다. 펜과 종이를 책상이 아닌 베개 위에 올려놓고 있는 것. 이렇게 글을 쓰지는 않았을 테고, 뭔가 다른 암시가 있는 건 아닐까. 의아한 점은 또 있다. 얀센도 셰익스피어를 실제로 봤을 수도 있다는 가능성이다. 셰익스피어의 주 무대였던 글로브 극장 근처에 살았던 얀센이 당시 최고의 인기 작가였던 셰익스피어를 모를 리가 없지 않았을까. 그렇다면 셰익스피어의 친한 친구들이 출판한《퍼스트 폴리오》의 동판화와 얀센의 흉상 중 어느 쪽이 셰익스피어의 모습과 근접할까라는 질문을 할 수밖에 없는데, 답은 둘 다 전혀 엉뚱한 사람일 수도 있다. 확실한 점은《퍼스트 폴리오》에 실린 초상화와 얀센의 흉상 모두 셰익스피어 사후에 제작되었다. 하지만

챈도스 초상화

이 두 작품보다 200년이나 뒤늦게 발견되었지만, 셰익스피어가 죽기 6년 전인 1610년에 그려진 것으로 추정되는 초상화가 있다. 수많은 논란을 일으킨 '챈도스Chandos' 초상화.

1856년, 엘스미어 백작이 그림 한 점을 그해 개관한 국립 초상화 미술관National Portrait Gallery에 기증했다. 바로 셰익스피어의 초상화다. 현재 19만 5천 점이라는 방대한 인물화 컬렉션을 자랑하는 국립 초상화 미술관의 제1호 기증품이다. 파산한 챈도스 공작이 1848년에 경매에 부친 그림을 엘스미어 백작이 구입해서 보관한 것으로, 원래의 소유주였던 공작의 이름을 따서 '챈도스 초상화'라고 불린다. 미술관에 그림이 걸리자마자 논쟁의 불씨가 붙었다. 비평가들은 완전한 가짜라고 비판했다. 존 테일러John Taylor가 그린 것으로 추정되는 이 초상화는 우울한 분위기로 가득하다. 어깨까지 닿는 검은 머리카락, 소박한 검정색 상의, 어두운 배경 속에서 정면을 응시하는 대문호의 눈빛만은 찌를 듯 강렬하다. 왼쪽 귀에는 작은 금귀고리도 걸고 있다. 엘리자베스 1세 시대에 유행하기 시작했던 귀고리는 당시 남성들에게도 핫 아이템이었다. 그림의 다른 문제는 차치하고, 비평가들은 얼굴색을 문제 삼았다. 검은 피부색을 보면 영국인일 리가 없고, 위대한 영국 시인의 얼굴이라는 것은 더욱 말도 안 된다며 흥분했다. 셰익스피어의 생전에 그려진 유일한 초상화라는 사실은 중요하지 않았다. 이렇게 되면 셰익스피어의 얼굴을 찾는 마지막 희망도 사라져 버린다. 어느

비 내리는 어둑한 오후, 국립 초상화 미술관에 갔다. '챈도스 초상화' 속 셰익스피어는 무슨 할 말이라도 있는 듯한 눈빛이었다. 반짝. 그의 귀에 걸려 있는 작은 링 귀걸이가 움직인 것 같은데. 마흔여섯의 셰익스피어와 귀고리라니. 그림의 진위 여부를 떠나 셰익스피어라면 이 정도 센스를 갖춘 멋쟁이가 아니었을까, "셰익스피어 씨, 당신 맞죠?"

청년 셰익스피어의 런던 상경

셰익스피어가 살았던 엘리자베스 시대의 16세기 영국은 대변혁의 시기였다. 음악과, 춤 그리고 시와 연극을 사랑하던 여왕의 비호 아래 문화와 예술은 꽃을 피웠다. 비범한 운명의 꿈을 실현시키기 위한 젊은이들에게 무대는 마법의 장이요, 바로 이 무대에서 대문호 셰익스피어가 탄생하니, 당시 많은 이들의 부러움 섞인 말처럼 '셰익스피어야말로 런던에 상경한 시골 뜨내기 중 가장 야심차고 성공한 인물'이었다.

전대미문의 미스터리 사나이, 셰익스피어에 대한 이야기는 그가 남긴 수많은 작품과 동시대에 살았던 인물들이 남긴 기록으로 추측을 더한다. 하지만 이조차도 힘든 시기가 있다. 모두의 시선에서 감쪽같이 사라져 버린 1585년부터 1592년. 셰익스피어의 잃어버린 세월. 수많은 셰익스피어 연구자들에게 여전히 미지의 세계이자 가장 많은 추측과 논쟁을 불러일으키는 주제다. 고향 스트랫퍼드를 떠나 런던에서 극작가로 변신을 하기까지 그는 어디에서 무엇을 하고 있었을까. 문학사에서 이처럼 매력적인 공백이 또 있을까.

고향에서의 마지막 행적을 추측할 수 있는 단서는 1585년 2월에 태어난 쌍둥이 주디스Judith(1585~1662)와 햄닛Hamnet(1585~1596)의 출생 기록이다. 당시 21살밖에 안 된 셰익스피어에겐 벌써 3살이나 된 장녀 수잔나도 있었다. 8살 연상의 아내 앤의 남편이자 세 아이의 아버지가 된 셰익스피어가 런던 연극계에 모습을 드러낸 공식적인 첫 기록은 그로부터 7년 뒤인 1592년, 작가 로버트 그린이 쓴 팸플릿이다. 그린은 신출내기 작가 셰익스피어를 '벼락출세한 까마귀'라며 시샘 가득한 조롱을 담아 글을 남겼다. 이때 셰익스피어의 나이 스물여덟. 로즈 극장Rose Theatre 무대에 올린 〈헨리 6세〉 1부가 대성공을 거둔 때였다.

셰익스피어가 런던에 상경한 것은 1580년대 후반으로 보인다. 런던에 도착한 그는 극장 앞에서 티켓을 받거나, 손님들의 말을 지키거나, 때로 운이 좋으면 말단 배역으로 출연하며 희곡을 쓰기 시작했을 것이다.

셰익스피어가 사라진 행적 불명의 7년은 꽤나 긴 시간이다. 셰익스피어의 사라진 20대. 혹자는 이때 이탈리아 여행을 한 경험으로 〈베니스의 상인The Merchant of Venice〉을 썼다 하고, 또 다른 이는 셰익스피어가 당시 악명이 자자하던 해적 드레이크와 함께 바다를 누볐기 때문에 훗날 작품 속에서 그토록 생생하게 바다를 묘사할 수 있었다고도 주장한다. 그중 가장 신빙성 있는 이야기는 영국 북부 랭커셔 지방에서 가정 교사를 했다는 설이다. 아내와 세 아이가 있었던 유부남 셰익스피어가 왜 가족을 버리고 고향을 떠났는지, 그리고 어디에서 어떤 경험을 하며 훗날 세계적인 극작가로 태어나기 위한 담금질을 했는지, 우리는 알지 못한다. 아쉽지만 위대한 작가의 전기에서 청년기의 챕터는 흰 여백의 페이지로 넘겨야 할 수밖에. 몇 백 년 동안 이어 온 수많은 책과 주장들 속에서 셰익스피어에 대해 우리가 정확히 말할 수 있는 것은 단지이 세 줄의 문장뿐일지도 모른다.

셰익스피어는 스트랫퍼드 어폰 에이번에서 태어나 가정을 이루었으며, 런던에서 꽤나 유명한 작가로 성공하고 다시 고향 스트랫퍼드로 돌아와서 유언을 남기고 죽었다.

그러니 셰익스피어 전문가라고 불릴 만한 몇몇의 그럴듯한 주장에 솔깃해질 수밖에 없는데, 그중 영국의 유명한 전기 작가 존 오브리John Aubrey(1626~1697)의 이야기가 흥미롭다. 셰익스피어의 고향에 토머스 루시 경Sir Thomas Lucy(1532~1600)이라는 고약한 치안 판사가 살았다. 개신교인이었던 루시 경은 가톨릭 핍박에 앞장

서며 어찌나 포악하게 굴었던지 마을 사람들의 원성이 자자했다. 그러나 루시 경은 덕망과는 거리가 먼 인물이었던 것 같다. 당시 영국은 헨리 8세의 종교 개혁으로 가톨릭의 수난 시대였다. 엘리자베스 1세의 아버지이자 여섯 명의 왕비를 갈아치운 것으로 유명한 헨리 8세는 첫 번째 부인 캐서린과의 사이에서 후계자가 없자 이혼을 결심한다. 하지만 교황청이 이를 허락할 리가 없었다. 헨리 8세의 선택은 교황의 권위에 정면으로 맞서는 것. 교황과 가톨릭을 떠나면 그만이었다. 헨리 8세는 스스로를 '영국 국교회의 수장'으로 선언하면서 개신교로 개종하고 영국에 있는 수도원을 해산시킨다. 반대하는 이들은 참형에 처했다. 나라 전체가 갑자기 혼란에 빠졌다. 자고 일어났더니 갑자기 개신교로 개종을 하라니. 성당에 가면 모조리 잡혀 들어갔다. 이때부터 시작된 영국의 종교 문제는 가톨릭교와 개신교가 엎치락뒤치락하는 전면전으로 이어졌다. 가톨릭 교인이었던 메리가 왕권을 잡으면서 개신교에 대한 역습에 들어갔지만 엘리자베스 1세가 여왕이 되면서 상황은 다시 역전되었다. 아버지 헨리 8세와 오빠 에드워드 6세의 뜻을 따라 개신교의 시대가 다시 열렸음을 선언했다. 이런 배경에서 종교적 박해는 어디에나 있었다.

이때, 젊은 셰익스피어가 앞장섰다. 존 오브리의 이야기에 따르면 정의감에 불탄 셰익스피어가 루시 경이 아끼던 꽃사슴을 밀렵해서 복수를 했는데 결국 쫓기는 신세가 되어 고향에서 도망쳐 런던에 오게 되었다는 것이다. 그러면 런던에 도착한 직후 셰익스피어는 어떻게 생활을 했을까? 최초의 영어 사전 편찬자이자 셰익스피어 전집을 출판한 새뮤얼 존슨Samuel Johnson(1709~1784)은 그의 책에서 셰익스피어의 보잘것없는 첫 직업에 대해 언급을 한다. 셰익스피어도 그 시작은 미약하여 기껏 극장 밖에서 귀족들이 타고 온 말이나 지키고 앉아 있었다고 하니, 오늘날로 치자면 엘리자베스 시대의 발레파킹 담당자라고 부르면 될까.

셰익스피어의 런던 상경설에 대해 자주 언급되는 또 하나의 가능성이 있다. 1570년대의 스트랫퍼드는 유랑 극단들이 정기적으로 들르는 곳이었다. 감수성이 예민했던 어린 셰익스피어는 자연스럽게 다양한 연극을 접하면서 배우의 꿈을 키웠다. 기회는 찾아왔다. 셰익스피어가 23살이 되던 1587년, 지방 순회공연을 하던 극단 여왕의 사람들Queen's Men이 옥스퍼드셔의 강변 소도시 테임에 도착했다. 이때 불상사가 일어났다. 극단의 주역 배우 중 한 명이었던 윌리엄 넬과 또 다른 배우 존 타운 사이에 싸움이 벌어진 것. 타운이 넬의 목을 칼로 찔러 치명상을 입혔다. 넬이 죽자 당장 무대에 설 배우 한 명이 부족해졌다. 마침 스트랫퍼드를 지나던 극단은 연극에 푹 빠진 젊은이, 셰익스피어를 만나게 된다. 그리고 셰익스피어는 어디론가 떠나는 극단의 마차에 몸을 실었다.

오래된 역사의 도시, 런던의 대화재

출발 장소인 모뉴먼트 지하철역에서Monument underground station부터 셰익스피어의 이야기가 시작된다. 모뉴먼트 역 교차로에서 이어지는 이스트칩Eastcheap 거리는 셰익스피어 희곡 〈헨리 4세〉의 배경으로 등장한다. 주정뱅이 늙은 기사 존 팔스타프John Falstaff와 핼 왕자Prince Hal가 친구들을 불러 모아 술을 마시던 보어스 헤드 여관Boar's Head Tavern이 바로 이곳에 있었다. 셰익스피어가 살던 당시에는 푸줏간이 모여 있던 시장으로 유명했다. '이스트칩'이라는 거리 이름은 '동쪽에 있는 시장'이라는 뜻으로, 고대 영어에서 '값이 싼cheap'라는 의미의 단어는 '시장market'을 의미했다. 1537년에 지어진 올드 보어스 헤드 여관은 1666년 런던 대화재 때 흔적도 없이 불타 버린 후 18세기 중반에 다시 재건축되어 도매상점 건물로 이용되었다. 그러나 이마저도 1831년에 철거되고, 여관의 간판만 간신히 살아남아 글로브 극장에 보관되어 있다.

셰익스피어는 1597년부터 1598년까지 2년간 〈헨리 4세〉 1부와 2부를 집필했다. 그의 나이 서른셋. 이 시기는 30대 중반으로 접어들면서 작가로서 입지를 굳혀 가던 셰익스피어의 전성기였다. 2년 전에 발표한 〈리처드 2세〉와 〈한여름 밤의 꿈A Midsummer Night's Dream〉도 큰 성공을 거두어 고향 스트랫퍼드에 그럴듯한 저택까지 한 채 구입해 두었다. 〈헨리 4세〉도 공연이 되자마자 큰 인기를 얻었다. 사실 이 작품은 당시 대중들에게 전혀 새로울 게 없는 이야기였다. 리처드 2세를 폐위시키고 왕위를 찬탈한 헨리 4세는 역사적으로 유명한 인물이기도 했고, 역모와 내란의 주인공으로 드라마틱한 삶을 산 그를 다룬 책과 연극도 이미 있었다. 하지만 셰익스피어는 분명 희대의 이야기꾼이었다. 왕과 귀족들의 권력 다툼이라는 뜬구름 잡는 이야기 대신 장차 헨리 5세가 되는 핼 왕자와 가상의 인물인 폴스타프의 소동을 더했다. 셰익스피어가 창조해 낸 가장 희극적인 인물 폴스타프의 위트와 유머는 별다를 게 없는 무거운 역사 이야기에 생생한 희극적 상황을 연출했다. 이처럼 셰익스피어 희곡의 묘미인 예상을 뛰어넘는 변형은 관객들을 사로잡았다.

킹 윌리엄 거리King William St.로 방향을 잡아 역을 나선 후, 런던 브리지London Bridge를 향해 걷는다. 왼편으로 첫 번째 만나는 길이 모뉴먼트 거리Monument St.다. 성냥개비처럼 삐죽하게 솟은 기둥 하나가 눈에 들어온다. 건축가 크리스토퍼 렌Christopher Wren(1632~1723)이 1666년에 일어난 런던 대화재의 희생을 애도하기 위해 만든 기념비, 모뉴먼트Monument to the Great Fire of London다.

잿더미에서 싹튼 새로운 런던

런던의 역사를 이야기할 때 '런던 대화재'는 빠질 수 없는 사건이

모뉴먼트 기념비

다. 1666년 9월 2일 새벽부터 9월 5일까지 4일 밤낮으로 타오른 화마는 런던의 모든 것을 삼켜 버렸다. 이후 도시의 재건을 이끈 이가 크리스토퍼 렌이다.

1660년대 런던은 인구 50만의 대도시였다. 파리와 나폴리에 이은 세 번째 도시였다. 이 중 8만여 명이 우리나라 여의도 면적과 비슷한 크기의 '더 시티'로 몰려들어 북적대며 살기 시작했다. 고층 빌딩숲과 주상 복합 아파트촌을 이루고 있는 현재의 여의도 인구가 4만여 명인 것과 비교해 볼 때도 끔찍한 인구 밀집도였다. 셰익스피어 시대 당시 무역과 상업의 중심지였던 '더 시티'의 역사는 2세기까지 거슬러 올라간다. 영국을 침략한 로마군은 템스 강 가를 점령하고 이곳을 요충지로 삼았다. 그리고 높이 6미터의 성벽을 쌓기 시작했는데 이것이 런던 월London Wall이다. 성벽을 통과했던 7개의 주요 출입문이었던 비숍게이트Bishopgate, 크리플게이트Cripplegate, 뉴게이트Newgate, 앨드게이트Aldgate, 무어게이트Moorgate, 올더스게이트Aldersgate, 러드게이트Ludgate 이름들은 지금도 사용되고 있다. 요새가 지켜 온 2,000년 런던 역사의 상징, '더 시티'는 특별 행정 구역으로 분리되어 있으며, 정식 명칭은 '더 시티 오브 런던The City of London'이다. 현재 이곳에는 영국 중앙은행Bank of England을 비롯한 전 세계 주요 금융 회사의 현대식 빌딩과 함께 푸른 이끼를 품고 돌무덤처럼 남아 있는 성벽의 잔해들이 어우러져 도시의 역사를 일깨운다.

당시 셰익스피어처럼 런던으로 상경하는 청년들을 비롯하여 다른 나라 출신의 이주민까지 폭증하는 런던 인구를 위한 계획적인 도시 개발이나 위생 개념은 없었다. 목재와 볏짚을 이용해 마구잡이로 쌓아 올린 7층짜리의 집들이 좁고 구불구불한 골목에 처마를 맞대고 지어졌다. '더 시티'는 이미 재앙의 불씨를 싹 틔우고 있었다. 특히 런던 타워와 세인트 폴 성당St. Paul's Cathedral 주위는 그야말로 발 디딜 틈도 없었다. 성벽 밖도 별반 다르지 않아서 우후죽순 슬럼가들이 생겨나기 시작했다. 전염병이라도 발생하면 그야말로 모두가 몰살할 지경이었다. 왕가와 귀족들은 이들과는 될 수 있는 한 멀리 피하는 것이 상책이어서 그들은 런던을 벗어나 지방의 널찍한 땅을 찾아 떠났다. 리치먼드Richmond의 햄프턴 코트 플레이스Hampton Court Palace와 그리니치Greenwich의 퀸스 하우스Queen's House를 비롯한 왕궁들이 더 시티와 멀찍하게 떨어진 곳에 자리 잡은 이유다. 당시 모든 시민들의 공포는 화재가 아니라 전 유럽을 재앙으로 몰아넣었던 페스트였다. 영국이 멸망한다면 페스트가 그 이유가 될 것이라고 모두가 믿었다. 하지만 그 누구도 생각지 못한 일이 작은 빵집에서 일어났다.

1666년 9월 2일 새벽, 런던 푸딩 레인에 있는 토머스 패리너 Thomas Farriner의 작은 빵집에서 희미한 한 줄기 연기가 피어올랐다. 이내 붉은 불길로 바뀐 화마는 다섯 시간 만에 런던 시내 300채 이상의 집으로 기세 좋게 번져 나갔다. 템스강 근처 피시 거리Fish St.를 덮치고 템스강을 잇는 유일한 다리였던 런던 브리지까지 무너뜨리는 데는 여섯 시간이 걸리지 않았다. 놀라서 잠이 깨 집에서 뛰쳐나온 시민들은 그야말로 '강 건너 불구경'을 할 수밖에 없었다. 불길은 잡히지 않았다. 최악의 날은 화재가 일어나고 세 번째 날. 세인트 폴 대성당까지 무너지는 비극이 일어났다. "지붕의 납이 강처럼 녹아내려 주변의 거리가 빨갛게 달아올라 사람도 말도 다닐 수 없고, 무너지는 성당의 가열된 돌들이 수류탄처럼 날아다녔다"라고 당시 상황이 기록되어 있다. 좁은 골목마다 처마를 맞대고 지어진 목조 주택들이 불쏘시개 역할을 했다. 불길이 잡히지 않자 결국 화재 지역을 화약으로 폭파하고 길을 내어 템스강의 물길을 댔다.

나흘째 되던 날 매캐한 연기 속에 도시가 모습을 드러냈다. 87개의 교회, 1만 3,200채의 집, 44개의 길드 사무소, 4개의 성문, 길드홀Guild Hall, 세인트 폴 대성당이 모두 사라져 버렸다. 더 시티의 4분의 3 이상이 잿더미가 되고, 20만 명의 사람들이 이재민 신세가 되어 버렸다. 이 사건이 바로 로마 대화재(서기 64년 7월 18일), 도쿄 대화재(1657년 3월 2일)와 함께 역사상 세계 3대 화재로 손꼽히는 대화재다.

놀라운 기록은 이 엄청난 재난 속에서도 사망자는 겨우 8명 뿐. 지금의 방화 기술로도 쉽지 않을 기적 같은 인명 피해 외에도 대화재가 남긴 아이러니한 선물이 더 있다. 바로 사라져 버린 페스트. 도시의 곳곳에 도사리던 병균이 뜨거운 열기에 죽고 열린 하수구나 다름없었던 불결한 플릿강Fleet River이 살균되었다. 햄프스테드 히스Hampstead Heath에 있는 2개의 샘에서 발원한 플릿강은 런던 구석구석을 돌며 식수로 이용되다가 템스강으로 흘러들어갔으니 그동안 전염병의 근원지와 다름없었다. 대화재 이후 페스트는 다시 돌아오지 않았다. 시 당국에서 아무리 경고해도 고쳐지지 않았던 허술한 목조 주택들도 방화 채비에 들어가 화재에 대비한 집들로 다시 지을 수밖에 없게 되었다.

국왕 찰스 2세Charles II(1630~1685)는 서둘러 대책 수습에 나섰다. 방화범 용의자는 프랑스 출신 시계 제조공, 로베르 에베르Robert Hubert(1640~1666). 26살 청년은 당장에 교수형에 처해졌다. 모진 고문 끝에 받아 낸 자백이 '세상이 원망스러워 홧김에 빵집 창문으로 폭탄을 던져 버렸다'라니, 그때나 지금이나 세상사에 대한 한탄으로 벌이는 '묻지 마 범죄'에는 대책이 없나 보다. 전면적인 소방 시설의 개선과 세계 최초의 화재 보험도 이때 만들어졌다. 하지만 무엇보다 급선무의 일은 시민들의 보금자리 마련과 사라져 버린 공공건물의 재건축. 국왕은 화재 9일 만에 런던 재건 위원회를 발족시켰다.

이 대대적인 런던 재건 사업의 총감독이 바로 크리스토퍼 렌이다. 목사의 아들로 태어나 수학에 특별한 재능을 보였던 그는 발명가이자 옥스퍼드 대학교의 천문학 교수였다. 그런 그가 어떻게 런던 도시의 건축을 맡게 되었을까? 당시 유럽에는 '건축가'라 불리는 직업이 따로 있는 게 아니었다. 주요 건축물들은 화가나 조각가가 만들었다. 렌은 대화재 이전에 이미 중요 건축물 설계에 참여해 왔고, 특히 교회 건축에서 두각을 드러내고 있었다. 그에게 '런던 재건'의 임무는 건축가의 꿈을 실현시키는 일이었다.

렌은 빈민가가 장악했던 런던을 세련되고 화려한 도시로 다시 탄생시킬 수 있는 절호의 기회라고 생각했다. 하지만 많은 예술가가 그랬듯이 그 또한 시대를 앞서간 선구자였다. 아쉽게도 렌이 제시한 도시 재건의 도안은 채택되지 않았다. 보수적이고 검소한 영국인들이 그의 '사치스러운' 계획을 비난하고 나섰다. 더욱 큰 문제는 대화재로 피해를 입은 시민들의 원성이었다. 당장 잠잘 곳을 잃은 이들에게 100년을 내다본 렌의 안목을 기다릴 만한 여유가 없었다. 결국 렌은 도안을 전폭적으로 수정할 수밖에 없었지만 몇몇 중요한 건축물에는 자신의 역량을 모두 쏟아부었다. 수십 년간 프랑스를 방문했을 때 접한 웅장하고 낭만적인 바로크 양식을 도입하여 영국에 전파했고, 세인트 폴 대성당을 비롯해 대칭으로 이루어진 양쪽 건물의 쌍둥이 파란색 돔이 인상적인 그리니치의 구 왕립 해군 대학The Old Royal Naval College, 그리고 햄프턴 코트 궁전에도 그의 손길이 닿았다. 그 외에도 50여 개 교회들의 디자인과 건축을 담당했다. 이쯤 되면 '더 시티' 자체가 그의 작품이라 해도 과언이 아니다. 이렇게 지금 우리가 사랑하고 있는 도시, 런던이 탄생했다.

모뉴먼트는 런던 대화재의 불씨가 점화된 푸딩 레인Pudding Lane 거리의 제빵사 패리너의 빵집에서 61미터 떨어진 지점에 만들어졌다. 탑의 높이도 61미터라니 그 아이디어가 기발하다. 기념비 꼭대기까지는 311개의 계단이 있다. 3파운드를 내고 탑의 전망대에 오른다. 런던 시내를 유유히 가로지르는 템스강을 가운데 두고, 세인트 폴 대성당의 첨탑과 킬힐처럼 아찔하게 솟아 있는 더 샤드The Shard가 한눈에 들어온다. 2,000년 역사의 고도古都, 런던의 랜드마크를 담당했던 세인트 폴 대성당이 2012년 완공된 72층짜리 초고층 빌딩 더 샤드에게 그 왕관을 건넸다. 혹자는 고전적인 스카이라인을 망쳐 버리는 최신식 빌딩의 등장을 비난했다. 하지만 수백 년의 시간을 가로질러 어깨를 나란히 하고 있는 건축물들이 조화롭게 어우러져 살아 있는 도시의 풍경을 만들어 내는 것, 이것이 런던의 매력이 아닐까.

모뉴먼트 전망대에 올라 도시를 내려다보고 있자니, 문득 이 탑을 만든 건축가 렌이 떠오른다. 잿더미 속에서 새로운 도시를 만들어 낸 그의 노력으로 런던은 다시 일어났다. 렌은 또 다시 어디선가 싹틀지 모를 불씨를 감시하기 위해 도시가 한눈에 내려다보이는 이 높은 탑을 만든 것은 아닐까. 계단을 내려오니 매표소 직원이 전망대까지 올랐다는 증명서를 한 장 건넨다. 기념비가 예쁘게 스케치되어 있다. 환한 미소가 서로 꼭 닮은 자매가 카메

더 샤드

라 앞에 서서 증명서를 들고 사진을 찍는다. 이제 런던 브리지 방향으로 천천히 발길을 옮긴다. 경사진 길을 오르니 로워 템스Lower Thames 거리가 이어진다. 왼쪽 정면으로 렌이 건축한 순교자 마그너스 교회St. Magnus the Martyr church가 내려다보인다. 높은 빌딩 숲에서 교회의 작은 첨탑을 찾아내는 재미가 꽤나 쏠쏠하다.

800년 동안 템스강을 지켜 온 런던 브리지

런던 브리지에서 잠시 발걸음을 멈추고 난간에 기대에 템스강의 흐르는 물결을 바라본다. 템스강과 함께 런던의 얼굴을 완성하는 건 런던 브리지다. 셰익스피어가 바라본 런던 브리지는 당시에도 이미 고색창연한 존재였다.

셰익스피어 시대보다 약 400년 전인 1209년에 완공된 다리는 1400년대까지 200여 년간 템스강을 잇는 유일한 수단이었다. 사실 지금 우리가 서 있는 다리는 그때의 것이 아니다. 원래의 다리는 지금의 위치에서 약간 하류 쪽인 타워 브리지 방향에 있었다. 조금 전 다리를 건너며 지나쳐 온 마그너스 교회가 있던 자리다. 중세 시대에 지어진 다리 중 가장 큰 규모였던 런던 브리지의 길이는 270미터, 스무 개의 돌기둥이 지지하고 있었다. 지금은 상상하기 어렵지만 다리는 그 자체가 하나의 작은 도시였다. 다리 위에는 크기와 모양이 제각각인 수십 채의 건물이 세워졌고 그 안에

100개 이상의 상점이 있었다니 '다리 위의 백화점'이다. 어떤 건물은 6층까지 올라가 강위로 20미터나 비죽 솟아 있기도 했다. 고급 실크, 스타킹, 벨벳 모자를 파는 사치스러운 상점들에는 부유한 상인들과 귀족들이 끊임없이 들락거렸다. 명품 브랜드들이 화려하게 자리 잡고 있는 16세기 판 본드 거리Bond St.랄까. 런던 브리지보다 규모는 작지만 당시의 모습을 상상해 볼 수 있는 다리가 남아 있다. 이탈리아 피렌체의 베키오Vecchio 다리. 1345년 아르노 강 다리 위에 만들어진 베키오 다리에는 푸줏간, 대장간, 가죽처리장이 몰려 있었다. 하지만 악취로 시달리던 페르디난도 1세(1751~1825)가 이들을 추방해 버리고, 그 빈자리에는 지금까지 금세공업자들이 손님을 끌고 있다. 중세 시대에 강을 잇는 유용한 수단이었던 다리는 늘 통행자로 붐볐고 당연히 상점들도 몰릴 수밖에 없었다. 다리를 건너던 런던 시민들의 시선을 붙잡던 장관은 템스강 위를 떠다니는 수백 마리의 백조들. 물론 시민들을 위한 볼거리는 아니었다. 이들의 운명은 여왕의 침구와 덮개를 만들기 위한 깃털 재료일 뿐, 백조를 죽이면 많은 벌금까지 물어야 했다. 작가이자 셰익스피어의 친구였던 벤 존슨Ben Jonson(1572~1637)이 붙여 준 별명, '에이번의 백조'로 불리던 셰익스피어도 런던 브리지에서 잠시 가던 발걸음을 멈추고 석양 지는 템스강에 유유히 떠다니는 백조들을 바라보며 고향 생각에 잠겼을 것 같다.

다리의 볼거리는 또 있었다. 서더크 방향, 다리 끝에 아치형 대문인 그레이트 스톤 게이트Great Stone Gate가 있었다. 이곳에 가혹한 처벌로 처형된 반역자와 범죄자의 머리가 창끝에 줄줄이 매여 걸려 있었다. 잔인하게 들리겠지만 마치 마티니 칵테일을 장식하는 이쑤시개에 촘촘히 꽂힌 올리브처럼. 일부는 거의 백골이 되었고 다른 것들은 끓는 물에 살짝 데쳐지거나 햇볕에 그을린 상태였다. 당시에는 중죄인들, 특히 반역자들의 머리를 기둥에 매달아 놓는 것이 전통이었다. 머리가 잘린 시신은 도시로 들어오는 문 위에 걸어 놓거나 전국 각지의 다른 도시로 보내서 반역의 말로를 보여 주었다. 걸려 있는 머리가 얼마나 많았던지 '머리 관리인'을 고용해야 할 정도였다. 런던에 상경한 셰익스피어도 런던 브리지를 지나며 그의 먼 친척인 두 사람, 존 소머빌John Somerville(1560~1583)과 에드워드 아덴Edward Arden(1542~1583)의 머리를 봤을 것이다. 에드워드 아덴은 셰익스피어의 어머니 메리 아덴과 같은 가문으로 외가 쪽 친척이었다. 두 사람 모두 여왕 암살 시도라는 반역죄로 1583년 처형되었다. 셰익스피어는 왕가에 반기를 드는 것이 얼마나 비극적인 결과를 가져오는지 똑똑히 봤다. 그의 생전에 집권했던 두 명의 왕, 엘리자베스 1세와 제임스 1세를 염두에 두고 작품을 집필한 흔적은 곳곳에 나타난다. 왕들은 셰익스피어와 그의 작품을 사랑했다. 2대에 걸친 왕가의 전폭적인 지지야말로 셰익스피어 인생의 행운이었다.

한 가지 재미있는 이야기가 더 있다. 지금 서 있는 다리에서 서쪽으로 약 1만 6,000킬로미터 거리의 미국 땅에 또 다른 런던 브리지가 있다는 사실. 1968년 4월, 로버트 매컬로치Robert McCulloch(1911~1977)가 런던시로부터 런던 브리지의 개·보수를 위해 분해한 돌을 246만 달러에 사들였다. 오래된 돌덩이의 가치가 우리 돈으로 하면 무려 28억 원이나 되는 셈이다. 운송된 1만 276개의 화강암이 미국에 도착하여 재조립되는 데 3년의 시간이 걸렸다. 이렇게 완성된 '미국의 런던 브리지'는 미국 애리조나 주Arizona, 하바수 호수Lake Havasu에 있다.

런던 브리지? 타워 브리지?

런던 브리지에서 템스강의 하류 쪽으로 눈길을 돌려 본다. 1894년에 건축된 타워 브리지Tower Bridge가 한눈에 들어온다. 파리에 에펠탑이 있다면, 영국에는 타워 브리지가 있다. 이제 타워 브리지는 세계의 랜드 마크가 되었다. 지난 2012년 개최된 런던 올림픽의 인상적인 오프닝에도 타워 브리지가 빠지지 않고 등장했다. '007'의 제임스 본드와 여왕이 헬기에 오르면서 시작된 영상은 시민들의 환호 속에 런던 도심 곳곳을 비춘다. 본드의 임무는 여왕을 올림픽 주경기장까지 무사히 에스코트하는 것. 헬기가 템스강의 상공을 날아오르자 저 멀리 올림픽의 오륜기로 장식된 타워 브리지가 보인다. 멋지게 하강한 헬기가 오륜기 아래를 통과하는 묘기 같은 장면은 런던 올림픽의 개막을 전 세계인에게 각인시켰다. 하지만 런던 여행을 다녀온 많은 사람들조차 흔히 하는 착각 중 하나가 타워 브리지를 런던 브리지로 알고 있는 것이다.

신비로운 푸른색과 금빛으로 장식된 타워 브리지의 첨탑은 대영 제국 왕실의 위엄과 우아함을 상징하는 듯하다. 세계에서 가장 사랑받는 여왕이 있는 나라, 책에서만 봤던 공주님과 왕자님이 있는 나라가 아니던가. 2개의 탑 사이에 놓여진 도개교가 들어 올려지는 순간은 흔치 않은 구경거리다. 가운데가 분리되어 양쪽으로 서서히 올라가다가 거의 90도 가까이에서 멈춘 후, 다시 내려오면서 합쳐지는 장관은 관광객들에게 가장 인기 있는 베스트 포토샷이다.

이 도개교는 대형 선박이 풀 오브 런던Pool of London*을 지나갈 수 있도록 개폐식으로 들어 올려졌다. 준공 당시에는 1년에 6,000회나 개폐되었다고 하니 다리가 부지런히 움직이는 모습을 보는 것이 아주 흔한 일이었다. 지금은 아쉽게도 특별한 협약이 있을 때만 열린다.

2012년, 중국 상하이 인근 장쑤성 쑤저우시에 타워 브리지가 나타났다. 고딕 양식의 아름다운 첨탑을 그대로 베낀 것도 모자라 런던 타워 브리지의 두 배 규모로 만들어 놓았다. 영국 정부의 강

---

* 템스강의 런던 브리지부터 런던 동쪽 끝에 있는 지역인 라임 하우스 아래까지 구간을 의미한다.

타워 브리지

력한 비판에도 '원래 다리를 장식하는 탑은 2개이지만 우리는 1개로 만들었으니 모방이 아니다'라는 억지 주장으로 대응하고 있다. 파리의 에펠탑부터 이집트의 스핑크스까지 그야말로 없는 게 없는 중국이다.

셰익스피어 동생의 호화로운 장례식

타워 브리지를 배경으로 사진을 찍는 관광객들을 뒤로 하고 런던 브리지를 건너면, 서더크 대성당Southwark Cathedral과 셰익스피어 글로브 극장 방향을 가리키는 이정표가 보인다. 이름은 대성당이지만 아담하고 소박한 서더크 대성당의 마당으로 들어서니 근처 버로우 마켓Borough Market에서 요깃거리를 사 온 시민들과 관광객들이 계단과 잔디에 걸터앉아 이야기를 나누고 있다. 13세기에 문을 연 버로우 마켓은 런던 최고의 식품 재래시장이다. 영국 최고의 셰프들도 이곳으로 장을 보러 온다니 고든 램지Gordon Ramsay와 제이미 올리버Jamie Oliver를 찾아 눈을 크게 뜨고 볼 일이다. 특히 우리의 전통 시장처럼 곳곳에서 팔고 있는 갖가지 종류의 거리 음식들이 정말 맛있는데, 그중에서도 버로우 마켓의 라클렛raclette은 놓칠 수가 없다. 감자 위에 올려진 치즈가 접시를 흘러내릴 정도로 아낌없이 듬뿍 담겨 있다. 세계 어디서나 통하는 시장의 인정인 것 같다.

1220년에 지어진 서더크 대성당에는 셰익스피어의 흔적이 곳곳에 숨어 있다. 그는 글로브 극장의 개관을 준비하던 1598년경 서더크 지역의 더 리버티 오브 더 클링크the Lierty of the Clink 지역으로 이사를 왔다. 셰익스피어가 성당의 신자였는지는 알 수 없다. 하지만 집이 바로 이 인근에 있었으니 주일마다 미사를 드리러 오지 않았을까. 더 확실한 증거로는 셰익스피어의 동생 에드먼드 셰익스피어Edmund Shakespeare(1580~1607)가 이곳에 묻혀 있다. 묘지의 정확한 위치는 기록되어 있지 않지만 성가대석 바닥에 놓인 기념비에서 에드먼드의 이름을 찾을 수 있다. 성당의 내부는 보통 낮에만 입장이 가능하다. 1897년에 만들어진 아름다운 오르간 소리는 점심시간과 가끔 열리는 콘서트 때 울려 퍼진다.

1607년 12월 31일, 교회 관리인의 회계 장부는 이렇게 시작된다. '배우 에드먼드 셰익스피어, 죽음을 알리는 종소리와 함께 이곳에 묻히다. 이제 불과 27살.' 셰익스피어의 막내 동생 에드먼드는 형 윌리엄을 따라 런던에 상경하여 배우가 됐다. 짧은 생이긴 했지만 배우로서 인상적인 활약 한 줄 남기지 못했다. 반면 이제 40대로 접어든 형 윌리엄은 이미 4대 비극을 완성하여 희곡 작가로서 명성을 떨치고 있었다. 에드먼드는 그런 형을 보며 자랑스러워 했을까, 아니면 조금은 씁쓸한 마음을 감추지 못했을까. 성공한 작가로서 셰익스피어의 위상을 확인시키는 또 하나의 기록이 있다. 충실한 기록자였던 교회 관리인의 회계 장부에서 발견된 또 다른 중요한 단서는 에드먼드의 장례식 비용. 총 20실링의 비용이 들었다고 적혀 있는데 이는 꽤 큰돈이었다. 당시 교회 묘지에 묻히는 장례식 비용은 보통 2실링. 애도의 종을 울리는 데는 1실링이 더 필요했으니 3실링이면 장례 비용으로 충분했다. 동생의 이른 죽음을 안타까워했던 형 윌리엄은 화려한 장례식으로 동생에게 마지막 선물을 했다.

서더크 대성당이 있는 서더크 지역은, 11세기 에드워드 3세가 인정한 런던에서 가장 오래된 자치구이다. 16세기에 들어서는 '더 시티' 안에 극장을 열지 못하게 하는 당국의 감시를 피해 템스강 남쪽까지 내려온 극장들이 하나둘 생기기 시작하더니 극장촌이 만들어졌다. '엘리자베스 시대의 대학로'가 바로 이곳이다. 그래서 서더크 대성당의 교구에는 많은 배우들과 작가들이 살았다. 성당의 묘지에도 에드먼드를 비롯해 많은 연극계 인물들이 잠들어 있지만 그중 셰익스피어에게 중요한 인물 한 명이 이곳에 있다. 글로브 극장의 라이벌이었던 로즈 극장의 단장 필립 헨슬로우Philip Henslowe(?~1616). 희대의 비즈니스맨이자 배우이기도 했던 그는 전당포업과 악명 높은 대규모 매춘으로 돈을 벌었다. 작가들에게는 소액의 선금만 주고 계약을 하자고 꼬드긴 다음 일을 시키는 식이었다. 겨우 입에 풀칠만 할 수 있는 돈만 대어 주면서 희곡을 뽑아내는 것으로도 유명했다.

헨슬로우는 로즈 극장을 세운 후에도 극장 옆에서 매춘을 이어

갔다. 고상한 극장주가 매춘업을 한다니, 지금이야 말도 안 될 일이지만 당시 런던의 공연 문화는 이처럼 저 밑바닥 시민들의 삶과 밀접하게 닿아 있었다. 매음굴의 운영은 헨슬로우의 의붓딸 조안Joan이 아버지의 매질에 못 이겨 억지로 떠맡았다. 이미 아버지의 강요로 배우 에드워드 애일린Edward Alleyn(1566~1626)과도 결혼한 몸이었다. 얼핏 보면 난봉꾼인 것 같은 헨슬로우가 방대한 극장 운영 일지와 일기를 남겼다는 것은 의아한 사실이다. 치밀한 경영자의 면모를 보여 주는 그가 남긴 꼼꼼한 기록은 엘리자베스 시대의 극장 운영에 대해 많은 정보를 알 수 있는 중요한 자료가 되고 있다.

성당 내부로 들어가 교회 중앙부 신도석에서 남쪽으로 향하는 복도를 걸어 내려오면 특이한 자세의 셰익스피어의 동상과 재미있는 스테인드글라스 창문이 있다. 왼쪽 팔을 바닥에 비스듬히 기대고 누워 먼 곳을 응시하는 셰익스피어 동상 앞에는 아름다운 꽃들이 가득하다. 세계 각지에서 온 팬들의 선물이다. 앞으로 살짝 내밀고 있는 오른손은 수많은 사람들의 손길이 스쳐 반들반들 윤이 난다. 펜을 쥐고 희곡을 써 내려갔을 저 손을 만지면 그처럼 세계를 놀라게 할 작품의 영감이 떠오를까. 셰익스피어의 동상 오른편에는 그를 열렬히 사랑했던 한 남자의 명판이 걸려 있다. 바로 미국 배우 샘 워너메이커Sam Wanamaker다. 배우이자, 감독, 프로듀서, 기업가였던 샘은 셰익스피어의 극장, 글로브의 재건에 앞장선 인물이다. 그는 불굴의 신념을 가지고 25년의 삶을 극장을 짓는 데 바쳤다. 그리고 마침내 셰익스피어를 우리 앞에 다시 불러냈다.

1954년에 만들어진 스테인드글라스 창문은 언뜻 보면 그다지 특별한 게 없어 보인다. 기본적으로 수백 년의 역사를 넘나드는 건축물과 기념물 들이 넘쳐나는 런던에서 명함도 못 내밀 정도로 최근에 만들어진 이 창문에는 어떤 특별한 이야기가 숨어 있을까. 그림을 자세히 들여다보면 셰익스피어 작품의 기라성 같은 등장인물들이 보인다. 〈템페스트〉의 나이든 마법사 프로스페로Prospero가 팔을 올리면서 재판을 저지하고 있다. '셰익스피어 작품 좀 읽어 봤다'라고 자신한다면 몇 개의 작품과 몇 명의 인물들이 창문 속에 숨어 있는지 찾아보자.

유리창 속 희곡의 인물들

왼쪽 창 위에서 아래 방향으로 〈한여름 밤의 꿈〉의 요정 퍼크와 보텀이 등장한다. 퍼크가 마법을 부려 보텀의 머리를 당나귀 머리로 만들어 버리는 장면이다. 점입가경으로 사랑의 묘약을 마신 티타니아 왕비가 당나귀 머리를 한 보텀을 보고 사랑에 빠져 버린다.

그 아래는 〈십이야Twelfth Night〉의 한 장면. 여주인공 올리비아의 집사 말볼리오가 꾐에 빠져 그의 여주인인 올리비아에게 구애

서더크 대성당 스테인드글라스

를 하고 있다. 수풀 속에서 마리아가 이 장면을 엿본다.

〈베니스의 상인〉의 존 팔스타프와 법복을 입은 마리아도 보인다. '자비란 억지로 만들어지는 것이 아니다The quality of mercy is not strained'라는 희곡의 한 대사를 하는 듯하다.

〈뜻대로 하세요〉의 자크는 심사숙고하는 듯한 모습으로 아덴 숲속에 앉아 있다. 〈리어왕King Lear〉의 어릿광대도 보인다.

가운데 창 위로 시선을 돌려보면 〈템페스트〉의 세 주인공이 있다. 요정 에리얼이 마법사 프로스페로의 머리 위를 날고 있고 그 아래에는 반인반수 노예 캘리번Caliban이 쭈그리고 앉아 있다.

오른쪽 창 위에는 저 유명한 로미오와 줄리엣 커플. 발코니에 있는 줄리엣을 향해 구애의 팔을 내밀고 있는 로미오가 보인다. 리처드 2세는 그의 손에 텅 빈 왕관을 들고 있다. 리처드 3세, 리어왕, 오델로Othello, 레이디 맥베스Lady Mecbeth, 그리고, 광대 요릭 poor Yorick의 해골을 들고 있는 햄릿까지 볼 수 있다.

창 아래에는 〈뜻대로 하세요〉의 글귀가 적혀 있다.

온 세상이 무대이지,

모든 남자 여자는 배우일 뿐이고.

그들에겐 각자의 등장과 퇴장이 있으며

한 사람은 일생 동안 많은 역을 하는데

나이 따라 칠 막을 연기하네. 첫째는 갓난앤데

유모 팔에 안겨서 앵앵대고 토해 대지.
다음은 불평하는 학생 앤데 가방지고
아침 얼굴 반짝이며 마지못해 학교로
달팽이처럼 기어가. 그 다음은 연인인데
애인의 눈썹을 기리는 구슬픈 노래로
아궁처럼 한숨 쉬지. 다음은 군인인데
별난 맹세 가득하며 표범 수염 턱에 달고
명성을 시기하며 싸움엔 성급하고
대포 구멍 앞에서조차도 거품 같은
명성을 추구하지. 그 다음은 판사인데
살찐 닭을 받아잡순 넉넉하고 둥근 배에
두 눈은 엄격하며 균형 잡인 턱수염에
좋은 말씀, 낡은 사례, 충분히 가지고
자기 역을 하고 있지. 여섯 번째 나이는
깡마르고 덧신 신은 할아범 바보인데
코에는 안경 걸고 옆구리엔 지갑 차고
줄어든 정강이엔 잘 간수한 젊은 시절 바지가
세상처럼 널찍하고, 우람했던 목소리는
어린이의 고음으로 되돌아와 말소리가
날카롭고 쌕쌕거려. 이상하고 사건 많은
이 사극을 끝내는 마지막 장면은

다시 온 유아기와 완전한 망각으로

무 치아, 무 안구, 무 미각의 전무라네.

《셰익스피어 전집1: 희극 I》윌리엄 셰익스피어 지음, 최종철 옮김, 민음사

제임스 1세의 못 말리는 연극 사랑

성당의 문을 밀고 나오니 근처 버로우 마켓의 소란스러움과 오후의 활기로 가득하다. 교회 정문에서 오른쪽으로 만나는 첫 번째 골목이 성당 거리Cathedral St.다. 찰스 디킨스Charles Dickens(1812~1870) 소설에나 나올 법한 낡고 버려진 창고와 먼지 풀풀 날리는 공사 현장이었던 이곳은 현재는 고급 사무실과 세련된 상점들이 모인 거리로 변모했다. 성당 거리 건너편에는 윈체스터 광장 Winchester Square의 고풍스러운 입구가 있다. 이곳에 윈체스터 주교의 궁전이 있다.

1109년에 만들어져 이후 500년 동안 사용되었던 윈체스터 주교의 궁전은 지방에서 런던으로 올라온 주교가 편히 지낼 수 있는 런던 별장이었다. 당시 막강한 권력을 가지고 있던 지방의 주교들이 런던에 땅을 갖는 건 흔한 일이었지만 윈체스터 주교는 좀 더 특별했다. 윈체스터는 앵글로 색슨Anglo-Saxon 왕가의 수도로 중요한 도시였다. 윈체스터의 주교는 왕실의 보물과 재정을 관리하는 역할까지 맡았다. 오늘날로 치면 재무장관쯤 되는 고위직이다.

왕을 만나기 위해 자주 런던에 와야 했던 그를 위해 무려 8만 5천 평이 넘는 넓은 영지와 대정원에 주교의 궁전이 만들어졌다. 하지만 1814년의 화재로 대부분 소실되면서 사람들의 기억 속에서 잊혀 갔다. 아름다운 주교의 궁전이 다시 모습을 드러낸 건 아이러니하게도 2차 세계대전 중 이 지역에 떨어진 폭탄 때문이었다. 그 충격으로 땅 속 깊이 잠들어 있던 궁전의 잔해가 드러났다. 이어진 유적 발굴을 통해 건물의 토대와 벽의 일부분이 윈체스터 주교의 그레이트 홀Bishop of Wincester's Great Hall이라는 것이 밝혀졌다. 복원이 시작되었다.

당시 그레이트 홀Great Hall의 크기를 짐작케 하는 서쪽 벽면 꼭대기를 올려다보면 돌을 정교하게 조각해서 만든 아름다운 창틀이 먼저 눈에 들어온다. 당시 석공의 솜씨가 어찌나 뛰어났던지 돌덩어리가 아니라 마치 하늘거리는 장미꽃잎처럼 보여서 '장미 창문'으로 불렸다. 화려했던 주교의 궁전은 왕실의 파티 장소로도 애용되었다. 영국과 스코틀랜드의 첫 통합 군주, 제임스 1세의 즉위를 기념하는 연회도 이곳에서 열렸다. 거리 행진과 연회의 분위기를 띄우는 역할은 셰익스피어가 있던 국왕 극단이 맡았다.

셰익스피어는 평생 두 명의 왕을 모셨다. 엘리자베스 1세와 제임스 1세. 만약 그들이 연극에는 전혀 관심이 없었거나, 아니 오히려 당시 청교도인들이 주장하는 대로 연극을 타락의 상징으로 여겨 탄압했다면 셰익스피어가 등장할 수 있었을까? 다행히 그들은 연극을 사랑하는 왕이었다. 엘리자베스 여왕의 서거에 이은 제임스 왕의 즉위는 셰익스피어 생애의 중요한 전환점이 될 수밖에 없었다.

1603년, 엘리자베스 여왕이 45년간의 비범한 통치를 끝맺고 죽음을 맞이했지만 다행히 여왕의 부재가 연극과 극단의 종말을 가져오지는 않았다. 오히려 그 반대였다. 제임스 1세는 즉위와 함께 셰익스피어의 극단인 궁내장관 극단을 그 자신이 직접 후원하는 국왕 극단King's Men으로 승격시켰다. 국왕 극단으로 이름을 바꾼 셰익스피어 극단은 이제 왕가를 등에 업고 왕실의 문장이 수놓인 왕실 제복을 입을 수 있는 자격까지 주어졌다. 왕과 그의 가족들은 국왕 극단의 열혈 팬이 되었다. 극단은 1603년에서 1604년으로 넘어가던 겨울 동안 궁정에서 여덟 편의 연극을 공연했다. 그 다음 계절에도 그들은 열한 차례나 궁정 공연을 했는데 그중 왕이 가장 좋아한 연극은 〈베니스의 상인〉. 왕은 1605년 2월 10일에서 12일까지 사흘 동안 이 연극을 두 번이나 공연하게 했다.

연극을 사랑했던 제임스 1세에게 셰익스피어는 좋은 친구였다. 셰익스피어가 스코틀랜드 출신인 제임스 1세를 위해 스코틀랜드 역사의 한 장면을 가공해 쓴 작품이 바로 〈맥베스Macbeth〉다. 선왕 엘리자베스 역시 연극의 든든한 후원자였지만 이 새로운 왕실의 연극 사랑은 극단과 극작가 모두에게 전례 없는 수준의 번영을 안겨 주었다. 이후 청교도 혁명으로 공화제 시대가 열리는 1642년,

모든 극장이 폐쇄될 때까지 국왕 극단은 명실공히 최고의 극단 자리를 지켰다.

제임스 1세의 즉위식이 열린 윈체스터 주교의 궁전을 찾은 이들은 지체 높으신 분들만은 아니었다. 궁전의 일부는 '치외법권 지역'이었다. 합법적으로 이 지역은 런던시 법의 관할권에서 면제됨을 의미했다. 이런 혜택을 톡톡히 본 이들이 바로 극단의 배우들이었다. 공공 오락을 법으로 금지했던 시기에 극단들은 치외법권 내에서 공연을 하거나 도시 변두리를 기웃거려야 했다. 어떻게든 쇼는 계속되었다.

해적 주식회사 최대 주주는 여왕

윈체스터 광장에서 다시 템스강 쪽으로 굽은 골목을 걸어 들어간다. 픽포드 워프 거리Pickford's Wharf St.가 보인다. 템스강의 수로 위에 프랜시스 드레이크 경의 범선이 위풍당당하게 떠 있다. 배의 이름은 골든 하인드Golden Hinde. 새로운 시작이라는 의미다. 1577년부터 1580년까지 전 세계를 누볐던 이 배의 주인, 프랜시스 드레이크 경Sir Francis Drake(1540~1596)은 16세기 영국 최고의 해적이었다. 해상 노략질로 악명이 높았던 그에게 익명의 후원자가 있었으니, 바로 엘리자베스 1세였다. 여왕은 사재를 털어서까지 해적 약탈에 사활을 걸었다. 해상 패권을 장악하기 위해 드레이크의 도움이 반드시 필요했고 그가 해적인 것은 전혀 문제되지 않았다. 오히려 여왕은 그의 용기와 도전 정신을 높이 평가했다. 드레이크가 만든 해적 주식회사에 여왕과 수많은 귀족들이 대주주가 되어 자금과 선박을 제공했다.

드레이크는 자신에게 투자했던 그들을 실망시키지 않았다. 1587년, 남미와 스페인의 금은광과 화물 운송 기지, 운송 함대 등을 무자비하게 약탈해 엄청난 이익을 챙겼다. 엘리자베스 1세는 그의 이런 공로를 인정하여 귀족 칭호까지 수여했다. 당시 그와 함께 바다를 누볐던 영웅, 골든 하인드호는 1937년부터 1970년까지 33년 동안 하프 페니half penny 동전의 뒷면에도 새겨져 있었다. 해적이자 영웅, 그리고 조국의 수호자로 추앙받았던 드레이크의 이름은 드레이크해협과 드레이크만으로 남아 있다. 농부의 아들로 태어난 그는 선장의 조수로 처음 배를 탄 이후 결국 영국 해군의 부제독이라는 자리까지 올랐다. 자신의 가문 문장에 새겨진 격언을 몸소 실천한 삶이었다. '위대함은 작은 시작에서부터 이루어진다.' 현재의 배는 복제품으로, 엘리자베스 시대의 의상과 장식품들이 전시되어 있다. 갑판 위에는 초등학생쯤으로 보이는 아이들이 선생님의 열띤 설명을 들으며 사뭇 진지한 표정을 짓고 있다. 비록 해적의 약탈이라는 깨끗하지 못한 과거지만, 무적 함대였던 스페인을 물리치고 유럽의 바다를 장악했던 영광을 그들은 잊고 싶어 하지 않을 것이다.

영국에서 가장 오래된 감옥, 클링크

템스강 변을 따라 이어진 클링크 거리Clink St.를 걷는다. 이 골목에는 재미있는 이야기들이 많이 숨어 있다. 무엇보다 이곳에 엘리자베스 시대 연극계의 슈퍼스타들이 모여 살았다. 흥행작들을 쏟아낸 로즈 극장의 단장 필립 헨슬로우, 60편의 작품을 쓸 정도로 인기 작가였던 필립 메신저Philip Massinger, 그리고 셰익스피어의 동료 작가였던 프랜시스 버몬트Francis Beaumon(1584~1616)와 존 플래처 John Fletcher(1579~1625)까지 쟁쟁한 연극인들의 집이 바로 이 거리에 있었다. 거리의 바로 왼편으로는 스토니 거리Stony St.로 향하는 교차로가 이어진다. 여기에서도 오래된 건물의 잔해들이 발견되었다. 혹자는 이를 두고 윈체스터 궁전의 부엌터라고 하고, 또 다른 이들은 주교의 개인 감옥이었던 클링크Clink라고 주장한다.

윈체스터 주교의 개인 감옥에는 이단자와 부랑자들이 감금되었다. 몇몇 '순례의 조상들Pilgrim fathers', 즉 청교도인들도 함께 투옥되었다. 미국인들이 자신의 조상으로 자랑스럽게 생각하는 이들은 종교적 박해를 피해 1620년, 메이플라워호에 올랐다. 그들이 도착한 곳은 미국 북동부 뉴잉글랜드 메사추세츠주 연안. 이민단은 그들의 출발지였던 영국 해협의 항구 도시 이름을 기념하여 플리머스Plymouth라고 명명했다. 영국의 플리머스항은 지금도 중요한 무역항으로서 건재하고 있으며 양차 세계대전 때는 포츠머스

클링크 감옥 박물관

다음의 영국 제2의 군항으로 해군의 주둔지였다. 클링크는 영국 역사상 가장 오래된 감옥의 등장이었다. '쨍그렁 소리를 내다'라는 의미의 'Clink'라는 영어 단어가 지금의 '감옥'을 뜻하게 된 것도 감옥 안에서 들려오는 죄수가 끌고 다니는 쇠사슬 소리 때문이었을지도 모른다. '감옥 체험'을 해 보려면 런던의 관광 명소인 클링크 감옥 박물관Clink Prison Museum도 들러 볼 수 있다.

극장의 주주, 셰익스피어

16세기 들어 새롭게 등장한 런던의 공연 문화는 시민들을 단번에 사로잡으며 돌풍을 일으켰다. 연극을 보기 위해 몇 백 명씩 몰려드는 일이 다반사. 비즈니스 기회를 포착한 배우 제임스 버바지 James Burbage(1530~1597)가 엘리자베스 1세의 애인이었던 레스터 백작, 로버트 더들리Robert Dudley, 1st Earl of Leicester(1532~1588)의 후원을 받아 낸다. 그리고 1576년 쇼디치Shoreditch에 영국의 첫 번째 공공 극장Public Theatre인 '더 시어터The Theatre'가 문을 열었다. 하지만 임대 계약이 끝나던 해인 1597년, 제임스가 때 이른 죽음을 맞게 된다. 극장은 그의 두 아들 리차드와 커스버트에게 상속되지만 예정보다 오래 끌어온 계약이 못마땅했던 땅 주인 자일스 앨런Giles Allen은 재계약을 거절했다. 결국 극장은 문을 닫게 된다.

버바지가 이끌고 있던 레스터 백작 극단the Earl of Leicester's Men

은 갑자기 갈 곳을 잃고 인근의 커튼 극장Curtain Theatre으로 거점을 옮겼다. 극단의 이름도 수차례 바뀐다. 후원자였던 레스터 백작이 1588년에 죽자, 잠시 동안 스트래인지 경Lord Strange의 보호를 받아 더비 백작 극단으로 불렸다. 또 다시 후원자가 죽자 이번에는 엘리자베스 여왕의 사촌인 궁내장관의 보호를 받게 되어 1603년까지 이른바 궁내장관 극단으로 이름을 떨치게 된다. 그리고 마침내 1593년부터 버바지와 함께 극단 일을 시작한 셰익스피어는 10년 만인 1603년에 국왕 제임스 1세의 후원을 받는 '국왕 극단King's Men'으로 승격시키며 극단의 눈부신 발전을 이끌었다. 당시 배우들은 후원자의 보호가 반드시 필요했다. 1594년에 공표된 '뜨내기 법'은 유랑극단으로 떠돌던 배우들의 신분을 위협했다. 불시에 심문에라도 걸려 정확한 소속을 대지 못한다면 뭇매를 맞거나 감옥에 갇히는 위험이 늘 도사렸다. 또한 런던시를 관리하던 공무원들에게 극장은 골칫거리였다. 사람들이 모이는 극장에서는 언제나 사건·사고가 끊이지 않았고, 전염병의 위험도 도사리고 있었다. 궁정의 보호가 없었다면 극단들은 살아남지 못했을 것이다. 극단들은 관리 당국의 감시가 심해지자 극장에서 공연을 하면서도 궁정 공연의 리허설이라고 위장했다.

갑작스레 '더 시어터'가 문을 닫고 '커튼 극장'으로 옮긴 후 극단의 수입은 눈에 띄게 줄어들기 시작했다. 돈을 마련하기 위한 고육지책으로 극단의 가장 인기 있는 공연 극본 네 편을 팔아 치우기로 결정했다. 이렇게 팔려 나간 〈리처드 3세〉〈리처드 2세〉〈헨리 4세〉 1부, 그리고 〈사랑의 헛수고〉의 극본은 싸구려 4절판으로 찍혀 해적 시장에서 팔려 나갔다. 극단은 당장 쓸 수 있는 현금을 만지게 되었지만 해결책이 되지는 못했다.

1598년 12월 28일, 템스강이 얼어붙을 정도로 몹시도 춥던 밤, '더 시어터'의 굳게 닫힌 문 앞의 그림자 아래로 배우들이 하나둘 모여들기 시작했다. 장검, 단검, 창, 도끼 등의 무기로 무장한 채였다. 배우들은 주변에 망을 봐 줄 감시자들을 배치하고 열두어 명의 일꾼과 함께 '더 시어터'의 건물을 통째로 해체하기 시작했다. 새벽빛이 밝아 올 때쯤, 목재들을 실은 배가 유유히 템스강을 건너 로즈 극장에서 그리 멀지 않은 곳에 도착했다. 소식을 듣고 집에서 뛰쳐나온 땅 주인 앨런은 이 황당한 상황에 거의 졸도할 지경이었다. 사유지 무단 침입의 근거로 그들을 고발했으나 사태가 그리 호락호락하지는 않았다. 버바지의 임대 계약상 앨런의 땅 위에 지어진 건축물에 대한 소유권은 버바지에게 있었기 때문이었다.

야반도주로 돈뭉치를 챙기는 경우는 있어도 극장을 뜯어서 옮기는 일은 아마도 전무후무할 것이다. 연극사에 길이 기록될 역사적인 사건이 런던 브리지를 가로질러 일어났다. 1598년 겨울부터 1599년 봄 무렵까지, '더 시어터'의 목재들이 다리를 건넜다. 템스강 남쪽 서더크Southwark에 새로운 극장이 모습을 드러냈다. 각 면의 너비가 대략 30미터 되는 목조 건물의 무대는 계단식으로 된 관람석 세 구역과 그라운드라고 불리는 지면地面의 입석 구역을 향해 돌출되도록 만들어졌다. 총 3,000명의 관객을 수용할 수 있었는데 이는 당시 대도시 런던에서도 놀라운 크기였다. 물론 그라운드의 입석 관람객도 포함된 숫자지만, 우리나라의 세종문화회관이 3,000여 석이니 그 규모를 짐작할 수 있다. 1997년에 재건축한 글로브 극장도 원래의 크기와 비교하면 절반 정도밖에 안 된다.

새로운 극장의 31년 임대 운영권은 극단의 새로운 이름이 된 궁내장관 극단이 갖게 되었다. 계약 절반의 소유권은 젊은 버바지 형제가, 그리고 나머지 절반은 5명의 배우가 나누어 가졌는데 셰익스피어도 이 중 한 명이었다. 이 새로운 시작을 위해 극장의 주주들이 한자리에 모였다. '토투스 문두스 아지트 히스트로니엠Totus mundus agit histroniem.' '배우는 온 세계를 연기한다'라는 의미의 라틴어로 야심차게 극장의 표어를 만들고 헤라클레스가 어깨 위에 지구 전체를 올리고 버티는 도안을 넣었다. 그리고 글로브 극장이라고 칭했다. 셰익스피어 작품 중 대다수가 바로 이곳, 글로브에서 초연되었다.

1599년 6월, 놀랍도록 빠른 속도로 완공을 마친 글로브 극장의 개봉작이 발표되었다. 셰익스피어의 〈줄리어스 시저Julius Caesar〉. 첫 작품이니만큼 가볍고 대중적인 작품을 선보일 것이라는 모두의 예상과는 다른 선택이었다. 끊임없이 이어지는 여왕 암살 시

글로브 극장

도, 그리고 사회적으로 만연한 대중의 불안한 정서에 적합한 비극이었다. 〈줄리어스 시저〉의 성공을 시작으로 글로브 극장은 엄청난 성공을 거두었다.

글로브 극장이 문을 연 지 4년이 지난 1613년의 어느 날. 극장의 인기몰이는 계속되고 있었다. 오늘 공연은 〈헨리 8세〉. 마침내 입장이 시작되었다. 연극이 시작된 지 얼마 지나지 않아 공연 도중 대포가 발사되었다. 관객들은 실감나는 대포 소리에 일제히 환호성을 질렀다. 하지만 포구에서 나온 종이 뭉치에 불이 붙어 포물선을 그리며 목재 건물 지붕에 떨어진 것은 순식간의 일이었다. 환호성은 비명으로 바뀌고 관객들은 일제히 공연장 밖으로 뛰쳐나왔다. 첫 번째 글로브가 이렇게 사라졌다. 이듬해인 1614년 같은 자리에 두 번째 글로브 극장이 다시 세워졌다. 이번에는 사고 없이 1640년까지 운영되었다. 이후 글로브 극장은 1642년 청교도 정권의 압력으로 폐쇄되고 1644년 다시 철거되면서 부침을 반복했다. 그리고 1997년 6월 말, 현재의 위치에 셰익스피어 글로브 Shakespeare's Globe 극장이 다시 문을 열었다.

글로브 극장의 라이벌, 로즈 극장 등장

클링크 거리에서 왼쪽으로 이어지는 골목이 파크 거리Park St.다. 이 골목 안에 지금은 사라진 최초의 글로브 극장과 로즈 극장 터가 있다. 베어 가든Bear Garden도 바로 여기에 있었는데, 16~17세기 당시 이 거리는 극장과 동물 게임 원형 경기장들이 몰려 있는 곳이었다. 아무리 연극이 새로운 오락거리로 시민들의 관심을 끌고 있었다지만, 대다수의 극장들은 연극만으로는 수익을 내기가 쉽지 않았다. 그래서 극장 대관을 할 수밖에 없었다. 쇠사슬에 묶인 곰을 공격하는 개들에게 내기를 거는 베어 베이팅bear-baiting 같은 잔인한 스포츠 경기장과 노름 장소가 되는 일은 아주 흔했다.

특히 동물을 괴롭히는 놀이라면 영국이 본고장이었다. 엘리자베스 여왕은 외국에서 온 손님들의 접대용으로 곰을 괴롭히는 놀이를 선보일 정도였다. 곰 한 마리를 링 안에 넣고 기둥에 줄로 묶어세우고는 맹견 몇 마리가 곰을 공격하게 했다. 당시에도 곰은 희귀한 동물이어서 구경하기도 힘들 뿐더러 아주 비쌌다. 그래서 황소나 말 같은 동물이 곰을 대신하기도 했다. 말 등에 침팬지 한 마리를 태워 개들을 시켜 공격하게도 했는데 흥분해서 마구 날뛰는 말과 소리를 꽥꽥 질러대는 침팬지를 보며 사람들은 즐거워했다.

1587년, 필립 헨슬로우와 그의 사위이자 인기 배우 에드워드 애일린이 로즈 극장의 문을 열었다. 런던에서는 네 번째, 서더크 지역에서는 첫 번째 공공 극장이기도 했다. 인기 작가 크리스토퍼 말로Christopher Marlowe(1564~1593)의 〈탬버레인〉을 올리면서 관객몰이에도 성공을 했지만 계약의 갱신을 앞두고 이전 임대료의 세 배나 되는 금액을 감당할 수 없었다. 헨슬로우는 로즈 극장의 운영을 포기하고 1605년에 문을 닫았다. 하지만 극장 경영을 포기한 가장 큰 이유는 글로브 극장의 등장 때문이었다. 셰익스피어 작품으로 인기 몰이를 하는 글로브를 당해 낼 재간이 없었다. 로즈 극장의 가장 큰 특징은 무대에 있었다. 당시의 다른 극장과 다르게 무대의 2층을 확장하여 적극적으로 활용했다. 로미오가 줄리엣의 발코니를 넘나들며 사랑을 속삭이는 데는 이만한 극장이 없었다.

헨슬로우는 템스강 저편, 북서쪽 끄트머리로 시선을 돌린다. 1600년, 두 번째 극장인 포춘 극장Fortune Playhouse을 세웠다. 그리고 곧이어 세 번째 극장도 계획한다. 곰 싸움이 열리던 경기장을 사들여 재건축을 한 뒤 1613년 또 하나의 극장이 문을 열었다. 이름은 호프 극장The Hope. 호프 극장에서는 연극 공연과 동물 경기가 번갈아 열리곤 했다. 셰익스피어의 친구 벤 존슨의 〈바르톨로뮤 시장〉이 초연되고 다음 날 밤에는 곰의 피가 무대에 뿌려졌다. 1656년 호프 극장이 철거된 후에도 근처에 생긴 데이비스 베어 가든이라고 불리는 곳에서는 1662년까지 동물 경기가 계속되었다. 이후 동물 보호를 위해 경기가 금지되고 이처럼 잔인한 취미는 점차 사라졌다.

엘리자베스 시대의 극단 사업과 극장의 구조에 대한 많은 기록이 남아 있는 건 온전히 필립 헨슬로우 덕분이다. 1592년부터 1603년까지 꼼꼼히 써 내려간 그의 일기에는 극장의 운영 일지가 자세히 담겨 있다. 극단이 공연한 연극의 이름, 고용된 배우들, 그리고 무대 소품들과 의상들까지 자세한 목록이 모두 망라되어 있다. 포춘 극장 건물의 계약서도 발견되었다. '1600년, 포춘 극장의 건축 비용은 440파운드로 합의'라고 기록되어 있다. 포춘 극장은 글로브 극장과 달랐다. 글로브보다 조금 더 컸고 원형 극장이 아니라 사각형의 건물이었다. 아쉽게도 계약서에 도면은 남아 있지 않지만 객석의 높이와 깊이, 바닥에 쓰일 나무판자의 두께, 벽토의 구성 성분 및 그 밖의 세부사항이 기록되어 있었다. 헨슬로우가 남긴 기록은 1997년에 재개관한 글로브 극장 설계의 일등 공신이 되었다.

1613년 〈헨리 8세〉 공연 도중 옮겨붙은 불로 소실된 최초의 글로브 극장의 위치는 짐작만 할 수 있지만 헨슬로우가 만든 로즈 극장의 터는 그대로 남아 있다. 1989년, 파크 거리의 한 공사 현장에서 로즈 극장의 잔해가 발견되었다. 공사가 중단되고 발굴된 극장의 유적들은 런던 박물관Museum of London으로 옮겨졌다. 이때 극장의 2층 좌석으로 올라가는 나무 계단의 일부가 발견되었는데, 놀랍게도 계단 위에 버려진 과일 씨앗과 헤이즐넛 껍데기들도 고스란히 남아 있었다. 엘리자베스 시대 극장에서 빼놓을 수 없는 간식이 지금의 팝콘 대신 바로 이 헤이즐넛이었다.

세계 3대 신문으로 손꼽히는 파이낸셜 타임즈의 사옥이 로즈 극장의 잔해를 옮기고 난 빈터에 들어섰다. 하지만 다행히도 빌딩의 지하에는 당시 로즈 극장의 존재를 상상할 수 있게 하는 흔적이 남아 있다. 모래벽과 시멘트벽으로 봉인된 물웅덩이 속에 잠들어 있는 로즈 극장을 긴 잠에서 깨운 것은 1999년 영화 〈셰익스피어 인 러브〉였다. 슬럼프에 빠진 젊은 셰익스피어가 등장하는 이 가상의 스토리의 배경이 바로 로즈 극장이다. 셰익스피어는 이 영화에서 〈로미오와 줄리엣Romeo and Juliet〉을 집필하는 중 이루지 못할 사랑에 빠진다.

엘리자베스 1세로 분한 카리스마 넘치는 배우 주디 덴치Judi Dench, 셰익스피어와 사랑에 빠지는 역할로 아카데미 여우주연상을 거머쥔 기네스 펠트로Gwyneth Kate Paltrow, 여기에 로즈 극장의 단장 필립 헨슬로우 역에 제프리 러시Geoffrey Roy Rush와 에드워드 애일린 역에 벤 에플렉Benjamin Geza Affleck-Boldt까지 그야말로 쟁쟁한 배우들이 캐스팅되었다. 이들의 연기력을 보는 재미는 물론이고, 당시 로즈 극장을 둘러싼 실제 인물들과 허구의 러브 스토리를 넘나들면서 오랫동안 기억될 매력적인 영화가 탄생되었다. 영화의 명장면을 꼽으라면 주디 덴치가 연기한 엘리자베스 여왕과 셰익스피어의 첫 만남. 〈로미오와 줄리엣〉을 보기 위해 로즈 극장을 찾은 여왕은 연극이 끝나자 이렇게 말한다. "셰익스피어와 좀 더 이야기를 나눌 수 있게 궁전으로 들어오라고 해 주게." 셰익스피어의 사랑과 로즈라는 달콤한 극장 이름이라니, 세계에서 이보다 더 로맨틱한 극장이 또 있을까 싶다. 글로브 극장에서 운영하는 단체 관람 투어에 참가하면 로즈 극장의 숨겨진 역사에 한 발자국 더 가깝게 다가갈 수 있다. 약 두 시간 반 정도 소요되고 참 가비는 20파운드다.

셰익스피어와 벤 존슨의 전설적인 '언어 주점' 논쟁

이쯤에서 셰익스피어와 함께 런던 연극 무대를 휘어잡던 두 명의 작가 이야기를 하지 않을 수가 없다. 셰익스피어는 일생을 통틀어 두 명의 라이벌을 꼽았다. 한 명은 크리스토퍼 말로 그리고 벤 존슨. 말로가 29살의 젊은 나이에 요절하자, 셰익스피어는 남은 인생 동안 존슨과 연극에 대한 토론을 이어 나갔다. 셰익스피어의 인생에 큰 영향을 끼친 장본인 크리스토퍼 말로는 2장 쇼디치를 산책하면서 좀 더 이야기하려 한다. 지금이야 셰익스피어는 전 세계인이 아는 이름이 되었지만, 엘리자베스 시대 당시에는 셰익스피어보다 존슨이 더 유명세를 떨쳤다. 존슨은 어린 시절 어려운 가정 환경에서 자라났다. 신사 계급 출신이던 할아버지의 재산을 메리 여왕이 모두 몰수하고 나자 가계는 급속히 기울고 유복자로 태어난 그의 아버지는 목사가 되었지만 일찍 죽고 만다.

존슨의 어머니는 벽돌 제조공과 재혼을 했다. 머리가 비상했던 어린 존슨의 재능을 알아본 한 후원자의 도움으로 명문 웨스트민스터 학교를 졸업한 뒤, 대학 진학을 원했지만 계부는 벽돌이나 만들라며 그의 앞날을 방해했다. 결국 존슨은 집을 탈출할 수밖에 없었다. 그의 피난처는 바로 군대. 군 복무 중에 적군과 일대일 결투를 벌여 적병을 죽이고 아군의 환대를 받는 일도 있었는데, 그의 이런 불같은 성질은 훗날 또 다른 이의 죽음을 부른다. 제대 후인 1582년 런던에 돌아온 그는 결혼을 하지만 부부 생활은 그리 순탄치 않아 1603년부터는 별거 생활을 하게 된다.

5년 후, 그는 셰익스피어처럼 어느 유랑 극단의 배우가 된다. 그리고 헨슬로우에게 발탁되어 '해군 제독 극단the Lord Admiral's Men'에서 작가로 변신한 어느 날, 살인 사건에 휘말린다. 극단의 동료와 결투를 벌여 상대는 결국 명을 달리한다. 작가로서의 성공을 앞두고 체포되기 직전, 뜻밖에도 죽은 아버지의 덕을 보게 된다. 목사의 아들이라는 이유로 간신히 처형을 면하게 된 것. 하지만 얼마 남지 않은 살림마저 모두 몰수당하고 엄지손가락에 찍힌 살인의 종신 낙인은 평생 동안 그를 따라다녔다.

존슨과 셰익스피어의 인연은 존슨의 데뷔작 〈십인십색〉에서 시작되었다. 도시로 나온 시골 청년이 아름다운 여인과 사랑에 빠진다는 내용의 이 작품은 1598년 글로브 극장에서 초연되었다. 공연은 대단한 흥행을 거두며 존슨의 화려한 등장을 예고했다. 이 공연에 주연 배우로 출연했던 셰익스피어는 이때부터 존슨과 오랜 친분을 쌓게 된다. 존슨의 1603년 작품 〈시저너스, 그의 몰락〉에서도 다시 한 번 주연을 맡았다. 물론 그들의 사이에 애정 어린 우정만 있었던 건 아니었다. 뛰어난 작가였던 두 사람의 논쟁은 그 하나로 볼거리였다.

그중 '인어 주점Mermaid Tavern'의 싸움은 지금도 전설처럼 그 내용이 전해질 정도로 유명하다. 발단은 역시 존슨이었다. 그는 셰익스피어 작품의 두 가지 불합리한 모순점을 지적했다. 하나는 〈줄리어스 시저〉의 허황된 대사들, 그리고 〈겨울 이야기The Winter's Tale〉 속에서 나오는 보헤미아 숲의 비현실적인 배경이었다. "셰익스피어는 보헤미아에서 배가 난파되었다고 하지만 그곳은 인근 몇백 마일 안에 바다가 없다"라며 짚고 넘어가야 직성이 풀렸다. 여기에 "셰익스피어는 한 줄도 지우지 않은 채 글을 썼다고 칭찬을 받지만 나는 그의 글을 한 천 줄쯤 지워 버렸으면 좋겠다"는 말로 비난의 쐐기를 박았다. 하지만 존슨은 1616년 52세를 일기로 먼저 세상을 떠난 친구 셰익스피어의 죽음을 진심으로 애도했다. 전해지는 바에 따르면 셰익스피어의 사망 원인이 존슨, 그리고 친구이자 시인인 마이클 드레이턴Michael Drayton(1563~1631)과 함께한 저녁 식사에서의 과음이 원인이었다는 이야기도 있다. 소문이 사실이든 아니든, '친애하는 윌리엄 셰익스피어 선생을 추모하며'라는 제목의 송시에서 존슨은 셰익스피어를 '에이번의 감미로운 백조'로 추억했다. 그리고 후세에 길이 남는 이 멋진 구절을 덧붙였다.

"셰익스피어는 한 시대에 속하지 않고, 시대를 초월해 존재하는 작가다."

존슨의 작품은 모든 면에서 셰익스피어의 작품과 강력한 대조를 이루었다. 사실 셰익스피어의 희곡은 연극의 고전적 규칙을 준수하지 않았다는 약점이 있었다. 존슨은 이런 고전적 극작 이론에 정통했으며, 역사적 고증은 철저했고, 비극과 희극을 엄격히 구분했다. 강렬한 사실주의로 묘사해 낸 존슨의 작품 속 인물들은 셰익스피어 작품보다 당시 런던의 생활상을 이해하는 데 더 도움이 된다는 평가가 있을 정도다. 존슨은 늘 셰익스피어의 자유로운 극작법이 못내 마음에 걸렸다. 그래도 셰익스피어의 재능은 가벼이 여기지 않았다. 당시 누구보다 셰익스피어의 성공을 먼저 예견한 것도 존슨이었다. 늘 티격태격하던 그들이었지만 존슨은 셰익스피어가 세상을 떠난 뒤 미처 건네지 못한 칭찬을 한다. 역시나 가시 같은 조건이 붙긴 하지만. "나는 그 남자를 사랑했고 그 어떤 대상보다 (우상숭배에 가까울 정도로) 그를 추념한다. 그는 (정말로) 정직했으며 솔직하고 자유로운 성품을 지녔었다. 상상력이 탁월했고 이해력이 뛰어났으며 표현은 부드러웠다. 비록 그는 글을 술술 써 내려갔지만 때로는 반드시 제동을 걸어 줄 필요가 있었다."

존슨은 데뷔작 이후, 연이은 성공으로 작가로서의 입지를 굳혔다. 그러던 중 가면극들을 쓰기 시작했는데, 이는 제임스 왕의 마음에 쏙 들었다. 셰익스피어도 제임스 왕의 든든한 후원을 받았지만 연금을 받은 것도, 계관 시인의 자리에 오른 것도 셰익스피어가 아닌 존슨이었다.

불우한 어린 시절을 보내고 이제 점잖은 위치까지 오르게 되었건만 존슨의 불같은 성질이 어디 쉽게 고쳐질까. 당시 거의 모든 문인과 시인들 치고 그와 작은 싸움 한 번 하지 않은 사람이 없었다. 그중 영국 최초로 팔라디오Palladio 건축 양식을 도입한 유명 건축가이자 당대 최고 무대 디자이너였던 이니고 존스Inigo Jones(1573~1652)는 최고의 적수였다. 존슨의 현란한 무대 장치들은 자신이 쓴 시적 우화들의 진수를 방해하는 장치일 뿐이라며 부딪치기 일쑤였다. 맥주 몇 잔 걸친 거나한 밤이면 존슨의 고함 소리는 런던 골목 곳곳으로 퍼져 나갔다.

셰익스피어가 죽은 해인 1616년, 존슨은 돌연 극작을 중단한다. 그리고 1618년, 도보로 스코틀랜드까지 여행을 떠나는데 그곳에서 윌리엄 드러몬드William Drummond(1585~1649)라는 시인을 만나 함께 나눈 이야기들이 기록되어 그 일부가 지금까지 전해지고 있다. 존슨은 여행에서 돌아온 후 도보 성지 순례기를 썼는데 아쉽게도 출판도 되기 전에 소실되었다. 젊은 시절, 극작가로서 누리던 영광은 모두 사라지고 그의 말년은 가난과 질병에 시달렸다. 그리고 1637년 세상을 떠났다. 그의 묘비명은 "오 걸출한 인물 벤 존슨O rare Ben Jonson"이라는 단출한 한 줄. 셰익스피어와는 달리 그의 죽음은 거국적인 애도를 받았고, 웨스트민스터 사원Westminster Abbey에 시신이 안장되는 영예를 누렸다.

세계의 대문호 셰익스피어도 살아생전에 오르지 못한 '계관 시인poet laureate'은 어떤 제도일까. 1616년 제임스 1세가 벤 존슨에 게 연금을 주면서 유래한 계관 시인은 당대의 가장 뛰어난 시인에게 부여되는 칭호이다. 1630년, 찰스 1세(1600~1649)때는 계관 시인에게 지급되는 연금 액수도 증가했다. 1638년에 존슨이 죽고 나자 그의 뒤를 이어 윌리엄 대버넌트William Davenant(1606~1668)가 계관 시인의 자리에 올랐다. 대버넌트는 당대의 뛰어난 작가이자, 셰익스피어의 숨겨진 아들로도 의심받는 주인공이다. 그리고 1668년, 대버넌트가 세상을 떠난 뒤 일주일 만에 존 드라이든John Dryden(1631~1700)이 임명되면서부터 계관 시인은 왕실의 상설 직책이 되었다. 지난 2009년 5월에는 작가 캐롤 앤 더피Carol Ann Duffy가 400년 만에 첫 여성 계관 시인으로 임명되어 화제를 낳기도 했다.

사실 계관 시인은 국왕에게 봉사한 공로를 인정받고 앞으로도 계속 충성을 맹세하게 만들기 위한 보상의 자리였다. 1688년 명예 혁명을 계기로 계관 시인은 새해나 국왕의 생일에 송가頌歌*를 지었다. 이후 이런 관습은 1843년까지 계속되다가 빅토리아 여왕이 윌리엄 워즈워스William Wordsworth(1770~1850)를 임명하면서부터 자연스럽게 사라졌다. 그리고 단지 시인에 대한 명예로운 보상의 개념으로 굳어졌다. 비틀즈의 멤버였던 폴 매카트니Paul McCartney

* 국왕의 공덕을 기리는 노래.

를 계관 시인으로 임명하자는 논의가 일어난 적도 있었다. 당연히 반대 세력도 거셌다. 세계적인 가수이자 이미 작위爵位까지 있었지만 단 한 권의 시집도 펴낸 적이 없다는 것이 이유였다. 비슷한 일이 2016년 노벨상 수상 과정에도 있었다. 미국 히피 운동의 대명사였던 밥 딜런Bob Dylan이 노벨 문학상 수상자로 선정된 것. 그가 쓴 노래의 가사를 두고 문학이냐 아니냐는 논쟁에 불이 붙었지만 그보다 더 흥미로웠던 건 딜런의 반응이었다. 수상 소식이 전해지고 15일간 딜런은 그저 묵묵부답. 아무런 입장 발표가 되지 않자 '건방지다'는 여론이 일었다. 수상을 거부할 것이라는 추측까지 더해지며 전 세계가 딜런을 주시했다. 결국 그는 노벨상을 받겠다며 입을 떼었다. 하지만 '개인적인 선약이 있다'며 시상식에는 불참했다. 대신 긴 편지 한 통을 한림원에 보냈다.

노벨 문학상 수상이라는 이 놀라운 뉴스를 들었을 때 저는 길 위에 있었습니다. 정확히 의미를 깨닫는 데 몇 분 이상 걸렸습니다. 위대한 문학가인 윌리엄 셰익스피어에 대해서 생각하기 시작했습니다. 저는 그가 자신을 극작가로 생각했다고 봅니다. 문학 작품을 쓰고 있다는 생각은 그의 머릿속에 들어오지 않았을 것입니다. 그는 무대를 위한 말을 썼습니다. 읽기 위해서가 아니라 말해지기 위해서 대본을 썼다는 뜻입니다. 그가 〈햄릿〉을 썼을 때, 저는 그가 여러 다른 생각을 했으리라고 확신합니다. "이 역에 맞는 배우는 누구지?" "어떻게 무대에 올리지?" "이 작품 배경을 덴마크로

설정하는 게 맞나?" 그의 창조적 비전과 야망이 그의 마음 전면에 있었다는 점은 의심할 여지가 없습니다. 하지만 다루고 고려해야 할 일상적인 문제도 있었습니다. "자금 조달이 제대로 될까?" "후원자들을 위한 좋은 자리가 충분할까?" "해골을 어디에 가져다 놓아야 할까?" 저는 셰익스피어의 마음에서 가장 멀리 떨어져 있는 질문이 이것이라고 생각합니다. "이게 문학인가?"

딜런은 셰익스피어가 그랬듯이 '내 노래가 문학일까?'라고 생각한 적이 없다는 말로 편지를 맺었다.

팔이 부러진 배우, 맥베스의 저주?

다시 템스강 변으로 나와 서더크 브리지 방향으로 걷는 길이 뱅크사이드다. 지금은 뉴 글로브 워크New Globe Walk라고 새롭게 이름 붙여진 길이다. 이곳에 바로 미국 영화배우 샘 워너메이커가 재건축한 셰익스피어 글로브 극장이 있다.

역사적인 글로브 극장의 재개관을 1년 앞둔 1996년 8월 말, 셰익스피어의 〈베로나의 두 신사Two Gentleman of Verona〉가 개관 준비작으로 공연되었다. 개관 후 첫 번째 시즌 프로그램으로는 네 작품이 발표되었다. 이 중 두 편이 셰익스피어의 희곡 〈헨리 5세〉와 〈겨울 이야기〉었다. 나머지 두 작품은 토머스 미들턴의 〈칩사이드의 정숙한 처녀〉와 프랜시스 버몬트와 존 플래처John Flercher가 함께 쓴 〈하녀의 비극〉. 새로운 글로브의 신화가 시작되는 순간이었다. 하지만 불상사가 발생했다. 오프닝 작의 첫 번째 프리뷰 날, 배우가 무대에서 추락하여 팔이 부러지는 사건이 일어난 것. '스코티쉬의 저주'의 서막이었다.

지금도 영국의 많은 배우들이 믿고 있는 미신이 하나 있다. 황량한 스코틀랜드의 하이랜드를 배경으로 펼쳐지는 셰익스피어의 비극의 주인공 '멕베스'를 소리 내어 입에 담지 말 것. 대신 '스코티쉬 연극'이라고 불러야 한다. 그리고 주인공 맥베스와 그의 부인을 부를 때는 마치 첩보 영화의 암호처럼 '미스터 앤드 미세스 M'이라는 이니셜로 불러야 한다.

첫 공연이 올라가기 전까지 연습 도중에 극장에서 누구라도 '맥베스'의 이름을 부르면 재앙이 일어난다. 배우들은 〈맥베스〉 공연의 의상이라면 아예 입으려고 하지도 않았다. 순회 공연단의 뒤죽박죽 창고에서도 〈맥베스〉 소품만은 세심하게 주의를 기울여 격리 보관할 정도다. 실수로라도 이를 어겼을 경우에는 저주를 풀 방법이 하나 있긴 하다. 극장 주변을 세 바퀴 돈 후 침을 뱉고 방문을 세 번 노크한 뒤, 겸손한 태도로 다시 들어가게 해 달라 청하는 것. 그리고 셰익스피어 연극의 대사를 주문처럼 외어야 한다. 〈햄릿〉과 〈베니스의 상인〉에 나오는 대사 한 마디씩을 중얼거려야 하는데, 가장 추악한 욕을 더해야 그 효력이 발휘된다. 무대로 나가는 배우에게는 '다리나 부러져라!'라고 저주를 퍼부어야 한다. 하지만 절대 서운해 할 필요가 없다. 만약 배우에게 행운을 빌어 주면 이를 시샘하는 악령이 오히려 그를 해친다는 믿음 때문이다. 무대에 처음 나갈 때 발이 걸려 넘어지는 것도 길조다. 아마도 〈헨리 5세〉를 준비하던 배우 중 누군가는 '맥베스의 저주'를 듣고 코웃음 치며 넘어갔다가 이런 화를 입었을 것이다. 이렇게 〈맥베스〉가 불운의 상징처럼 여겨졌다면 〈베니스의 상인〉은 행운을 부르는 연극이라고 생각한다. 그래서 징크스를 깨는 주문으로 〈베니스의 상인〉의 대사가 효력을 발휘한다고 믿었을 것이다.

여기까지 왔는데 공연을 보지 않을 수가 없다. 이미 매표소 앞은 표를 구하는 사람들의 긴 줄이 보인다. 행여 좋은 좌석을 구하지 못할까 봐 발을 동동 구르고 있다면, 여느 극장과는 다른 글로브 극장만의 티켓 구입 팁이 있다. 보통 30~45파운드나 되는 비싼 객석에 앉는 대신 '입석 구경꾼'이 되어 보자. 단돈 5파운드만 준비해서 마당을 뜻하는 '야드Yard' 티켓을 사면 된다. 글로브 극장은 원형 무대를 둥글게 둘러싼 3층으로 나누어진 객석에 앉는 대신 무대 바로 앞 진흙투성이 야드에서 구경해야 제맛. 공연 내내 서 있어야 하는 수고 따위는 금세 잊혀진다. 16세기 런던 시민들처럼 어깨를 부비고, 무대에서 야드로 뛰어드는 배우들과 함께 발을 구르며 환호를 하는 것이 바로 글로브 극장의 제대로 된 연극 관람법이니 말이다.

공연장의 뜨거운 열기 속에서 벗어나 템스강 변으로 나선다. 시원한 바람이 불어온다. 강 너머로 생김새가 둥글고 긴 모양의 오이지를 닮은 '30세인트 메리 엑스 빌딩30 St. Mary Axe Building', 치즈를 가는 강판과 비슷하게 생겨서 '치즈 그레이터Cheese Grater'라는 별명을 가진 '레든 홀 빌딩Leadenhall Building'이 눈에 들어온다. 마치 16세기에서 현대로 오는 타임머신을 탄 듯한 기분이다. 그 옛날, 글쓰기에 몰두하던 셰익스피어도 잠시 펜을 던져 놓고 나와 이곳에 서 있지 않았을까. 하지만 그가 바라보는 풍경은 지금과는 사뭇 달랐다. 셰익스피어 시대, 템스강 강둑 양쪽으로는 낡고 오래된 사창가가 있었다. 이 거리를 '스튜'*라고 불렀다는데 강둑을 따라 물고기를 키우던 연못들이 줄지어 있었던 데서 그 이름이 연유했다. 매춘을 하는 여자들은 '윈체스터의 거위들'이라고 불렸다. 주교는 윈체스터 성 안에 사창가가 들어올 수 있도록 허락하는 대신 집세를 받았다. 영 점잖지 못한 행동이지만 덕분에 많은 여자들이 이 연못가, 주교의 치외법권 지역에서 매춘을 하며 삶을 이어 나갔다.

* 고기나 생선, 채소를 넣고 국물이 있게 끓인 요리

휘청휘청 다리, 밀레니엄 브리지

어느새 런던에서 가장 좁다란 골목인 카디날 캡 앨리Cardinal Cap Alley 입구에 달린 커다란 램프에 불이 켜진다. 이곳에 빨간색 작은 문이 눈에 띄는 하얀 건물이 하나 있다. 문 위에는 카디날 워프Cardinal Wharf라는 글씨가 희미하게 보인다. 17세기에 지어진 이 건물은 크리스토퍼 렌이 세인트 폴 대성당 재건을 위해 일하면서 머물렀던 숙소다. 지금은 개인 주택으로 사용되고 있어 실내를 구경할 수는 없지만 아쉬워할 필요가 전혀 없다. 카디날 워프 건물에 기대어 바라보는 템스강 너머 세인트 폴 대성당의 경치는 비할 곳이 없다. 사진을 찍으려 북적이는 관광객도 없으니 이 비밀스런 공간에서 담는 런던의 저녁은 오롯이 나만의 것이다. 고풍스러운 램프의 불빛 너머로 대성당의 아름다운 둥근 지붕과 금빛 첨탑이 손에 닿을 듯 가깝다. 매일 저녁 일을 마치고 돌아온 렌도 이곳에 서서 조금씩 완성되어 가는 대성당의 모습을 흐뭇하게 바라봤을 것만 같다.

템스강 상류 쪽으로 채 200미터도 떨어지지 않은 곳에 뱅크사이드 전력 발전소의 높다란 굴뚝이 서 있다. 버려진 발전소를 혁신적으로 리모델링한 런던 최고의 관광 명소, 테이트 모던 아트 갤러리Tate Modern Art Gallery다. 2000년에 개관한 테이트 모던은 건물 자체가 런던의 과거와 현재, 그리고 예술의 미래를 담는 미술품이라고 할 만하다. 7층 높이의 건물은 영리한 공간 설계로, 다양한 설치 미술과 작품들을 전시할 수 있게 만들어졌다. 현대 미술에 관심이 있다면 테이트 모던을 지나칠 수 없다. 하루 시간을 내서 천천히 둘러볼 만하지만 아쉽게도 그럴 여유가 없다면 7층 미술관 옥상으로 바로 올라간다. 카페에 들러 2파운드를 내고 커피한 잔을 주문해 발코니로 나선다. 30파운드나 내야 올라갈 수 있는 더 샤드의 초고층 전망대 풍경이 부럽지 않은 템스강의 저녁이 눈에 가득 담긴다.

어둠이 내려앉는 시간, 거리의 악사가 연주하는 재즈 선율을 따라 강둑의 가로등이 하나둘 붉을 밝힌다. 템스강의 물결도 부드럽게 출렁인다. 어둠이 조금은 외로워지는 익명의 시간, 어깨를 스치며 다리 위를 오가는 사람들. 강을 연결하는 다리 위에 서면 긴 밤을 함께 나눌 누군가가 떠오를까. 테이트 모던에서 바로 앞에 내려다보이는 다리가 밀레니엄 브리지Millenium footbridge다. 테이트 모던이 있는 사우스 뱅크 지역과 강 건너 세인트 폴 대성당의 구 시가지를 잇는 런던 유일의 보행자 전용 다리다. 지난 2000년에 완공된 런던의 새로운 관광 명소이자 하루에도 수만 명의 런더너와 관광객들이 이용하는 이 다리는 밀레니엄이라는 이름에 걸맞지 않게 오명의 역사가 있었다. 완공식 하루 만에 다리가 흔들려 통행이 금지된 것. 보수 공사를 위해 거의 2년이 지나고 나서야 다리는 다시 개통이 되었지만 '휘청휘청 다리Wibbly Wobbly

Bridge'라는 별명을 얻었다. 지금도 바람이 불면 다리가 휘청거리는 느낌은 나만의 착각일까.

테이트 모던에서 다시 로즈 극장 터를 지나 서더크 브리지 길을 따라 내려온다. 그리고 좌측 길로 접어들면 노던 라인, 버로우 지하철역Borough Station이 보인다. 역 앞 교차로 좌우편으로 이어지는 길이 버로우 하이 거리Borough High St.다. 길 건너편에 순교자 조지의 교회가 있다. 아일랜드 더블린 출신의 시인, 나훔 테이트 Nahum Tate(1652~1715)가 이곳 교회 묘지에 묻혀 있다. 나훔 테이트는 셰익스피어 작품을 엉뚱하게 각색한 것으로 명성을 얻었다. 그의 펜 아래에서 셰익스피어의 〈리처드 2세Richard II〉가 〈시칠리아의 모험가The Sicilian Adventurer〉로 둔갑했다. 테이트의 상상력이 마음껏 발휘된 것은 〈리어왕〉이었다. 그가 각색한 리어왕에서 막내딸 코딜리아Cordelia는 살아남아서 에드가Edgar와 결혼한다니, 그야 말로 해피엔딩. 더욱 놀라운 일은 셰익스피어 작품의 단골 배우였던 윌리엄 마크리디William Macready가 셰익스피어의 원본 희곡을 복원한 19세기 초까지 테이트의 〈리어왕〉이 배우들의 연기 교습을 위한 교재로 사용되었다는 것이다. 마크리디의 복원이 없었다면 셰익스피어의 4대 비극이 3대 비극으로 바뀌지 않았을까.

버로우 하이 거리를 걷다 보면 '하이high'라는 이름처럼 다른 지역보다 지대가 높아지는 것을 알 수 있다. 로마인들이 도로의 원활한 배수를 위해 이렇게 길을 만들었다. 이렇게 도시 곳곳에는 로마인들의 흔적이 지금도 남아 있다. 도로의 중간쯤에는 마셜시 감옥Marshalsea Prison이 있다. 1373년에 만들어진 이 악명 높은 감옥은 폭동을 일으킨 정치범을 가두다가 빚으로 쪼들리는 채무자들을 잡아들이는 것으로 유명해졌다. 그중 우리도 알 만한 사람이 한 명 있으니, 셰익스피어와 더불어 영국을 대표하는 작가 찰스 디킨스의 아버지다. 디킨스의 나이 12살 무렵, 가계가 파산하면서 빚 갚을 처지가 되지 못한 그의 아버지는 마셜시 감옥에 갇히게 되었다. 디킨스는 결국 학업을 포기하고 구두 공장으로 내몰려 돈을 벌어야 하는 불우한 어린 시절을 보내는데, 이 시기는 디킨스의 인생에 큰 영향을 미치게 된다. 소설 역사상 처음으로 도시의 빈민들을 작품 속에 등장시키면서 그들의 생활상을 생생하게 담아냈다.

또 한 명의 인물은 작가 벤 존슨. 죄목은 그의 책《개들의 땅The Isle of Dogs》이 불온하기 짝이 없다는 것이었다. 1597년 스완 극장 the Swan Theatre에서 초연된 이 연극은 벤 존슨과 당시 또 한 명의 유명 극작가였던 토머스 내시Thomas Nashe(1567~1601)가 공동으로 집필했다. 연극이 무대에 올려지자마자 당국은 공연 금지 처분을 내린다. 이유는 '풍자와 당국을 비방하는 글로만 넘쳐 나는 선정적인 골칫덩어리'이기 때문이었다. 두 작가는 물론 연극에 관련된 모든 사람들이 마셜시 감옥으로 보내졌다. 모든 희곡은 압수되고 아쉽게도 남아 있는 글 한 줄 없다.

여관의 앞마당이 극장

런던 브리지 방향으로 버로우 하이 거리를 거슬러 올라가면 영국 연극사의 역사적인 장소들이 차례로 등장한다. 탈봇 야드Talbot Yard, 화이트 하트 야드White Hart Yard, 그리고 조지 인George Inn. '더 시티' 성벽 안으로 들어갈 수 있는 런던 브리지의 관문인 서더크 지역은 오래전부터 인Inn과 타번Tavern이라고 불리는 여관들의 밀집 지역이었다. 100여 명의 인원과 말들이 한꺼번에 숙박이 가능한 꽤나 규모가 큰 인들도 있었다. 중세의 여행자들은 이런 여관에 머물면서 음식과 방을 구해 나그네의 피로를 풀었다. 우리에게도 이와 비슷한 '주막' 문화가 있었다. 런던까지 닿는 긴 여행길에 지친 여행객이 인에 도착을 하면 여관 주인은 음료와 간단한 음식을 먼저 내오며 환대했다. 음식 또한 매우 훌륭했다. 6펜스를 내면 '세트 메뉴'를 먹을 수 있었는데 고기와 치즈, 빵, 여기에 맛있는 맥주까지 한 잔 마실 수 있었다. 오늘날로 치면 '룸서비스'도 가능했다. 좀 비싸긴 하지만 24펜스를 내면 방으로 음식이 배달되었다. 우리의 '주막'이 사라진 반면 영국의 '인'은 시대에 따라 그 역할을 바꾸면서 지금도 여전히 손님들을 맞고 있다. 숙박을 할 수 있는 여관의 기능은 사라지고 간단한 음식과 맥주를 즐기는 곳으로 여전히 사랑받는다.

첫 번째로 만나는 곳은 탈봇 야드다. 중세 연극의 대표 시인이자 근대 영시의 창시자, 제프리 초서Geoffrey Chaucer(1343~1400)의 《켄터베리 이야기Canterbury Tale》에서 순례자들이 캔터베리로 향하는 여정을 시작했던 곳, 그 유명한 타바드 여관Tabard Inn이 바로 여기에 있었다. 2장에서 그의 생과 문학에 대해 좀 더 자세히 이야기하려 한다.

그 옆의 화이트 하트에는 1400년에 문을 열어 1800년대까지 400여 년간 자리를 지켰던 화이트 하트 인White Hart Inn 여관의 터가 있다. 16세기 당시 런던의 여관은 단순히 먹고 자는 곳만은 아니었다. 여관에서 공연이 펼쳐졌다. 공연을 하던 여관을 특별히 인 야드 시어터Inn Yard Theatre라고 불렀다. 여관 앞마당 극장쯤으로 부르면 될까. 극장이 생기기 전까지 이런 전통은 계속되었다. 여관이 공연장으로 등장한 데는 그럴 만한 이유가 있었다. 당시 중요한 교통수단이었던 말과 마차를 쉬게 하려면 널찍한 마당이 있어야 했고, 여관방을 가득 채운 여행자들은 준비된 관객이었다. 낡은 수레에 조악한 의상과 소품들을 담고 이리저리 떠돌아다니던 당시의 유랑극단들에게도 여관 무대는 지친 몸을 누이고 돈도 벌 수 있는 일석이조의 장소였다.

여관 마당 끝에 마련된 무대, 후원자들이 돋보일 만한 좌석, 부유한 관객들을 위한 객석, 배우들이 편하게 이용할 수 있는 의상실, 휴게실 등 여관의 구석구석은 공연을 위해 아주 실용적으로 구분되어 있었다. 이런 기능들은 훗날 극장 건축의 중요한 모델이 되었다. 여기에 오늘날로 치면 프로듀서 역할을 하는 사업가까지 있었으니 이미 이때부터 극장의 제작 시스템이 완성된 셈이다. 프로듀서는 여관 주인을 설득해서 추가 비용 없이 마당을 사용하고, 리허설까지 할 수 있도록 계약서에 사인을 했다. 공연이 끝난 후에는 의상과 소품을 보관하기 위해 무대 공간을 창고로 활용할 수 있도록 잔꾀를 부렸다.

극단 자체적으로 입장료도 정했다. 하지만 티켓 판매보다 재미를 보던 수입원은 먹을거리를 파는 것이었다. 여기에서 남은 수익 역시 여관 주인의 몫이 아니라 극단의 금고로 흘러 들어갔다. 예술을 벗어나 그들의 현실 직시는 꽤나 분명했다. 극장을 운영하던 셰익스피어와 그의 동료들 역시 예술가이기 이전에 수완 좋은 사업가적 면모를 갖추고 있었다. 여관이 극장의 역할을 대체했던 시절을 짐작케 하는 재미있는 단어가 지금까지도 몇 개 남아 있다. 흔히 여관 주인을 하우스키퍼houskeepr(집주인)라고 불렀는데 이런 이유 때문인지, 객석 조명을 낮출 때 '하우스라이트houselight(집안 조명)'를 낮추라고 말하고, 공연장이 만원일 때는 '풀 하우스full house(집이 가득 찼다)'라는 표현을 여전히 사용하고 있다.

'화이트 하트 인' 여관에서도 1576년부터 1594년까지 공연이 열렸다. 이 오래된 여관의 이름은 재미있는 연극을 볼 수 있는 곳으로 알려졌을 뿐 아니라 실제 연극의 배경으로도 등장한다. 셰익스피어의 〈헨리 6세〉의 반역자 잭 케이드의 본부가 바로 이곳이다. 1590년, 〈헨리 6세〉가 무대에 올려지자 수많은 군중이 몰려들었다. 셰익스피어의 첫 출세작이었다. 〈헨리 6세〉는 헨리 5세의 죽음 직후부터 후기 100년 전쟁과 장미 전쟁, 그리고 에드워드 4세의 등극까지 방대한 내용을 연대기적으로 그린 역사극이다. 강력했던 군주 헨리 5세가 죽자 그의 유약한 아들 헨리 6세가 왕위에 올랐다. 하지만 왕가인 랭커스터 가문과 그 친척이자 경쟁자였던 요크 가문의 권력 투쟁으로 30여 년의 내란이 이어졌다. 이것이 그 유명한 '장미 전쟁.' 랭커스터 가문은 붉은 장미를, 요크 가문은 흰 장미를 상징했다. 길고 긴 싸움의 결과는 결국 백장미의 승. 헨리 6세와 그의 아들이 죽고 에드워드 4세가 이끄는 요크가의 승리로 전쟁은 끝이 난다.

희곡 2부 4막 8장, 요크 공작이 재단사 잭 케이드를 사주하여 헨리 6세에 대항해 반란을 일으키게 한다. 그의 군대는 런던 브리지를 가로질러 캐논 거리Cannon St. 쪽으로 진격했다. 농민 반란을 이끈 잭 케이드는 사유 재산제와 화폐의 폐지, 토지 공유 등 혁명적 공약을 발표한 후 사보이 왕가the Savoy와 법학원Inns of Court을 급습할 계획이었다. 잭 케이드는 헨리 6세와 마가렛 왕비의 강력한 지지자인 클리포드 장군이 자신의 군대를 회유하자 모자를 던져 올리며 '국왕 폐하 만세!'를 외치는 군인들의 모습을 보고 분노에 차서 이렇게 말한다.

뭐냐 버킹엄과 클리포드. 네놈들이 감히? 그리고 너희 천한 농사꾼들아, 이자가 한 말을 믿느냐? 그 사면장을 목에 두르고 교수형을 당해 봐야겠다는 게야? 내 칼이 런던 성문을 때려 부셨는데, 너희가 군이 서더크의 '화이트 하트' 여인숙 앞에서 날 버리겠다는 것이냐? 나는 너희가 이 무기를 버리지 않을 것이라고 생각했다. 너희가 예전의 자유를 회복할 때까지는 말이다. 하지만 너희는 모두 변절자에 겁쟁이고, 귀족의 노예 신세로 사는 게 좋은 모양이로다. 저들이 짐짝으로 너희 등을 망가뜨리고, 너희 집을 송두리째 빼앗고, 너희들 눈앞에서 아내와 딸을 겁탈하더라도 나는 내 몸 하나만 잘 건사할 것이니, 하느님의 저주가 너희 모두에게 내리기를.

《헨리 6세》 2부 윌리엄 셰익스피어 지음, 신정옥 옮김, 전예원

비장하게 외치는 잭 케이드의 외침 소리를 뒤로 하고 바로 옆에 있는 조지 인으로 간다. 이곳은 여관 마당에서 공연을 보던 16세기 런던의 정취를 느낄 수 있는 곳이니 꼭 한번 구경해 볼 만하다. 여관 마당에 설치된 무대를 내려다보던 발코니가 지금도 그대로 남아 있는 런던 유일의 장소다.

조지 인의 역사는 1543년으로 거슬러 올라간다. '조지 앤 드래곤George and Dragon'이라는 이름으로 처음 문을 연 여관의 모습이 온전하게 남아 있지는 않지만 다행히 정면 외관은 1676년의 모습을 유지하고 있다. 마당 양편에 세워진 2개의 신축 건물이 여관의 고풍스런 분위기를 망쳐 버려 영 눈에 거슬리긴 하다. 아쉬운 대

로 소박한 1600년대 풍의 발코니 장식들이 마음을 달래 준다. 지금도 가끔 여름밤이면 여관 마당에서 셰익스피어 연극들이 공연되기도 한다. 실내로 들어가 본다. 비뚤어진 나무 바닥, 소박하고 좁은 방들, 낮은 천장들은 당시의 모습 그대로다. 조지 인에는 런던에 몇 개 남지 않은 커피룸도 있다. 찰스 디킨스도 종종 이곳에 들러 차를 마셨다고 전해지는데, 이때의 경험은 소설 〈올리버 트위스트〉에서 차를 우려내는 과정으로 묘사되었다. 어쩌면 조지 인을 마지막으로 극장을 대신했던 여관의 추억은 흑백 사진 속 이야기가 될지도 모른다. 철도의 등장과 함께 말과 마차가 사라지고 여관에는 점점 손님이 줄어들었다. 연극은 이제 그럴듯한 극장으로 옮겨져 갔다. 이렇게 하나둘 사라지는 옛 정취가 아쉽기만 하다.

　다시 템스강 변이다. 이제 긴 산책을 마치고 오늘 밤을 위해 아껴 두었던 장소, 앵커 뱅크사이드로 발길을 돌린다. 무려 800년이 넘는 시간 동안 같은 장소를 지키고 있는 이 오래된 펍은 원래의 글로브 극장터와 불과 200미터도 되지 않는 거리에 있다. 펍 역사상 가장 비싼 재건축 비용을 들인 것으로도 유명한데, 2,400만 파운드, 우리 돈으로 하면 300억이 넘는 돈이다. 건물의 역사학적 가치를 보존하기 위해 큰돈을 들여서라도 고쳐 쓴다는 그 발상이 부럽다. 이 오래된 펍을 보기 위해 사람들은 더욱 몰려들 수밖에. 전세계 관광객들로 시종 북적여 짜증이 나더라도, 심지어 식당의 바가지 장사 수단에 혀를 내둘러도, 오늘 하루를 마치는 데는 이만한 곳이 없다. 맥주 한 잔을 들고 창밖으로 눈을 돌리니, 아! 템스강을 붉게 적시는 아름다운 석양에 그저 탄성만 나올 뿐. 갑자기 떠들썩해지는 소리에 돌아보니 문이 열리고 저기 셰익스피어와 동료 배우들이 들어선다. 공연을 마치고 하루의 피로를 풀기 위해 맥주 한잔을 걸칠 요량인가 보다. 슬그머니 일어나 그들 옆의 빈 테이블로 옮겨 앉는다. 런던의 밤이 깊어 간다.

2장

영국 극장사의
잃어버린 두 개의 퍼즐

영국 최초의 공공 극장 '더 시어터'와
브릭 레인의 랜드마크, '트루먼 브루어리'

타워 힐에서 쇼디치까지

끔찍한 런던의 교통 체증과 좁고 지저분한 거리, 그리고 끝도 없이 이어지는
건축 현장. 이번 산책은 난코스다. 선뜻 따라나설 마음이 생길지 모르겠다. 하
지만 연극광들이라면 상황은 달라진다. 아니, 연극광이 아니더라도 '극장'의
탄생지라니, 호기심이 발걸음을 이끈다. 런던 최초의 공공 극장 '더 시어터'와
셰익스피어의 〈헨리 5세〉 초연이 올려졌던 '커튼 극장'으로 출발한다.

늦은 밤, 칩사이드Cheapside의 어두운 골목에 긴 그림자 하나가 움직인다. 통금 시간이 얼마 남지 않은 거리는 이미 인적이 끊긴 지 오래. 엉성하게 달아 놓은 어느 집 창문 틈새로 새어 나오는 희미한 촛불이 그림자의 주인을 비춘다. 깊은 생각에 빠져 있는 듯한 셰익스피어. 천천히 발걸음을 옮겨 닿은 곳은 '인어 주점.' 잠시 문 앞에서 망설이던 셰익스피어는 결심을 내렸다는 듯 문을 열고 들어선다. 골목의 적막을 깨 놓을 듯 왁자지껄한 웃음소리와 고함 소리, 그리고 진한 술 냄새가 셰익스피어를 삼킨다.

이미 몇 순배 잔이 돌아간 듯 얼큰하게 취한 무리들 틈으로 셰익스피어가 다가가 앉는다. 런던 연극계를 주름잡고 있는 작가들이 모두 한자리에 모였다. 셰익스피어의 경쟁자 크리스토퍼 말로.

청교도 신학자이자 시인 토머스 왓슨Thomas Watson(1557~1592), 뛰어난 서정시인 토머스 로지Thomas Lodge(1558~1625), 궁정 가면극 〈파리스의 심판〉을 쓴 조지 필George Peele(1556~1596), 풍자와 논쟁적인 작품으로 생을 일관한 토머스 내시Thomas Nashe(1567~1601) 그리고 오늘도 제일 먼저 술에 곯아떨어진 로버트 그린Robert Greene(1558~1592)이다.

20대에서 30대 초반의 전도유망한 젊은 작가들인 이들 중 가장 재능이 뛰어난 이는 크리스토퍼 말로였지만 한눈에 띄는 인물은 단연 로버트 그린이었다. 뾰족하게 솟은 붉은 머리카락, 엄청난 식욕으로 불룩 솟은 배, 귀부인인 아내를 버리고 정부를 택한 화산 같은 정력의 소유자, 여기에 귀족들도 쉽지 않은 옥스퍼드와 케임브리지 2개의 학교에서 학위를 받은 박학다식함까지.

얼마나 술을 퍼마셨는지 의자에 기대 한껏 목을 뒤로 젖힌 채 천둥같이 코골이를 하고 있는 그린을 깨울까, 셰익스피어는 잠깐 망설였다. 사실 그를 만나기 위해 쓰던 글을 접고 이 늦은 밤 여기까지 온 것이다. 얼마 전, 그린이 셰익스피어를 두고 조롱한 글이 세간의 화제가 되었다. 셰익스피어도 물론 이 글을 읽었다. 그린을 만나 이유라도 따져 물으려 했건만 고주망태가 된 그를 보니, 오늘밤은 그냥 돌아서는 게 낫겠다고 생각했다. 신중한 성격의 셰익스피어는 훗날에도 이 일로 그린에게 책망하는 말을 건네지 않았다. 대신 가장 셰익스피어다운 복수를 한다. 자신의 작품에 등

장하는 가장 흥미로운 인물, 망나니 존 팔스타프의 주인공이 바로
그린이었다.

잔인한 처형이 이루어지던 런던탑

출발 장소는 타워 힐 지하철역이다. 타워 브리지와 함께 런던을
상징하는 건축물인 런던탑Tower of London은 언제나 수많은 관광
객들로 북적인다. 인파를 피해 광장 한편에 놓인 벤치에 앉는다.
21세기 건축을 대표하는 런던의 현대식 건물들의 스카이라인 아
래로 아담하게 자리 잡은 런던탑이 한눈에 들어온다. 그들의 사이
로 흐르는 1,000여 년을 뛰어넘는 세월이 아득하기만 하다. 한때
는 적의 침입을 막았던 해자*의 물은 말라 잔디가 돋아나고, 왕권
의 위엄을 나타냈던 단단한 성벽은 무너진 돌무더기로 변해 푸른
이끼만 하염없이 피어나 있다.

　런던탑의 주인은 정복왕 윌리엄 1세(1028~1987)였다. 중세 시
대 도버 해협을 사이에 두고 프랑스 노르망디와 영국을 동시에 통
치했던 왕. 노르만 왕조의 시조였던 윌리엄은 1066년 아내가 준
선물인 모라Mora호를 타고 도버 해협을 건너 영국을 침략한다. 그
리고 헤이스팅스 전투에서 헤롤드 2세(1022~1066)를 죽이고 영국

---

* 　적의 침입을 막기 위해 성 밖을 둘러 파서 물로 채운 곳

왕위에 오른다. 그가 왕이 되자마자 한 일이 바로 런던탑의 건축이었다. 수도 런던으로 진입하는 통로를 전략적으로 택해 성을 올리기 시작했다. 방어와 자신의 권력을 과시하기 위한 목적으로 만들어진 런던탑은 영국 전역에 세력을 떨쳤던 노르만 군사 건축의 전형적인 본보기이자 새로운 노르만 왕국의 시작을 알리는 상징이었다.

런던탑은 흔히 우리가 상상하는 하나의 높은 탑이 아니라 여러 개의 건축물로 구성된 성채다. 11세기 윌리엄 치세 당시에 지어진 3개의 성을 토대로 역대 국왕들이 확장을 거듭하다가 13세기 에드워드 1세(1239~1307) 무렵에 10여 개의 탑과 높은 성벽을 갖춘 현재의 모습으로 완성되었다. 탑은 크게 3개의 건물로 구분되는데 성채 중앙의 중심 건물인 화이트 타워White Tower, 그리고 이름 그대로 수많은 사람의 처형으로 핏자국이 가실 때가 없었던 블러디 타워Bloody Tower, 왕실의 보물 창고 크라운 주얼스Crown Jewels가 그것이다.

아이러니한 것은 탑의 쓰임새다. 런던탑은 17세기 제임스 1세 시대까지 줄곧 왕궁으로 사용되면서도 왕족이나 죄인을 유폐하는 감옥과 처형장으로도 악명을 떨쳤다. 화이트 타워의 성대한 연회장에서는 화려한 파티 음악과 웃음소리가, 블러디 타워의 누추한 감옥에서는 고문을 참지 못한 죄인들의 비명소리가 밤새 새어 나왔다. 헨리 6세(1422~1461)와 에드워드 4세(1442~1483)의 어린 두

런던탑

1차 세계대전 희생자들을 기리기 위해 런던 시민들이 참여한
세라믹 포피꽃 설치미술 프로젝트

아들도 블러디 타워에서 처형당했다. 앤 불린Anne Boleyn(?~1536), 캐서린 하워드Catherine Howard,(1523~1542), 제인 그레이Jane Grey(1537~1554), 엘리자베스 1세 등 4명의 영국 여왕이 런던탑에 투옥되고, 그중 엘리자베스 1세를 제외한 나머지 3명이 비극적인 최후를 맞이한 장소로도 유명하다. 지금도 블러디 타워에 들어간 관광객들의 아무 이유 없는 졸도와 유령 목격담의 소동이 끊임없이 이어지고 있다.

영국 왕실의 보물 창고에 보관된 다이아몬드 왕관

런던탑의 가장 인기 있는 관광 코스는 화이트 타워와 크라운 주얼스. 화이트 타워는 윌리엄 1세가 세운 최초의 탑으로 중앙에 4개의 첨탑이 있는 가장 큰 건물이다. 탑의 높이는 28미터. 지금으로 치면 아파트 10층 높이 정도밖에 되지 않지만 11세기 당시에는 어깨를 견줄 만한 건물이 없었던 런던 최고의 초고층 건축물이었다. 현재는 전투용 갑옷이나 무기를 전시한 박물관으로 관광객을 맞고 있다. 화이트 타워 북쪽에 있는 크라운 주얼스에는 국왕이 사용했던 왕관, 장신구 등이 전시돼 있다. 건물의 명칭으로 불리는 크라운 주얼스는 영국 왕의 권위와 신성함을 상징하는 물품들을 뜻한다. 왕의 권위를 상징하는 것이라면 뭐니뭐니 해도 왕관이 제일 먼저 떠오르지만 왕이 사용하던 숟가락과 지팡이까지 포함해 총 141개의 물건들이 크라운 주얼스로 지정되었다. 런던탑에는 이 중 일부만 있고, 나머지는 웨스트민스터 궁전Westminster Palace에 보관되어 있다.

크라운 주얼스의 슈퍼스타는 '아프리카의 별'이라 불리는 무려 530캐럿의 다이아몬드가 장식된 여왕봉이다. 세계에서 두 번째로 큰 다이아몬드 역시 영국 왕실 소유다. 317.40캐럿의 66개 면을 가진 둥근 직사각 형태로 연마된 다이아몬드는 2,900개의 보석들과 함께 제국 왕관Imperial State Crown을 장식하고 있다. 제국 왕관의 머리 위에 우뚝 솟은 다이아몬드 볼에는 4개의 진주가 달려 있는데 이 중 3개가 엘리자베스 1세의 것이었다.

여왕봉과 왕관을 비롯한 화려한 크라운 주얼스 등을 TV로나마 구경할 수 있는 기회는 영국 왕실 최대급의 행사, 대관식이다. 즉위 65년 동안 인터뷰를 하지 않은 것으로 유명한 영국 여왕 엘리자베스 2세가 91세를 기념하며 2018년 2월 BBC 다큐멘터리 〈대관식〉에 출연했다. 1,000년간 이어진 영국 왕실의 웨스트민스터 사원 대관식을 주인공인 왕이 직접 설명하는 것은 최초의 일이었다. 엘리자베스 2세는 평생 두 번의 대관식에 참석했다. 한 번은 1937년 아버지 조지 6세의 대관식, 그리고 두 번째 1953년에 열린 대관식은 그녀가 주인공이었다. 영국의 왕이 쓰는 왕관은 2개가 있다. 대관식 때는 '세인트 에드워드 왕관'을 쓰고, 식이 끝난 후 사원을 나서면서 왕관을 갈아 쓰는데 이때 여왕의 머리를 장식한 것이 '제국 왕관'이다. 매년 의회 개원 연설과 중요한 의식에서 여왕이 쓰는 것도 바로 이 왕관이다. 여왕조차도 '세인트 에드워드 왕관'은 자신의 대관식 이후 65년간 한 번도 본 적이 없다고 밝혔다. 다큐멘터리 촬영을 위해 런던 타워에서 이송된 '세인트 에드워드 왕관'을 들어 보던 90세가 넘은 여왕의 소감은, "아이고, 여전히 무겁네"였다. 2킬로그램이 넘는 왕관을 쓰고 고개를 숙이면 목이 부러지기 때문에 원고를 위로 들고 읽어야만 했다. 대관식 때 왕관이 머리에서 떨어지기라도 하면 나쁜 일이 일어난다고 믿었기 때문에 수도 없이 연습을 해야만 했다. 아들 찰스 왕세자는 "엄마는 목욕하면서도 이 왕관을 쓰고 대관식 준비를 했다"고 인터뷰했다.

수세기를 거치며 영국 왕가의 피비린내 나는 처형과 음모의 장소로, 수많은 왕실의 보물 창고로, 그리고 으스스한 전설을 간직한 채 런던탑은 유유히 흐르는 템스강을 내려다보고 있다. 화이트 타워의 작은 창에서는 지금이라도 탑에 갇힌 공주가 구원을 외치는 흰 손수건을 던질 것만 같다.

런던탑 입장이 시작되는 오전 9시 이전부터 매표소 앞에는 긴 줄이 보인다. 방문할 계획이라면 미리 온라인으로 미리 예약을 해두자. 가격도 할인이 되니 마다할 이유가 없다. 한 가지 더 팁이 있다면 런던탑의 터줏대감, 요우맨워더Yeomam Warder의 안내와 함께 런던탑을 둘러보는 것이다. 요우맨워더는 15세기부터 왕을 호

위하던 런던탑의 상주 병력이었는데 지금은 전통 복장을 입고 관광객들을 안내하고 있다.

과거에는 이들을 비피터Beefater라고도 불렀다. 단어를 떼어 보면 '소고기beef'를 '먹는 사람eater'이라는 뜻이다. 1800년대까지 봉급의 일부로 쇠고기를 받았다는 데서 유래했다. 15세기 튜더Tudor 왕조 시절 창립되어 지금도 튜더 가문의 장미 문장이 있는 빨간 복장을 입는다. 원래의 임무는 죄수들을 감시하고 왕실 보물을 지키는 일이었지만 지금은 친근한 미소로 관광객의 안내를 맡고 있다. 투어는 매시간 30분마다 정문에서 출발하고 한 시간 정도 소요된다. 이들이 맡은 또 하나의 흥미로운 임무가 있다. 탑에 살고 있는 여섯 마리의 까마귀를 돌보는 일이다. 런던탑에는 오래된 전설이 하나 있는데, 까마귀가 탑을 떠나면 왕국이 무너진다는 것. 지금도 이 전설은 효력을 발휘하는지, 도망가지 못하도록 한 쪽 날개가 잘린 기형 까마귀들을 볼 수 있다. 관광객들의 머리 위를 낮게 맴도는 까마귀들의 신세가 처량하다.

2014년 여름, 런던에 도착해서 처음 찾은 런던탑 주변의 푸른 잔디에는 붉은 점들이 하나둘씩 보이기 시작했다. 런던탑을 오갈 때마다 그 붉은색이 눈에 띄게 번져 나갔다. '무슨 꽃이 피었나' 궁금한 마음에 탑으로 다가서니 포피(개양귀비꽃)다. 하지만 실제 꽃이 아닌 세라믹으로 만든 꽃. 무려 88만 8,246개의 세라믹 포피 꽃을 피운 이 설치 미술은 제1차 세계대전 참전 용사를 기리기 위한 것이었다. '붉은 피의 땅과 바다'라는 전시의 이름은 어느 이름 모를 병사가 쓴 시의 첫 구절. 세라믹 포피꽃의 수는 전쟁 당시 사망한 영국 병사들의 기록이다. 포피꽃은 한 송이에 25파운드면 누구나 살 수 있었다. 제작비는 모금으로 충당되었다. 수많은 런던 시민이 이 모금 운동에 참여했다. 그렇게 한 송이 한 송이 꽃을 피운 포피꽃은 작업 5개월만인 2014년 10월 16일 완성되었다. 이 자리에는 엘리자베스 2세 여왕과 남편 필립공도 참석했다. 포피꽃이 모여 만든 저 붉은 강에 자신의 작은 꽃 한 송이 더했을 시민들도 런던탑 주위를 발 디딜 틈 없이 에워쌌다. 박제된 예술이 아닌, 모두가 함께 만들어 낸 이 뜨겁고 살아 있는 예술의 현장에서 다시 한 번 영국의 저력을 느끼는 순간이었다.

그의 머리가 잘릴 때, 시민들이 모였다

사람들로 붐비는 타워 힐 로드Tower Hill Road로 들어선다. 올 할로우 교회All Hallows-by-the-Tower church의 초록색 녹이 낀 첨탑이 보인다. 교회로 향하는 길에 있는 울타리 사이로 싱그러운 잔디밭이 펼쳐져 있다. 트리니트 스퀘어 가든Trinity Square Garden이다. 인근 사무실에서 나온 직장인들은 뜨거운 커피 한잔으로 오전 회의의 긴장감을 달래고, 푹신한 초록 잔디밭을 뛰어다니는 금발 머리 아이들의 웃음소리가 드높게 퍼진다. 런던의 어느 평화로운 오후.

시내 구석구석마다 이렇게 푸른 녹지와 공원이 흔하디흔한 런던이지만, 이곳은 좀 더 특별하다. 공원 안에는 화려하고 웅장한 역사적인 건축물이 있다. '텐 트리니티 스퀘어10 Trinity Square'다. 19세기 파리에서 유행한 신고전주의 건축 양식인 보자르 스타일을 대표하는 이 건물은 과거 런던 항무청 본부였다가 2017년부터는 포시즌스 호텔로 사용되고 있다.

정원을 가로질러 천천히 걷다 보면 왼편으로는 런던탑이, 오른편에는 포시즌스 호텔이 보인다. 이토록 평화로운 풍경에 어울리지 않게 과거 이곳에는 악명 높은 단두대가 있었다. 런던탑에 갇혀 있던 대다수의 사형수는 바로 이곳, 공공 단두대로 보내져서 몰려든 런던 시민들의 야유 속에 비참한 죽음을 맞았다.

지금도 단두대의 터는 그대로 보존되어 있다. 가까이 다가가니 바닥에 새겨진 글씨가 보인다.

비극적인 역사를 기억하기 위해, 그리고 자신의 신념과, 조국, 그리고 이상을 위해 순교한 많은 이들을 기리며.

125명 이상의 사람들이 이곳에서 처형당했다. 명판에 새겨져 있는 이름들 중 《유토피아》의 작가 토머스 모어Sir Thomas More(1477~1535), 정치가 토머스 크롬웰Thomas Cromwell(1485~1540)을 찾을 수 있다. 이들은 모두 처음엔 헨리 8세(1491~1547)의 두터운 신임을 얻다가 그의 이혼을 반대하자 반역자로 몰려 죽임을 당한 희생자들이었다. 어디 신하들의 목숨만 앗아갔을까. 헨리 8세의 난폭하고 잔인한 손길에서 그의 아내라고 안전하지 못했다. 여섯 명의 아내 중 두 왕비의 목숨도 가차 없이 빼앗았다. 그나마 군중들의 접근이 금지되는 런던탑의 블러디 타워에서 비공식 처형을 했다. 잠시나마 여왕의 자리에 있었던 그녀들의 마지막 자존심은 지켜 주려 했던 것 같다.

단두대 앞에서도 농담을 남긴 작가 토머스 모어를 잠시 얘기하지 않을 수가 없다. 그는 언제나 유머러스한 말과 행동을 잃지 않았던 인물이었다. 머리를 단두대 위에 올려놓고는 사형 집행인에게 "내 수염만큼은 왕의 비위를 거스른 적이 없으니 잘리지 않도록 조심하슈. 그건 죄가 없으니…"라는 말을 했다니, 사형 집행인의 표정이 사뭇 궁금해진다. 반역죄로 처형당한 모어의 머리는 런던 브리지의 창살에 꽂힌 채로 한 달 이상 걸려 있었고, 그의 딸 마가렛이 뇌물을 주고 나서야 간신히 아버지의 시신을 수습할 수 있었다.

형벌이라는 볼거리가 끊임없이 이어지던 곳, 런던. 트리니티 스퀘어 가든을 포함해 대규모의 사형장이었던 타이번Tyburn과 스미스필드Smithfield, 브라이드웰Bridewell 감옥, 마셜시 궁정 재판소 감옥, 그리고 도시 장벽 내외의 많은 장소들에 우후죽순 교수대가 새롭게 세워졌다. 런던 시민들 최대의 구경거리였던 단두대 처형이 있는 날에는 좋은 자리를 선점하기 위해 웃돈까지 오갔다니, 고약한 취미가 아닐 수 없다.

대화재의 재앙에서 살아남은 올 할로우 교회

공원을 벗어나 올 할로우 교회 안으로 들어가 본다. 675년에 만들어진 교회는 로마의 지배를 받던 브리타니아Britinnia 영국에서 앵글로 색슨족의 이주로 통치의 주인이 바뀌는 당시의 역사를 그대로 담고 있다. 4개의 섬이 이루는 연합 왕국인 영국을 부르는 이름 중 브리튼Britain이 있다. 북아일랜드를 제외한 잉글랜드, 웨일스, 스코틀랜드를 의미하는 브리튼은 바로 라틴어 브리타니아에서 유래되었다. 로마의 400여 년 통치 기간은 영국이라는 국가를 잉태했을 뿐 아니라 그 지대한 영향은 국가의 이름에도 흔적을 남겼다. 4개의 섬을 모두 일컫는 명칭은 그레이트 브리튼과 북아일랜드 연합 왕국The United Kingdom of Great Britain and Northern Ireland. 기원전 55년 카이사르의 침략으로 영국에 온 로마인들은 410년 황제 호노리우스 로마 군단의 철수를 마지막으로 섬나라에서 자취를 감췄다. 주인이 사라진 영국은 수많은 민족의 침입에 시달린다. 승자는 앵글로 색슨족. 독일 북서부의 게르만인이었던 그들은 폭발적인 인구 증가로 민족 전체가 비옥한 땅을 찾아 영국으로 이주했다. 로마인이 떠난 빈자리를 차지한 앵글로 색슨 족은 로마

문화를 빠르게 지워 나갔다. 올 할로우 교회도 앵글로 색슨족들이 로마인들의 지하 공동묘지를 없애고 그 터에 첨탑을 올리면서 만들어졌다. 하지만 교회 지하에는 로마식 타일을 재활용한 앵글로 색슨 아치형의 문이 그대로 남아 있어 역사의 부침을 짐작케 한다. 다행히 이 교회는 런던 대화재 당시 한 해군 제독의 기지로 살아남아 현재까지 모습을 보전하고 있다.

때는 1666년, 정치가이자 일기 작가로 유명한 새뮤얼 피프스가 교회의 첨탑에서 화마로 넘실거리는 런던의 대화재 현장을 안타깝게 내려다보고 있었다.

런던이 정의의 피를 요구하리니

6이 세 번 반복되는 해에 불벼락이 내리리라

고대의 여인이 높은 곳에서 떨어지고

그와 같은 많은 전당들이 소실되리라.

우연의 일치였을까? 세기의 예언자 노스트라다무스의 말처럼 6이 세 번 들어간 해인 1666년 런던 대화재가 발생했다. 1666년 여름은 이상 기후를 보이면서 몹시 무더웠다. 가뭄과 고온 때문에 나무로 지어진 런던의 주택들은 바짝 말라 언제라도 불씨를 당길 준비가 되어 있었다. "너무나 긴 가뭄 끝이어서 돌조차 탈 것 같았다." 피프스는 당시의 날씨를 이렇게 기록해 두었다. 그가 남긴 상당한 일기에는 런던 대화재의 생생한 현장은 물론이고, 열렬한 연극광이었던 그가 몸소 체험한 17세기 영국 왕정복고 시대의 극장에 대한 상세한 정보가 담겨 있다. 일기에 따르면 다행히 교회는 잔인한 화마를 피할 수 있었는데 이 교회에서 세례를 받고 훗날 미국 펜실베이니아를 건립한 윌리엄 펜William Penn(1644~1718)의 아버지 덕분이었다.

해군 제독이었던 펜의 아버지는 대화재에서 런던을 구해 낸 숨은 영웅이었다. 속수무책으로 번지는 불길 앞에서 그는 돌연 선원들에게 화재로 불타고 있는 집들을 폭파하라고 지시했다. 좁은 골목마다 맞닿아 있는 처마로 옮겨 붙는 불길을 잡으려면 다른 방법이 없었지만 런던 시장도 망설이던 과감한 결단이었다. 이렇게 생긴 틈으로 좁은 골목마다 템스강의 물길이 닿았고, 교회와 남은 집들은 제 목숨을 부지할 수 있었다.

교회의 묘지에는 인근에 있었던 런던탑에서 처형된 유명인들의 유해가 안장되어 있다. 딸 마가렛이 수습한 토머스 모어의 시신도 이곳으로 옮겨져서 평화를 찾았다. 헨리 8세의 이혼을 반대하다가 처형당한 또 다른 희생자, 존 피셔John Fisher(1459~1535)도 교회 묘지에 안장되었다. 케임브리지 대학교 총장이었던 그는 학교의 발전과 개혁에 큰 공로를 남긴 인물로 평가받고 있다. 네덜란드에서 에라스무스Desiderius Erasmus(1466~1536)를 초청한 것도 그의 큰 업적이었다. 교회와 연관된 또 다른 인물은 미국인이다. '먼로 독트린'으로 유명한 미국 6대 대통령 존 퀸시 애덤스John Quincy Adams(1819~1892)가 1797년 이 교회에서 루이자 캐서린 존슨Louisa Catherine Johnson(1735~1826)과 결혼했다. 퀸시 애덤스의 아버지는 미국 2대 대통령 존 애덤스John Adams(1797~1891). 그들은 미국 역사상 첫 번째 부자父子 대통령으로 기록되어 있다.

3개의 해골이 인도하는 교회로 가는 길

교회를 나서 길을 건너면 시싱 레인Seething Lane 거리의 입구가 보인다. 한 블록 위에는 시싱 레인 공원이 있다. 시민들을 위한 작은 녹지가 도시 곳곳에 있는 런던에서 별다를 게 없어 보이는 공원이지만 그저 지나치기에는 아쉬운 사람과 숨은 이야기가 있다. 안으로 들어서니 오래되어 정겨운 나무 벤치 몇 개와 마당에 심어 놓은 붉은 장미를 배경으로 곱슬곱슬한 긴 머리의 흉상이 눈에 들어온다. 이 지역 가장 유명한 이웃 주민이었던 일기 작가 새뮤얼 피프스다. 근처에는 그를 기려 이름 붙인 피프스 거리도 있다. 이곳에는 그의 일터이자 집이기도 했던 해군청the Navy Office이 있었다. 지금 서 있는 곳은 당시에도 건물에 딸린 공원이었는데 피프스도 이곳을 꽤나 좋아했던 것 같다. 친구 윌리엄 펜과 함께 공원 어딘가에 포도주와 치즈를 묻어 넣고는 한 잔씩 즐겼다니 혹시 그때 잊은 포도주 한 병은 발견할 수 없는지 발로 툭툭 잔디를 건드려 본다. 해군청 건물은 1666년의 대화재의 불씨도 용케 벗어났건만 그로부터 7년 후인 1673년에 일어난 작은 불로 어이없게도 사라지고 말았다. 왼쪽에는 런던 시내에 얼마 남아 있지 않은 중세 시대 교회 중 하나인 세인트 올라브 하트 거리 교회St. Olave Hart St. church가 있다. 교회의 설립 기록은 13세기로 거슬러 올라간다. 올 할로우 교회를 1666년 대화재에서 구해 낸 해군 제독 펜의 재기 덕분에 올라브 하트 거리 교회도 운 좋게 잔인한 화마를 피해 갈 수 있었다. 하지만 2차 세계대전 중이던 1941년, 독일군의 폭탄 공습은 피할 수 없었다. 현재 교회는 1450년대의 모습을 복원한 것이다. 교회로 들어가는 문의 상단에는 섬뜩한 3개의 해골 조각과 함께 '주는 생명이요, 죽음은 보상이니Christus Vivere Mors mihi lucrum'라는 라틴어 문구가 새겨져 있다. 신도들을 맞이하는 교회의 환영사로는 영 적절치 않아 보이지만, 죽은 이를 인도하는 데는 이만한 기도가 없을 것 같다. 찰스 디킨스가 그의 책 《상도덕에 어긋난 여행자》에서 '내가 가장 사랑하는 성 개스틸리 그림St. Ghastly Grim 묘지'라고 언급할 정도로 올리브 하트 거리 교회의 묘지는 유명했다. '개스틸리 그림'은 '끔찍할 정도로 무시무시하고 음산한'이라는 뜻으로 그의 책 속에서 교회의 이름을 이렇게 다시 붙인 것이다. 이곳에는 런던 최초의 흑사병 전염자, 메리 램지Mary Ramsey의 시신이 잠들어 있다.

지난 2008년 디킨스의 《상도덕에 어긋난 여행자》가 크리스티

세인트 올라브 하트 거리 교회

경매에 나와 화제가 되었다. 디킨스 수집가로 활동하다가 1983년에 작고한 캐넌 스털링의 개인 소장품이었던 이 책은 19세기 참혹하기 그지없던 산업 사회 이면과 자본주의의 폐해, 빈민의 고통에 관한 고발의 글이다. 특히 《미들마치》를 쓴 영국 여성 작가 조지 엘리엇George Eliot(1819~1880)에게 헌정한 소설로 그 가치를 더욱 주목받고 있다.

애처가 새뮤얼 피프스의 지극한 아내 사랑

묘지의 유명세 외에도 런던에서 가장 작은 이 교회를 사랑한 사람들의 이야기도 흥미롭다. 먼저 엘리자베스 여왕. 1554년 5월 15일. 이복언니 메리 여왕Mary Stewart(1542~1587)에 의해 반란죄로 몰려 런던탑에 갇혀 있던 엘리자베스가 드디어 풀려났다. 자유를 찾자마자 제일 먼저 한 일이 바로 이 교회를 찾아와 추수감사절 예배를 드린 것. 교회의 동편에는 여왕을 기념하기 위한 스테인드글라스 창문이 있다. 오른손에는 붉은 꽃을 들고 발아래 놓여진 2개의 종을 내려다보고 있는 여왕의 옆모습은 앞으로 닥칠 자신의 운명을 예감하는 듯 숙연하다. 또 한 명의 인물은 바로 새뮤얼 피프스다. 자신의 일기에 '우리 마을 교회'라고 부르며 친근함과 애정을 나타낸 그는 예배에도 빠지지 않는 착실한 '교구민'이었다. 교회에는 피프스와 관련된 일화들이 남아 있다. 피프스는 일기 작가 이전에 해군 제독이기도 했다. 그는 자신이 일하던 영국 해군 본부에서 교회로 향하는 길을 위해 한 가지 꾀를 냈다. 1660년, 그는 교회 건물의 서편과 자신이 일하고 있는 해군 본부를 잇는 지붕이 덮인 회랑을 만들었다. 이 통로를 통해 비를 맞지 않고 교회에서 일터까지 갈 수 있었다. 아쉽게도 그의 기발한 아이디어로 만들어진 회랑은 현재 남아 있지 않지만 조금 전 시싱 레인 공원에서 지나친 그의 흉상이 있던 자리에 회랑으로 들어가는 입구가 있었다고 한다.

피프스에게는 사랑하는 아내 엘리자베스(1640~1669)가 있었다. 14살에 피프스와 결혼한 어린 신부는 열병을 앓다가 1669년, 스물아홉이라는 젊은 나이로 세상을 떠난다. 깊은 슬픔에 잠기게 된 피프스는 교회에서 아내의 명복을 비는 기도를 하는 순간에도 그녀의 아름다운 모습이 떠올랐다. 눈을 두는 곳마다 아내에 대한 추억뿐이었다. 그는 대리석으로 아내의 흉상을 조각해 교회 성소 북쪽 벽에 걸어 두었다. 피프스가 예배를 드리는 동안 가장 잘 보이는 곳에 아내가 있었다. 그리고 1703년 피프스도 아내의 곁으로 가게 된다. 부부는 이제 제단 아래에 있는 교회 묘지에서 이별 없는 영면의 안식을 취하고 있다.

14세기를 살던 21세기 인간형, 제프리 초서

교회를 나서 시싱 레인을 건너면 '십자가 수도회'라고 불리는 거리와 만난다. 얼마 못 가 펜쳐치 역으로 들어가는 아치형 문이 보인다. 역을 지나치면 쥬어리 거리Jewry St.의 완만한 곡선으로 길이 이어진다. '십자가 수도회'라는 거리의 이름은 13세기, 하트 거리에 있었던 수도원 홀리 크로스Holy Cross에서 시작되었다. 수도승들은 십자가 수도회의 상징인 십자가 모양의 지팡이를 짚고 다녔다.

곧이어 앨드게이트 하이 거리 교차로가 보인다. 이곳에 시티로 들어가는 7개의 문 중의 하나인 앨드게이트가 있었다. 성문 위에는 지금으로 치면 아파트 같은 집들이 있었는데 바로 이곳에서 근대 영시의 창시자 제프리 초서가 1374년부터 1385년까지 10여 년간 살았다.

1343년, 제프리 초서는 포도주 사업을 하는 집안에서 태어났다. 세계 최대의 와인 산지로 잘 알려진 프랑스 보르도 지역이 영국 소유였던 당시, 영국의 와인 산업은 그 어느 때보다 번성했다. 신흥 중산층이었던 그의 집안은 왕실에 포도주를 공급하면서 일찍부터 궁정과 인연을 맺게 되었다. 초서는 어렸을 때부터 어찌나 다방면에 능했던지 수많은 직업을 가진 것으로도 유명하다. 백년전쟁을 일으킨 에드워드 3세(1312~1377), 반란군에 포로로 잡혀 감옥에서 생을 다한 리처드 2세(1367~1400), 그리고 평생을 왕위

십자가 수도회 거리

찬탈자라는 오명으로 살아야 했던 헨리 4세까지 피비린내가 끊이지 않은 세 번의 국왕 통치 기간을 거치는 동안 작가, 철학자, 연금술사, 천문학자 등의 전문직은 물론 궁정인, 외교관, 행정가로서 공무를 수행하기까지 했다.

중세 유럽 문학의 걸작 《캔터베리 이야기》

그야말로 통섭의 시대, 21세기 인간형이라고 할 수 있는 그의 이런 다양한 경력은 자신의 문학 세계를 발전시키는 데 중요한 밑거름이 되었다. 그리고 단테Durante degli Alighieri(1265~1321)의 《신곡》, 보카치오의 《데카메론》과 함께 중세 유럽 문학의 대표작으로 손꼽히는 《캔터베리 이야기》를 비롯한 다수의 걸작을 남기게 된다. 초서의 만년인 1378년부터 원인 미상의 미스터리한 죽음을 당하기 직전인 1400년까지 12년 동안 집필한 이 운문 소설은 1만 7천여 행으로 구성된 미완성 대작이다.

 《캔터베리 이야기》의 배경은 1장의 서더크 지역을 산책하면서 들렀던 타바드 여관이다. 이곳에 성인 토머스 베켓Thomas Becket(1118~1170)을 모신 캔터베리 성당으로 순례를 떠나는 사람들이 모여든다. 헨리 2세의 신하이자 절친한 친구였던 토머스 베켓은 1162년 캔터베리 성당의 대주교가 된 이후 갑자기 태도를 돌변하여 왕권에 도전한다. 그리고 결국 토머스 베켓은 살해당한다. 그가 죽을 때 목에서는 흰 피가, 몸에서는 붉은 피가 솟구쳐 나왔다는 이야기는 지금까지도 전설처럼 전해진다.

아침이면 길을 떠날 순례자들에게 여관의 주인이 한 가지 제안을 한다. 순례 중 무료함을 달래기 위해 서로 이야기를 시작하여 그중 제일 재미있는 사람 한 명을 뽑아 보면 어떨까, 그리고 순례가 끝난 후 모두가 돈을 모아 그 사람을 위한 축제를 열어 주자는 것이었다. 이렇게 순례자들의 긴 이야기가 시작된다. 당시 부유한 와인상이었던 아버지의 영향으로 프랑스와 이탈리아를 자유롭게 왕래하던 초서는 《캔터베리 이야기》의 형식에 있어 보카치오 Giovanni Boccaccio(1313~1376)의 《데카메론》에서 상당 부분 영향을 받은 것으로 보인다. '10일간의 이야기'라는 뜻의 《데카메론》은 제목 그대로 흑사병을 피해 교외의 별장으로 나간 열 명의 남녀가 열흘간 매일 한 편씩 이어 간 100편의 이야기다.

웨스트민스터 사원의 '시인의 코너'

초서의 사후, 그의 시신은 웨스트민스터 사원으로 옮겨졌다. 그리고 '시인의 코너'에 첫 번째로 안장되는 명예를 가지게 되었다. 왕이나 귀족, 그리고 국가에 공헌한 저명인사들의 시신이 안치된 사원에는 유일하게 '시인의 코너'가 있다. '귀족의 코너'나 '정치가의 코너' 등은 따로 없다. '시인의 코너'에 묻힌 40여 명의 문인들을 특별하게 기리는 영국인들의 방식을 보면, 그들이 얼마나 문학을 존중하고 사랑하는지 알 수 있다. 과연 셰익스피어의 나라답다.

가장 첫 번째 자리에 위치한 초서의 무덤 앞, 바닥에는 꽃미남 시인으로 유명했던 바이런George Gordon Byron(1788~1824)의 기념판이 보이고, 바로 그 앞에는 셰익스피어의 동상이 서 있다. 하지만 빈 무덤이다. 셰익스피어의 유해는 고향 스트랫퍼드의 교회에 있다. 그는 훗날 자신의 유명세에 따라 시신이 여기저기 옮겨질 것을 걱정했는지 선견지명 같은 경고의 문구를 그의 묘비명에 새겨 두었다.

선한 친구들이여, 부탁하노니

여기 묻힌 유해를 파헤치지 마시오

이곳의 돌들을 귀히 여기는 자에게 복이 있으라

그리고 내 유골을 건드리는 자에게 화가 있으라

《셰익스피어는 없다》 버지니아 펠로스 지음, 정 탄 옮김, 눈과마음

셰익스피어 왼편에는 낭만파 시인 윌리엄 워즈워스가 앉아 있고 그 옆에는 《오만과 편견》의 작가 제인 오스틴Jane Austen(1775~1817)의 묘비가 보인다. 오른쪽에는 《폭풍의 언덕》으로 유명한 에밀리 브론테Emily Bronte(1818~1848),《제인 에어》의 샬롯 브론테Charlotte Bronte(1816~1855), 그리고 《와일드 펠 홀의 소작

인》의 앤 브론테Anne Bronte(1820~1849) 세 자매가 기념판에 새겨져 있다. 세계 문학 전집 속에서나 보았던 작가들의 이름이 황홀하게 눈앞에 펼쳐진다. 여류 작가를 가릴 것 없이 그들의 작품적 성취로만 작가의 이름을 존중하는 나라 영국. 언제쯤 우리나라 국립묘지에서 한국을 대표하는 예술가나 문인들을 기리는 '작가의 코너'를 만날 수 있을까.

하운즈디치를 따라 런던 월의 흔적 찾기

앨드게이트 하이 거리의 복잡한 교차로를 벗어나 세인트 보톨프 앨드게이트 교회St. Botolph Aldgate church로 향한다. 이 거리의 역사는 로마 시대까지 거슬러 올라간다. 로마의 황제 줄리어스 시저 Gaius Julius Caesar(기원전 100~기원전 44)는 두 차례 영국을 침공했다. 이후 로마와 영국은 우호적인 관계를 유지하면서 로마의 문물은 영국의 문화와 경제의 발전에 지대한 영향을 미쳤다.

기원전 55년 카이사르의 침략 이후 로마 제국의 실질적인 영국 정복은 서기 43년 클라디우스 황제Tiberius Claudius Caesar Augustus Germanicus(기원전 10~기원후 54)부터 점진적으로 시작되었다. 클라디우스는 영국 정복 후 템스강 변에 식민지를 만들고 이를 론디니움Londinium이라고 명명했다. '호수의 도시'를 뜻하는 켈트 어의 린딘Llyn Din에서 유래한 말로, 호수는 당시 템스강 하류를 가리키는 것이었다. 지금의 런던이라는 이름이 바로 여기에서 나왔다. 로마군들은 2세기 무렵부터 군사적 방어의 목적으로 런던 월을 쌓기 시작해서 로마가 런던에서 철수하는 5세기 초반까지 계속해서 개·보수를 했다. 현재는 '시티 오브 런던'의 군데군데 남아 있는 초라한 잔해로만 과거의 위상을 상상할 뿐이지만, 그 옛날, 런던 월의 규모를 상상할 수 있는 거리가 남아 있다.

세인트 보톨프 앨드게이트 교회 앞에서 지하도를 건너면 하운즈디치 거리Houndsditch St.를 만나게 된다. 아웃위치 거리Outwich St 북서쪽에서 세인트 보톨프 거리의 동서쪽으로 이어지는 일방통행로인 하운즈디치는 런던 월을 통과하는 성문이었던 앨드게이트에서 비숍게이트Bishop Gate까지 이어지는 성벽 밖을 따라 나란히 나 있는 길이다. 그 옛날 위풍당당한 성벽을 자랑하던 시절, 이 길에는 해자가 있었다. '하운즈디치'라는 이름은 사냥개를 의미하는 하운즈hounds와 배수로라는 뜻의 디치ditch라는 더해진 말로, 해자에 마구잡이로 버려 대던 쓰레기와 개들의 시체 덕분에 붙여졌다. 어찌나 많이도 버렸는지 깊게 파 놓은 해자가 메워질 정도였다. 1211년 대대적으로 청소를 하고 해자를 다시 팠지만 1503년에는 아예 흙으로 덮어 버렸다.

1993년 런던 테러로 피해를 입은 교회

바로 앞에 세인트 보톨프 위다웃 비숍게이트 교회St. Botolph without Bishopsgate church의 첨탑이 보이기 시작한다. 비숍게이트는 런던의 동쪽 끝을 방어하던 런던 월의 출입문 이름이다. 1760년에 완전히 사라질 때까지 더 시티의 이스트 엔드East End 지역을 잇는 주요한 통로였다. 거주민은 불과 200여 명밖에 되지 않는데 통행자는 만 명이 넘을 정도였다. 14세기에 문을 연 리든홀 마켓Leadenhall Market의 입구가 있는 그레이스 처치 거리Grace Church St.와 노튼 폴게이트Norton Folgate 사이로 난 대로의 이름도 비숍게이트라고 부른다. 노튼 폴게이트에 살던 셰익스피어도 부지런히 이 거리를 오갔겠지. 교회는 비숍게이트에서 불과 50여 미터 떨어진 곳에 있었다.

교회의 역사는 1212년부터 시작된다. 이후 1666년 대화재의 불길도 용케 피하고, 2차 세계대전 중에도 단 한 장의 유리창만 깨진 것으로 유명했던 교회는 뜻밖의 폭격을 맞게 된다. 1993년 IRA 테러였다. IRA는 북아일랜드의 가톨릭계 과격파 무장 조직으로 영국령 북아일랜드의 독립을 요구한 반영反英 테러 활동 조직이었다. 지금 IRA는 북아일랜드 평화 협정을 안정시키기 위해 2001년 10월 첫 무장 해제에 이어 2002년 4월 2차 무장 해제를 실시하면서 북아일랜드의 준 군사 조직으로 남아 있다. 교회는 이후 4년에 걸친 보수 공사를 통해 현재의 모습을 갖추게 되었다.

첫 번째 아내는 사창가 주인, 두 번째 아내는 시인

교회의 역사에는 셰익스피어와 연관된 몇 사람의 이름이 등장한다. 벤 손슨, 에드워드 애일린, 그리고 존 키츠. 작가 벤 존슨은 그의 어린 아들의 시신을 이곳 교회 마당에 묻었다. 셰익스피어 시대의 최고 인기 배우 에드워드 애일린과 낭만주의 문학의 대표 시인 존 키츠John Keats(1795~1821)의 이름은 세례자 명단에서 발견할 수 있다. 1장에서 소개한 필립 헨슬로우의 사위이기도 했던 애일린은 1566년 런던의 어느 여관집 주인의 아들로 태어났다. 그는 1583년 워세스터 극단Earl of Worcester의 단원으로 연극계에 발을 내딛었다. 그리고 연극계에 소문이 자자했던 악독한 인물, 필립 헨슬로우를 만나면서 오히려 인생의 터닝 포인트가 펼쳐진다.

1592년 헨슬로우의 의붓딸 조안과 결혼해 사위가 된 애일린은 헨슬로우와 함께 로즈 극장과 포춘 극장의 공동 경영자가 되었다. 로즈 극장에서는 배우로서도 활약을 하는데 이 극장 최고의 히트작이었던 크리스토퍼 말로의 〈탬버레인〉에서 포스타스 역으로, 〈말타의 유대인〉에서는 바라바 역으로 출연해 최고의 전성기를 구가했다.

1605년 무대에서 은퇴한 뒤에도 애일린은 극장 경영 일을 계속했다. 유명세로 번 많은 돈은 후학 양성을 위한 대학 설립 자금으로 내놓기도 했다. 당시 1만 파운드라는 거액으로 서레이Surrey

지방의 웨스트 덜위치West Dulwich에 대저택을 구입한 그는 1619년 '가즈 기프트 대학College of God's Gift을 설립했다. 현재 이 대학은 '덜위치 대학Dulwich Collede으로 남아 있는데 도서관이 소장하고 있는 〈애일린과 헨슬로우 문서〉와 미술품은 엘리자베스 왕조 시대의 무대 연구를 위한 귀중한 자료가 되고 있다.

1623년 아내 조안이 죽자 애일린은 콘스탄스 단Constance Donne과 재혼했다. 극장 경영과 함께 악독한 전당포 주인이자 돈 되는 일이라면 물불 안 가리던 장인 헨슬로우와 사창가의 운영을 맡았던 전처 조안과는 비교할 수 없는 집안이었다. 콘스탄스 자신도 영국의 17세기 형이상학파 시인으로 명성을 떨쳤으며 그녀의 아버지는 세인트 홀 법학원 학장을 지낸 존 단John Donne이었다. 무대 위 배역보다 더욱 파란만장한 인생을 살았던 애일린은 1626년 타계하여 덜위치에 매장되었다.

셰익스피어가 세상을 떠난 후 200여 년 가까이 지난 뒤에야 태어난 시인 존 키츠는 대문호와 어떤 인연이 있을까. 그는 셰익스피어의 소네트를 읽으며 시의 감수성에 눈뜨고 26세라는 어린 나이로 요절하기 전까지 주옥같은 시들을 남겼다. 제2의 셰익스피어라 불리며 그를 기릴 정도이니 이만하면 영국 문학사를 장식하는 또 한 명의 시인 탄생에 셰익스피어가 한몫을 한 셈이다. 프랑스의 랭보, 우리의 이상의 존재가 그렇듯이 요절한 천재 시인들의 작품 세계보다 더 주목받는 건 그들의 미완의 삶. 존 역시 대학을 갓 졸업한 나이에 폐결핵으로 세상을 떠날 때까지 남긴 아름다운 시와 함께 그의 뮤즈였던 한 여인과의 사랑 이야기가 함께 전해진다. 부모님을 일찍 여의고 병든 동생을 보살피며 가난과 싸워야 했던 젊은 시인은 이웃집 아가씨 페니 브라운Fanny Brawne(1800~1865)에게 사랑을 느낀다. 하지만 자유분방하고 적극적인 페니는 작은 키에 소심해 보이는 존에게 마음이 가지 않았다. 페니의 마음을 돌린 건 존의 편지와 시였다. 둘의 관계는 급진전하여 약혼까지 하게 되지만 그로부터 2년 후 존은 결국 세상을 떠난다. 존이 페니를 위해 쓴 〈빛나는 별〉은 지금도 사랑에 빠진 연인의 입술에서 입술로 전해지며 그 빛을 밝히고 있다.

빛나는 별이여, 내가 그대처럼 한결같다면
아니, 밤하늘 높이 외로운 광휘 속에,
마치 자연의 참을성 많고 잠 없는 은자처럼
눈꺼풀을 영원히 뜨고
지상의 인간 해안 주변을 깨끗이 씻는
성자같이 일하는 물결의 흐름을 지켜보거나,
산과 들판에 새로이 부드러이 내린 눈 가면을
가만히 응시하는 것이 아니라,
아니, 다만 여전히 한결같이, 여전히 변함없이,
내 아름다운 연인의 무르익는 가슴을 베개 삼아 누워

그 부드러운 오르내림을 영원히 느끼며

달콤한 불안에 영원히 깨어 있으면서,

영원히, 그녀의 부드러운 숨소리에 영원히 귀 기울이며,

그렇게 영원히 살고 싶어라, 그게 아니면 서서히 죽음으로-

사라지어라.

《빛나는 별》〈빛나는 별이여, 내가 그대처럼 한결같다면〉 존 키츠 지음, 허현숙 옮김, 솔

주말 티켓은 구하기도 어려운 정신병원 구경

세인트 보톨프 위다웃 비숍게이트 교회를 나서 리버풀 스트리트 역으로 방향을 잡는다. 이 역은 1874년 악명 높은 베들레헴 정신병원이 있던 자리에 만들어졌다. 유럽 최초의 정신 병원으로 알려진 베들레헴의 시작은 헨리 3세의 치세 중인 1247년까지 거슬러 올라간다. 13세기부터 18세기 말까지만 해도 정신 질환자들은 동물이나 악마 혹은 '귀신이 들린 존재'로 생각되었다. 악마를 쫓아내야 한다며 몽둥이로 때리는 일은 다반사였다.

그나마 병원에서는 정신병 치료를 시도하는데 이게 또 얼마나 황당한 지경인지 베들레헴에 남겨진 기록을 보면 알 수 있다. 기본적인 정신병 여부를 판단하는 기준은 이랬다. 환자를 의자에 앉히고 천장까지 빙글빙글 돌려서 환자가 구토를 하거나 어지러워하면 정상이라 생각하고 퇴원 조치를 시켰다. 가장 최악은 마치

서커스 공연의 표를 팔 듯 병원이 돈을 받고 환자들을 구경시키기까지 한 것이다. 런던의 베들레헴을 비롯해 파리의 비세르트 병원 등 유명한 '인간 동물원'에는 주말이면 수천 명의 유료 관람객이 몰려들었다. 부활절과 크리스마스 날에는 표가 동날 정도였다고 하니 이 기괴한 인기를 짐작할 만하다.

수많은 사람이 잘못된 치료로 인해 죽고, 지금도 괴기스러운 소문이 끊이지 않는 베들레헴은 시대를 넘어 책과 TV시리즈, 영화 등으로 다시 태어났다. '더 시어터'와 '커튼 극장', 그리고 바로 지척에 있었던 병원은 셰익스피어와 동시대에 활동하던 당시 극작가들에게도 작품의 훌륭한 소재가 되었다. 존 웹스터John Webster(1580?~1625?)의 희곡 〈말피 공작부인〉과 〈체인질링〉, 필립 매신저의 〈새 차용금 상환법〉에도 베들레헴이 등장한다. 1946년에는 〈프랑켄슈타인〉으로 유명한 공포 영화의 제왕, 보리스 칼로프Boris Karloff(1887~1969)가 주연한 영화 〈베들레헴〉이 만들어지기도 했다. 병원의 명칭 '베들레헴bethlehem'은 영단어 '베들럼bedlam', 혼돈, 아수라장, 대소동이라는 뜻이 되었다.

지난 2015년 3월, 리버풀 스트리트 철도 역사 옆의 새 철도 노선 부지에서 무려 3,000여 개의 유골이 발굴되었다. 철도 길이 총연장 118킬로미터, 2018년 개통을 목표로 계획된 영국 최대 규모의 건설 현장이었다. 지금으로부터 450여 년 전인 1569년, 이곳은 런던의 교회 묘지가 부족해지면서 조성되었던 베들레헴 묘지였다. 유골들은 당시 흑사병으로 숨진 사람들로 부자, 빈민, 그리고 병원의 환자를 가릴 것 없었다. 고고학적으로는 16~17세기 런던 주민들의 가장 중요한 표본 발굴이라는 역사적 의미를 갖는 사건 이었다.

셰익스피어를 시샘한 작가 로버트 그린

역 바로 뒤에 면해 있는 길이 브로드 거리Broad St.다. 기록에 따르면 이곳에 셰익스피어와 떼려야 뗄 수 없는 악연의 극작가 로버트 그린Robert Greene(1558~1592)이 묻혀 있던 묘지가 있었다. 하지만 그의 시신과 무덤은 역사 속으로 사라져 찾을 길이 없다. 최초의 직업 작가로 글을 써서 생활을 한 그린은 그가 남긴 작품들보다 셰익스피어에 대한 일침으로 더 유명하다. 이미 얘기했듯이 셰익스피어가 처음으로 런던에 나타난 것이 정확히 언제인지는 알려져 있지 않지만, 그의 이름이 런던에서 처음으로 언급된 것은 1592년 로버트 그린이 쓴 글 속에서였다. 훗날 세계적인 대문호가 된 셰익스피어, 그리고 그를 비꼬는 암시로 가득한 글을 남기고 방탕한 생활을 하다가 요절한 작가. 그 싸움을 지켜보는 우리는 그저 흥미진진할 수밖에.

셰익스피어보다 네 살이 많았던 그린은 노리치Norwich의 가난한 부모에게서 태어났다. 말로와 내시처럼 장학 제도를 통해 케임

브리지 대학에 진학한 그는 1583년에 케임브리지 석사 학위를 받고 이어서 옥스퍼드에서도 학위를 하나 더 받았다. 그리고 어느 명망 있는 신사의 딸과 결혼까지 하면서 신분 상승의 계단에 올라서지만 이내 아내의 결혼 유산을 탕진하고는 어린 자식까지 버리고 런던으로 향한다. 다시 돌아와 달라는 아내의 애원을 저버리고 그가 선택한 여자는 도둑 갱단의 두목이었던 커팅 볼Cutting Ball의 누이, 엠 볼Em Ball. 정부와 사생아 아들을 끌고 여기저기 정처 없이 떠돌며 그가 하는 일이라고는 여관 주인들을 속여 먹거나 실컷 술 마시고 내빼기, 그리고 빚쟁이들의 눈을 피해 도피하는 생활이 전부였다. 사생아 아들에게는 고약하게도 '행운아'를 뜻하는 포르투네이터스Fprtunatus라는 이름을 지어 주었으나 아이는 이름과는 상관없이 얼마 못 가 세상을 떠나고 말았다. 술에 취해 나태함과 폭식의 생활을 하면서도 그린은 가끔 폭발적으로 글을 써 내려갔다.

1592년 8월의 어느 날, 34살의 그린은 그날도 어김없이 청어 식초 절임을 곁들어 라인 백포도주를 마셨다. 그리고는 갑자기 몸이 안 좋아졌다. 하지만 친구 중 어느 누구도 그린을 돕겠다고 나서는 사람이 없었다. 그의 곁에 마지막 남은 사람들이라고는 가난한 구두장이 아이샘과 그의 인정 많은 아내가 전부였다. 죽음을 맞이하는 그의 마지막이 너무나 비참하여 부부의 보살핌이 없었다면 거지처럼 거리에서 객사했을 것이다. 죽음을 앞둔 그린은 '우리 청춘에 나눈 사랑 탓에 그대가 이 지경이 되었구려, 그대는 이 사람이 죗값을 치렀음을 알게 될 것이오'라며 뒤늦게나마 아내에게 참회의 편지를 남겼다.

런던 무대를 뒤흔드는 작자, '셰이크신'의 등장

그린은 죽음을 맞는 순간까지도 글을 썼다. 그의 글을 모아 삼류 인쇄업자였던 헨리 체틀Henry Chettle(1564~1606)이 사후 유고집을 출간했다. 《백만 번의 참회로 산 그린의 서 푼어치 지혜, 청춘의 어리석음, 어설픈 아첨꾼들의 거짓됨, 태만한 자들의 비참함, 속이는 정신들의 못된 짓을 서술함. 저자가 죽기 전에 썼고 임종의 자리에서 부탁에 따라 출간됨》 마지막 책 제목도 평범치 않은 생을 산 로버트 그린답다. 그는 이 책에서 런던 연극계에 혜성처럼 등장한 신예 극작가 셰익스피어를 지칭하는 가차 없는 조롱이자, 질투심 가득 섞인 한 단어를 만들어 낸다. 그것은 바로 '셰이크신Shakescene.'

여기 우리의 깃털로 아름답게 장식한 오만불손한 까마귀upstart crow가 있습니다. 그는 배우의 가죽으로 감싼 호랑이의 심장을 지니고 있으니 여러분이 쓴 최고의 작품에 버금하는 무운시를 웅장하게 써 낼 줄 안다고 착각하고 있습니다. 그리고 온갖 분야에 다 능숙한 척하면서도 실은 아무 것에도 통달하지 못한 주제에 제 딴에는 이 나라의 연극판을 뒤흔드는shakescene 유일한 작가라고 생각합니다.

《셰익스피어를 둘러싼 모험》제임스 샤피로 지음, 신예경 옮김, 글항아리

오만불손한 까마귀는 누가 봐도 셰익스피어였다. 당시 까마귀는 탐욕스럽고 무자비하고 속임수에 능한 성격을 상징했다. 사악함의 상징이랄까. 그린은 '벼락 출세자'로 대학은커녕 시골 문법학교도 제대로 마치지 못한 셰익스피어가 명성과 돈을 한꺼번에 쥐는 것이 영 못마땅했다. 이 책은 유명한 이솝 우화 개미와 베짱이를 이야기하면서 마무리되는데, 이 일화로 짐작해 볼 때 그린은 셰익스피어에게 재정적으로 도움을 요청했다가 거절당했던 것 같다는 주장도 있다. 그렇다면 셰익스피어는 그린의 이 글을 보고 어떻게 대응했을까? 그는 이러한 비난에 직접적으로 답하지 않았다. 하지만 셰익스피어는 품위 있게 자신의 작품 〈헨리 4세〉 속에서 복수를 했다. 그린을 추잡하게 술에 취하고 무책임하고 자기도취적인 인물, 팔스타프로 만들어 낸 것이다. 팔스타프의 아내인 돌은 그린의 정부였던 엠을 암시했다. 그리고 그녀의 불량한 형제인 커팅 볼과 그린을 둘러싼 모든 인물들도 비슷한 구도 속에서 발견된다. 그린과 팔스타프의 연결 고리를 찾는 것은 식은 죽 먹기였다.

팔스타프는 망나니 같은 뚱보 기사였다. 하지만 이 캐릭터에 빠진 의외의 인물이 있었다. 바로 엘리자베스 여왕. 취향 한번 독

특하다. 그녀는 셰익스피어에게 특별한 주문을 하나 한다. 팔스타프가 사랑에 빠진 내용의 연극을 하나 써 달라는 것. 그렇게 이 주만에 완성된 작품이 바로 〈윈저의 즐거운 아낙네들〉이다. 셰익스피어 작품 중 서민들의 삶을 그린 유일한 이 작품은 1597년 4월 23일, 영국 최고 권위의 훈장인 가터 훈장 창설을 기념하는 연간 축제에서 초연되었다. 이번에도 팔스타프는 두 유부녀를 유혹하려다가 조롱만 받는다. 그린과의 악연으로 셰익스피어 작품 속 희대의 인물 하나가 창조된 셈이니 그린이 살아 있었다면 셰익스피어가 그에게 감사의 인사를 해야 하지 않을까.

세계 최초의 컨테이너 팝업 스토어, 박스 파크 쇼디치

쇼디치 하이 거리 역 방향으로 좁은 골목을 따라 천천히 발걸음을 옮긴다. 런던에서 가장 개성 넘치는 거리, 쇼디치 산책을 빼 놓을 수 없다. 비어 있는 건물 벽은 예술가들의 캔버스다. 거리마다 개성 넘치는 그라피티가 눈길을 끈다. 우리로 치면 연남동이나 상수동이라고나 할까.

어디선가 들려오는 음악 소리에 발길을 따라 옮기니 쇼디치 하이 거리 역사 옆, 컨테이너 박스들의 행렬이 눈에 띈다. 2011년에 문을 연 세계 최초의 컨테이너 팝업 스토어, 박스파크 쇼디치Box Park Shoredtich다. 이 지역의 땅 값이 올라 갈 곳을 잃었던 예술가와

쇼디치 하이 거리 그라피티

소규모 상인들을 위한 기발한 아이디어였다. 기차역 담장 옆 공터에 대형 컨테이너를 쌓아 올린 뒤 1층은 상점 및 갤러리, 2층은 푸드 코트와 펍으로 공간을 활용했다. 4~5년만 유지하다 철거할 계획이었지만 전 세계적인 반향을 일으킨 덕에 현재도 계속 운영 중이다. 최근 서울에서도 건대 '커먼그라운드' 서울 숲의 '언더스탠드 애비뉴' '플랫폼 창동 61' 등 박스파크 쇼디치를 모델로 한 공간들이 생겨나 시민들의 사랑을 받고 있다. 하지만 박스파크 쇼디치를 최초로 만든 그들의 경계 없는 사고력의 발상이 부럽기만 한 것은 왜일까.

쇼디치는 16세기 말, 런던 중심지와 가까운 지리적 이점으로 무역업자, 공장주 등 부유층이 거주했던 곳이었다. 쇼디치라는 지명은 '수어 디치Sewer Ditch', 즉 중세 이전 이곳에 '하수가 흐르는 도랑'이 있었던 데서 유래한 말로, 중세 시대에는 수도원이 자리하고 있었다고 한다. 하지만 17세기 들어 산업 혁명이 시작된 이후, 런던으로 몰려든 수많은 하층민 노동자와 이민자가 이곳에 자리를 잡으며 범죄와 매춘부가 들끓는 슬럼 지역으로 쇠퇴했다. 런던 중심가의 동부, 이른바 '이스트 엔드' 지역은 오랫동안 런던에서 가장 가난하고 위험한 곳의 상징이 되었다. 해가 지지 않는 영국의 감추고 싶은 그림자였다. 20세기 들어 영국 경제가 기울고 수많은 공장이 문을 닫으면서 이곳은 그야말로 침체의 극을 달렸다.

그러던 이스트 엔드가 1996년 전후로 변신하기 시작했다. 당시 수상이었던 토니 블레어Tony Blair가 런던을 위한 디자인Design for London'이라는 슬로건 아래 런던 구석구석을 새롭게 단장하며 새로운 바람을 불어넣었다. 그 변화의 바람 한가운데에 쇼디치가 있었다. 비교적 저렴한 집값으로 인해 '브리티쉬 드림'을 쫓아온 유대인과 방글라데시 이민자들에게 최고의 정착지였을 뿐 아니라 값싼 임대료를 찾던 젊은 예술가들에게도 이만한 곳이 없었다. 우울한 공장 지대는 예술가들의 아지트로 변모했다. '레드 처치 거리Red Church St.'를 중심으로 신진 예술가들의 작품을 전시하는 갤러리와 안목 높은 런더너가 운영하는 편집숍, 고급 프렌치 레스토랑, 모던한 호텔과 카페가 등장했다. 셰익스피어 시대, 극장의 탄생지였던 이곳은 지금도 예술의 영감이 흐르는 원천지다.

브릭 레인의 랜드마크, 트루먼 브루어리

칙칙한 이스트 엔드를 180도 변신하게 만든 장본인은 1666년 설립된 트루먼 브루어리Truman Brewery다. 이스트 엔드의 중심인 브릭 레인Brick Lane에 설립된 이곳은 연간 20만 배럴의 맥주를 생산해 내는 런던 최대의 양조장이자 세계 최대의 공장이었다. 양조장 대표인 조셉 트루먼Joseph Truman의 이름에서 따온 트루먼 브루어리는 호황기에는 종업원만 1,000여 명에 이를 정도였다. 양조장 주변에는 수백여 개의 펍이 밀집해 성업을 이뤘다. 하지만 1960년대 이후 수입 맥주가 들어오면서 경영난을 겪다가 결국 폐업에 이르게 됐다. 그리고 1988년 문을 닫은 트루먼 브루어리와 19개의 부속 건물들이 예술가들의 아지트로 되살아난 것이다.

약 3년 동안 빈 건물로 방치된 이 버려진 공간의 가치를 알아본 건 젊은 예술가들이었다. 브릭 레인이라는 지명에서 알 수 있듯 붉은 벽돌로 지어진 양조장은 이미 용도가 폐기된 산업 유산이었지만 작가들의 스튜디오로 사용하기엔 더할 나위 없었다. 공장으로서는 드물게 정교한 아치형 창문으로 장식된 벽면과 전통적인 빅토리안 건축 양식으로 지어진 건물은 예술가들의 영감을 자극하기에도 충분했다.

그래서일까. 트루먼 브루어리 주변을 둘러보면 대부분의 가게들이 건물의 특성을 살려 두었다. 리모델링한 흔적이 거의 없을 정도로 300여 년 전의 투박한 양조장 건물들 그대로다. 특히 45미터의 굴뚝과 250평 규모의 벽돌 창고인 보일러 하우스Boiler House는 트루먼 브루어리의 랜드마크. 창문이 넓은 데다 천장이 높아 자연 채광을 활용하는 대형 전시나 이벤트 공간으로 인기가 높다.

런던 힙스터들을 만나려면 '선데이 업 마켓'으로

브릭 레인의 제맛을 느끼려면 주말에 열리는 선데이 업 마켓Sunday Up Market에 들러야 한다. 대규모의 벼룩시장을 지나 런던의 힙스터들이 모여든다는 '러프 트레이드' 음반 가게에서 마음에 드는 CD 한 장을 사들고, 동대문 포장마차는 저리 가라 할 정도로 전 세계에서 온 거리 음식을 맛보는 재미에 시간 가는 줄 모른다. 영화 〈노팅힐〉로 유명해진 '포토벨로 마켓Portobello Market', 캠든 하이 거리Camden High St.를 따라 열리는 '캠든 마켓Camden Market' 등 주 말이면 런던 시내 곳곳에서 다양한 마켓이 열리지만 다른 곳에서 는 볼 수 없는 이국적인 색채를 물씬 느낄 수 있는 것도 이곳만의 매력이다. 방글라데시와 유대인들의 집단 거주지이다 보니 토속 적인 공예품을 한자리에 모은 벼룩시장과 그들의 전통 음식을 즐 길 수 있기 때문이다. 긴 줄을 서야 하는 수고로움이 있지만 연어 크림 치즈로 유명한 베이글 가게와 카레 거리도 꼭 들러볼 만하 다. 현재 1만 2,200여 평에 이르는 트루먼 브루어리 일대에는 약 250여 개의 스튜디오와 갤러리, 패션·디자인 가게, 레스토랑, 카 페, 사무실 등이 밀집돼 있다.

트루먼 브루어리의 재생으로 이제 이스트 엔드는 런던의 그 어 느 지역보다 독특한 문화를 형성하며 시민들의 사랑을 받고 있다. 쇼핑 관광객으로 붐비는 옥스퍼드 스트리트, 상업 뮤지컬의 현란 한 간판으로 번쩍이는 웨스트 엔드의 풍경에 식상해진 관광객들 은 이제 이스트 엔드로 발길을 돌린다.

이스트 엔드의 성장을 이끈 견인차는 또 있다. 이곳은 YBAYoung British Artists로 알려진 젊은 세대의 영국 미술가들의 보금자리였다.

그야말로 현대 예술을 대표하는 '쿨'한 예술가들이 이곳의 허름한 뒷골목을 어슬렁거리며 미래를 꿈꿨다. 이제는 살아 있는 현대 미술의 전설이 된 데미언 허스트Demiaen Hirst, 속옷과 콘돔이 뒹구는 자신의 침대를 전시장으로 끌고 온 트레이시 에민Tracy Emin은 YBA 출신의 빅스타다. 그라피티 아티스트와 아카데미 최우수 다큐멘터리를 수상한 영화감독으로도 유명한 뱅크시Banksy도 쇼디치를 중심으로 활동했다.

런던에서 내로라하는 디자인 회사, 기획사, 광고 회사 등도 이곳에 사무실을 열었다. 이런 여러 가지 이유로 쇼디치는 2010년 전후 런던 최고의 핫 플레이스로 부상했다. 하지만 쇼디치도 최근 '젠트리피케이션gentrification' 현상에 직면하고 있다. 그라피티가 가득한 오래된 건물 사이로 고층 주상 복합 빌딩이 들어서고, 서민과 젊은 예술가들이 들락거리는 펍과 작은 갤러리, 카페들 사이로 런던 최고의 셀러브리티들만 출입할 수 있는 회원제 클럽이 생겼다. 이로 인해 이곳에 오랫동안 둥지를 틀었던 가난한 예술가들이 집값과 땅값 상승을 견디지 못하고 런던 외곽 지역으로 빠져나가는 중이다.

다행인 점은 쇼디치의 급속한 변화를 그 누구도 달가워하지 않는다는 것이다. 쇼디치에 일어나는 현상을 인정하면서도 모두가 사랑한 빈티지한 모습을 잃지 않고, 가장 혁신적인 지역이라는 정체성을 유지하기 위해 노력하고 있다. 그래서 쇼디치의 거리는 런던 어디에서도 느낄 수 없는 독특한 자유로움이 넘실거린다.

셰익스피어가 질투한 경쟁자, 크리스토퍼 말로

쇼디치 거리에서 다시 리버풀역 방향으로 발길을 돌린다. 역 앞으로 나 있는 길이 노튼 폴게이트 거리Norton Folgate St.다. 이즈음이 런던 월이 있었던 구시가지이자 세계 금융이 집중된 영국 런던의 특별 행정 구역, 시티 오브 런던the City of London의 북쪽 끝자락이다. 왼쪽으로 첫 번째 만나는 골목이 워십 거리Worship St.다. 고향에서 상경한 셰익스피어는 바로 이곳, '노튼 폴게이트 여섯 번째 집'에 살며 작가의 꿈을 키워 나갔다. 그리고 셰익스피어의 질투심을 당긴 작가, 크리스토퍼 말로도 이 거리에 살았다.

엘리자베스 여왕의 연극 사랑은 수많은 극단들이 저마다 경쟁할 수 있는 자유로운 분위기를 만들었다. 하지만 그중 2개의 극단이 쌍벽을 이루고 있었으니, 각각 제임스 버바지와 필립 헨슬로우를 리더로 하고 있었다. 두 사람은 어떻게 극단을 성공시키는지 정확히 알고 있었다. 그 열쇠는 바로 작가와 배우. 제임스 버바지에게는 그의 아들이자 당시 최고의 배우 리처드 버바지와 셰익스피어가 있었다. 헨슬로우의 비장의 카드는 걸출한 배우 에드워드 애일린과 작가 크리스토퍼 말로. 헨슬로우는 애일린을 아예 사위로 만들어 버렸다. 끈끈한 가족 경영 체제로 돌입한 것이다.

제임스 버바지가 '궁내 장관 극단'을 만든 지 2년 후인 1596년, 헨슬로우는 '해군 제독 극단'을 꾸렸다. 버바지의 눈에 헨슬로우는 여간 눈엣가시가 아니었다. 버바지가 애써 닦아 놓은 길을 헨슬로우는 요령 좋게 따라오며 경쟁을 시작했다. 1576년, 영국 최초의 연극 전용 극장 '더 시어터'의 개관으로 새로운 시대를 열었던 버바지가 아니었던가. 그런데 전당포업과 매춘업으로 악명 높은 헨슬로우는 템스강 남쪽 서더크로 내려가 1587년 '로즈 극장'을 열더니, 1600년에는 '포춘 극장'을, 그리고 1614년에는 '호프 극장'까지 차례차례 열며 사업 수완을 뽐냈다.

헨슬로우를 성공으로 이끈 조력자, 크리스토퍼 말로는 런던에 도착한 풋내기 셰익스피어의 가슴에 작가로서 성공의 야심을 불피운 장본인이었다. 1587년, 로즈 극장의 개관과 함께 히트작이 터졌다. 크리스토퍼 말로의 〈탬버레인〉. 그야말로 사람들이 물밀듯이 밀려들었다. 셰익스피어도 당연히 이 물결에 몸을 실었다. 중앙아시아 티무르 제국의 건설자 티무르Timur를 소재로 한 이 작품의 주인공 탬버레인 대왕 역은 '해군 제독 극단'의 스타 배우, 에드워드 애일린이 맡았다. 그의 나이 고작 21살이었다. 애일린보다 두 살 연상이었던 셰익스피어는 이때 배우의 꿈을 포기하고 작가로서 승부수를 띄운다.

사실 셰익스피어와 말로는 공통점이 많았다. 둘 다 1564년생 동갑내기였고 지방 소도시 출신이었다. 말로 역시 평범한 구두장이 아들로 태어났다. 셰익스피어가 런던에 도착했을 즈음 이미 유명 작가로 활동하고 있던 말로는 분명 셰익스피어에게 훌륭한 자극제가 되었다. 말로의 영향은 셰익스피어 작품 곳곳에서 발견된다. 그중 셰익스피어의 데뷔작 〈헨리 6세〉가 말로와 공동 집필을 했다는 주장은 수백 년 동안 끊임없이 제기되어 왔다. 셰익스피어 작품에 다른 작가들이 참여했을 것이라는 의심은 사실 새로운 일도 아니다. 셰익스피어는 가상의 인물일 뿐 '셰익스피어는 없다'라는 주장도 오랜 일이지만, 이것 역시 '셰익스피어가 있다'라는 사실을 밝혀내는 것만큼이나 어려운 일이다. 셰익스피어가 아니라면, 그럼 누가 썼단 말인가. 증거는? 하지만 지난 2016년 이런 논쟁을 잠재우는 새로운 발표가 있었다. 영국 일간《가디언》은 말로가 셰익스피어와 함께 〈헨리 6세〉의 공동 저자가 되었다는 기사를 전했다. 셰익스피어 서거 400주년을 맞아 옥스퍼드대학 출판사가 야심차게 내놓은 셰익스피어 전집《뉴 옥스퍼드 셰익스피어》에 두 작가가 함께 이름을 올린 것이다. 이에 더해 5개국 23명의 학자로 이루어진 공동 연구진들은 셰익스피어가 지금까지 알려진 것보다 훨씬 많은 작가들과 협업을 했을 것이라고도 주장했다.

근거는 도처에 있다. 셰익스피어와 말로의 작품은 놀라울 정도로 닮아 있다. 〈리처드 2세〉 vs 〈에드워드 2세〉, 〈비너스와 아도니스〉 vs 〈히어로와 리앤더〉, 그리고 〈베니스의 상인〉 vs 〈몰타의 유대인〉까지 두 작가는 끊임없이 서로를 탐색하고 모방하고 또 넘어서려 했다.

1593년, 사건이 하나 일어났다. 누군가가 런던에 있는 네덜란드 교회 벽에다 외국인 거주자들을 반대하는 내용의 자극적인 현수막을 내걸었다. 집단 폭력 사태로 번질 수 있다고 판단한 당국은 즉시 주동자를 검거했다. 범인은 크리스토퍼 말로. 경찰들은 말로의 집을 덮쳐 이단적인 책들을 찾아냈다. 그리고는 당시 룸메이트였던 토머스 키드를 잔인한 고문으로 추궁하여 그 책들이 말로의 책이라는 진술을 받아 냈다. 집행유예를 선고받은 말로는 이 일이 있고 난 지 얼마 후인 1593년 5월 30일, 런던의 동편 조선소들 아래쪽 뎃퍼드Deptford에 있는 과부의 여관에서 술과 함께 저녁 식사를 했다. 그리고 잉그럼 프라이저Ingram Frizer와 싸움이 일어났다. 결투 끝에 말로는 오른쪽 눈을 검으로 관통당하며 살해당했다. 후세에 들어 말로가 정부 조직에 의해 살해당했다는 주장이 제기되지만 그 누구도 정확한 원인을 모른다. 이렇게 천재 작가 크리스토퍼 말로는 29살의 나이에 죽고, 셰익스피어는 인생의 훌륭한 경쟁자를 잃었다.

셰익스피어의 반지를 상속받은 배우 리처드 버바지

워십 거리에서 이어지는 길이 커튼 로드Curtain Road다. 바로 이 거리 근방이 엘리자베스 시대 연극의 산실이었다. 젊은 셰익스피어가 부지런히 극장을 오가고, 끊임없이 공연은 무대에 오르고, 관객들의 환호성이 끊이지 않았던 곳. 지금은 당시 흔적을 찾을 수 있는 돌무덤 하나 없지만 좁고 오래된 골목을 천천히 걷다 보면 어느새인가 16세기의 어느 날에 다다른다. 이 골목에 셰익스피어와 이웃하여 살던 연극계의 유명한 인물이 있다. 에드워드 애일린과 쌍벽을 이루던 배우 리처드 버바지다.

리처드의 아버지는 바로 영국 최초의 공공 극장인 '더 시어터'를 지은 제임스 버바지. 태어날 때부터 이미 연극과의 깊은 인연이 시작될 수밖에 없는 운명이었다. 1597년부터 연기 생활을 시작한 그는 평생 동안 셰익스피어와 함께 활동하면서 1619년에 생을 다할 때까지 무대를 지켰던 진정한 배우였다. 아버지의 때 이른 죽음으로 '더 시어터'의 운명을 물려받게 되어 극장의 경영까지 맡게 되지만 무대 위에서 배우들과 함께 우정과 존경을 나누는 일을 포기하지 않았다. 애일린이 무대를 떠나 극장 경영을 선택한 것과는 전혀 다른 행보였다.

셰익스피어와 함께 극단을 운영한 리처드는 당연히 셰익스피어의 주요 작품의 주인공을 맡아 무대에 섰다. 연극 역사상 최초의 햄릿이 바로 리처드다. 셰익스피어는 자신의 유언 속에서도 리처드를 언급할 정도로 동업자이자 배우였던 리처드에게 깊은 신뢰를 보냈다. 셰익스피어는 죽을 때 3개의 반지를 남겼는데 그중하나는 리처드의 손가락에 끼워졌다. 리처드는 그림도 몇 점 남겼다. 셰익스피어의 챈도스 초상화도 리처드가 그렸다는 주장이 있을 정도로 그림 솜씨도 뛰어났다. 자화상이 현재 덜위치 미술관에 소장되어 있어 그의 그림 솜씨를 엿볼 수 있다.

새로운 비즈니스, 극장의 탄생

커튼 로드로 접어들자마자 오른쪽에 낡은 명판이 눈에 들어온다. "이곳에 있던 극장에서 셰익스피어가 공연을 했다." '이곳에 있던 극장'이란 바로 '커튼 극장.' 극장은 과거의 영광을 뒤로한 채 초라한 흔적만 남아 있다. 몇 걸음 옮겨 오른편으로 고풍스러운 분위기의 골목이 보인다. 좁다. 뉴 인 야드New Inn Yard 골목이다. 그 누구도 눈여겨보지 않을 곳에 "영국 최초의 공공 극장인 '더 시어터'가 있던 곳"이라고 쓰여 있는 명판이 하나 더 걸려 있다.

셰익스피어가 태어났을 때만 해도 영국 내의 그 어디에도 '극장'이라는 것은 없었다. 1567년에 와서야 극장의 형태가 처음으로 등장했는데 성공한 식료품 가게 주인인 존 브레인John Brayne이 세운 레드 라이온Red Lion이었다. 극장의 위치는 런던 동쪽 외곽으로 한참이나 떨어진 스테프니Stepney였다. 이는 대담한 사업이었다. 아쉽게도 레드 라이온에 대해 남겨진 이야기는 없다. 아마도 빠른 시일 내에 문을 닫았거나 다른 용도로 사용되었을 것이다.

첫 시도가 비록 실패로 끝났지만 용감무쌍한 브레인의 눈에 극장은 분명 장래성 있는 투자임에 분명했다. 그리고 9년 후, 그는 다시 한 번 모험을 감행했다. 이번에는 동업자까지 함께였다. 바로 처남인 제임스 버바지였다. '더 시어터' 극장은 이 두 사람의 의기투합으로 만들어졌다.

1615년 전에 이미 런던 교외에 건립된 공공 극장은 9개까지 늘어난다. 극장은 그 과정에서 놀랍도록 중요한 혁신을 이루었다. 어수선한 여관의 안뜰, 그리고 수레의 짐칸에서 되는대로 마련한 임시방편 무대의 시대는 끝났다. 오로지 연극 공연만을 위한 전용 공공 극장이 탄생했으니, 바로 '더 시어터'의 등장이다. 이제 연극 공연은 선풍적인 인기를 얻으며 계급을 막론하고 사람들을 불러 모았다. 당시 인구 20만의 도시에서 일주일에 1만 5,000명의 사람들이 공연을 봤다. 전체 인구의 10퍼센트 정도 되는 사람들이 연극 관람을 즐긴 셈이니 대단한 열기였다.

엘리자베스 시대의 극장은 공공 극장과 사립 극장Private Theatre, 두 가지로 나뉘었다. 여기에서 공공 극장이란 지금의 국가나 지방자치 단체가 설립하는 극장의 형태와는 다른 의미다. 엘리자베스 시대의 공공 극장과 사립 극장 모두 개인이 투자를 해서 운영을 했지만 두 극장의 차이점이 있다면 공공 극장은 주로 야외극장이었고, 사립 극장은 실내라는 점이었다. 사립 극장의 입장료가 공공 극장보다 좀 더 비쌌으니 당연히 관객들은 보다 세련된 계급의 사람이었다.

연극은 주로 오후 2시에 시작했다. 공연 시작 시간이 다가오면 공연장에 깃발이 꽂히고 트럼펫의 팡파르가 도시 곳곳에 울려 퍼졌다. 호객꾼들은 광고지를 거리에서 뿌려 대며 손님들을 유혹했다. 입장료는 흔히 3등급으로 구분되었다. 입석 관객은 1페니, 좌석은 2페니, 쿠션이 있는 VIP석은 3페니였다. 평균 하루 급료가 1실링(12페니)에 못 미치고, 1페니면 빵 0.5킬로그램을 살 수 있던 시대였으니 입장료가 싼 편은 아니었다. 좀 더 여유가 있는 사람들은 공연 중에 심심풀이로 먹을 간식을 샀다. 주로 사과와 배 같은 과일, 그리고 헤이즐넛 같은 견과류, 생강, 빵을 먹었다. 야외극장이었으니 물론 담배도 피워 물 수도 있었는데 작은 파이프 담배가 3페니로 입석 입장료보다 훨씬 비쌌다. 무대 장치나 커튼도 없이 단지 관객들의 상상력이 더해진 연극은 보통 두 시간에서 세 시간 정도 이어졌다. 셰익스피어의 희곡은 당시에도 그 시간이 길기로 악명이 높았다. 보통 다섯 시간이 기본이었다. 그래도 각 극장들은 넘쳐나는 관객들 때문에 하루 두세 번씩 공연을 해야 했다.

물론 이런 변화를 모두가 반긴 것만은 아니었다. 소규모 사립 극장과 여관 마당이 관객들로 넘쳐나고 극장 인근의 유곽까지 성행하게 되자 이를 못마땅하게 생각한 성직자들과 교회 당국이 들고 일어났다. 당시 만연하던 흑사병의 전염을 내세워 연극 공연을 금지시키지 못해 혈안이었다. 선두에는 청교도인들이 깃발을 들었다. 배우들의 음란한 말장난과 매춘 여성들의 수작이 공공연하게 이루어지는 극장은 그들의 눈에 악의 소굴이었다. 더 참을 수 없었던 것은 극장이 셰익스피어 시대에도 여전히 중대한 범죄였던 '남색'의 온상이었다고 생각한 것이다. 하지만 엘리자베스 여왕은 셰익스피어와 극장을 찾는 관객들의 편이었다. 여왕 자신이 열렬한 연극 팬이기도 했지만 더 중요한 이유가 있었다. 여왕의 정부가 극장 운영 허가를 내주고 필요한 물건들의 제조와 판매로 짭짤한 수익을 올리고 있었으니 공연 금지 신청을 허락할 리가 없었다.

마치 쇠락한 가문의 먼지 쌓인 전성기가 담긴 책을 들춰 보듯이 당시 런던 시민들을 사로잡았던 '더 시어터'의 화려한 시절을 상상해 본다. 좁은 골목길 어디선가 입장을 재촉하는 나팔 소리와 관객들의 박수 소리가 들려온다. 발길을 재촉하는 시민들의 물결 속에 어느샌가 나도 몸을 싣는다. 매음굴에 사는 거리의 여자들이 유혹의 손짓을 보내고, 비누 공장과 염색 가게에서 피어나는 악취와 소음 때문에 극장에 도착하기도 전에 실신할 지경이다. 피혁 공장 앞에는 동물의 배설물이 담긴 통들이 어지럽게 쌓여 있다. 배설물 속에 묻혀 있는 가죽은 한층 더 부드러워졌다. 저기, 뛰어 가는 사람들의 발길에 채어 통들이 넘어진다. 향수를 잔뜩 묻힌 부채로 얼굴을 가린 귀족 아가씨 얼굴이 달아오를 듯 붉어진다. 하지만 그 누구라도 연극을 보려면 피할 수 없는 길이었다.

베일에 가려진 '커튼 극장'의 역사적 발견

매형이 운영한 '레드 라이온' 극장을 보며 제임스 버바지는 눈앞에 펼쳐지는 새로운 사업 기회를 놓칠 수 없었다. 그리고 1576년 런던시 당국의 행정권이 미치지 않는 북쪽 성 밖의 쇼디치에 극장을 짓기로 결정한다. 계약 조건은 보증금 20파운드에 연 14파운드. 계약 기간은 21년을 넘지 않되 10년마다 갱신을 하는 것이었다. 당시 4인 가족의 일 년 생활비가 100파운드 정도였으니, 연 14파운드의 임대료면 아주 합리적인 가격이었다. 마침내 버바지와 그의 극단이 안주할 집을 찾게 되었다. 도시 곳곳을 유랑하던 극단의 배우들은 이제 극장 옆에 짐을 내리고, 보금자리를 꾸려 가게도 운영을 하며 소박한 미래를 꿈꿨다.

이제 전직 목수였던 버바지의 실력이 발휘되는 순간이었다. 극장의 건축과 설계를 맡은 그는 당시 공연이 올려 지곤 하던 여관 앞마당의 발코니와 2층 관람석에서 극장 설계의 아이디어를 얻었다. 극장의 외관은 목재로, 그리고 이음새는 벽돌로 마무리를 했다. 극장은 아주 빠르게 지어졌다. 극장 짓기에 신이 난 버바지는 밤낮을 모르고 일에 몰두했다. 배우들 역시 새 극장에서 공연을 올릴 날을 기대하며 발을 벗고 나섰다.

극장이 완공되는 데는 채 한 달도 걸리지 않았다. 다만 문제는 부족한 예산이었다. 완공하는 데 필요한 돈은 650파운드. 거금이었다. 다행히도 그에게는 성공한 사업가이자 이미 극장 경영의 경험이 있는 처남 존 브레인이 있었다. 둘은 티켓 수익을 분배하는 조건으로 예산을 조달했다. 극장이 완공되자 템스강 건너, 뱅크사이드 쪽에서도 한눈에 들어왔다. 버바지는 흐뭇한 마음으로 극장을 바라보며 이름을 고민했다. 그리고 그리스어로 '구경하는 곳'이라는 의미의 '더 시어터'라 이름 붙였다. 영국 최초의 공공 극장 더 시어터는 현재 남아 있지 않지만 우리에게 '시어터'라는 불멸의 이름을 선물했다.

1576년 5월, 마침내 극장이 문을 열었다. 구경꾼들이 떼를 지어 몰려들었다. 대성공이었다. 정식 공연이 시작되지도 않았는데, 단지 극장 내부를 구경하겠다며 관객들은 기꺼이 돈을 지불했다. 돈 한 푼 없는 사람들은 예전 여관 마당에서 공연을 보던 수법대로 은근슬쩍 인파 속에 몸을 숨기려 했으나 이번엔 통하지가 않았다. 극장 입구를 지키는 관리인이 티켓 요금 수거함을 들고 이들을 막아섰다. 관객들은 공연을 관람하기 전에 문간에서 먼저 돈을 내야 했다. 이렇게 모인 돈은 자물쇠를 채워 둔 현금 상자로부터 금고로 옮겨졌는데 오늘 날의 박스 오피스Box Office가 여기에서 시작되었다. 처음에는 금고를 보관하는 매표소로 사용되다가 요즈음은 점차 그 의미가 확대되어 '영화 한 편이 벌어들이는 티켓 수익'을 뜻한다.

1577년, 영국의 두 번째 공공 극장 '커튼 극장'이 문을 열었다.

1624년에 문을 닫을 때까지 47년 동안이나 번성했던 커튼 극장의 흔적은 공사 현장에서 우연히 발견되었다. 2008년 더 시어터가 있던 터가 발견되고 3년 후인 2011년, 쇼디치의 37층 초호화 아파트 개발 현장에서 베일에 가려져 있던 커튼 극장이 모습을 드러냈다. 가로 300미터, 세로 200미터의 크기에 약 1,000여 명의 관객을 수용할 수 있는 크기였다. 특이한 것은 당시 공연이 올려 지던 여관 마당이나 더 시어터의 원형 무대와 달리 커튼 극장은 현재 무대 양식인 사각형 무대로 만들어진 사실이었다. 놀랍도록 잘 보존된 커튼 극장의 발견은 런던 극장사에서 잃어버린 오래된 퍼즐 한 조각이 맞추어지는 순간이었다.

커튼 극장 역시 셰익스피어와 떼 놓을 수 없는데, 더 시어터가 문을 닫고 새로운 보금자리인 뱅크사이드로 자리를 옮기기까지 약 2년간(1597~1599년) 셰익스피어가 속해 있던 궁내 장관 극단이 커튼 극장에서 공연을 이어 갔다. 셰익스피어의 〈헨리 5세〉가 1599년 바로 이곳에서 초연되어 공전의 히트를 기록했고 〈로미오와 줄리엣〉도 커튼 극장의 무대에 올려졌다. 더 시어터가 서더크 뱅크사이드에서 '더 글로브'로 극장의 새로운 역사를 쓰는 동안, 커튼 극장은 쇼디치에서 살아남은 유일한 극장이었다. 연극을 사랑하는 앤 여왕도 방문을 했다. 그러나 1624년 커튼 극장도 결국 그 운명을 다했다.

여왕도 감탄한 아름다운 종소리

커튼 로드를 벗어나자마자 만나는 큰 길이 올드 거리Old St.이다. 오른편을 바라보니, 600미터 높이의 세인트 레오나드 쇼디치St. Leonard Shoreditch의 우아한 첨탑이 보인다. 12세기에 지어진 이 오래된 교회는 셰익스피어 시대의 많은 예술가들이 찾던 영적인 안식처였다. 교회 안으로 들어가서 2층으로 올라가는 계단을 올라가면 이렇게 쓰인 기념판이 하나 걸려 있다.

'배우와 음악가, 그리고 극장에서 일하는 모든 이들을 위해.'
이들은 지금 교회에 잠들어 있다.

교회와 가장 인연이 깊은 사람들이 있다면 바로 버바지 가족이다. 인근에 그들이 살았던 집도 있고, 가족의 출퇴근지였던 극장도 가까이에 있었으니 마음이 고난으로 가득해졌을 때마다 교회로 와 깊게 머리를 숙이고 기도를 올렸을 것이다. 더 시어터를 만든 제임스 버바지는 물론 그의 아들 형제인 커스버트와 리처드 모두 이 교회 묘지에 묻혀 있다. 관객의 사랑과 동료 배우들의 존경까지 한 몸에 받았던 리처드의 시신이 교회로 옮겨지던 날, 런던 곳곳에서 수많은 조문객들이 몰려와 연극의 시대를 개척한 그의 죽음을 애도했다.

세인트 레오나드 쇼디치 교회

버바지 가족 외에도 현재 우리들에게 이름은 잘 알려져 있지 않지만 당시에는 주목받았던 많은 배우들의 이름도 교회의 묘지에서 찾을 수 있다. 셰익스피어의 〈헨리 8세〉에서 어릿광대 역을 했던 윌리엄 소머William Somer(?~1560), 그리고 엘리자베스 시대 코믹 연기의 달인이었던 리처드 탈튼Mr. Richard Tarlton(?~1588)의 이름도 보인다. 탈튼이 공연 중에 추던 빠르고 경쾌한 춤은 그의 트레이드마크이자 많은 관객들의 웃음을 자아내며 인기를 끌었다. 셰익스피어는 그런 탈튼에게서 영감을 얻어 그의 작품에서 많은 인물들을 창조해 냈다. 〈햄릿〉의 어릿광대 요릭을 비롯하여 〈베로나의 두 신사〉의 랜스, 〈헛소동〉의 어리석은 경관, 도그베리에게서 탈튼의 웃음이 묻어난다.

수많은 사람들의 이름을 언급했지만 사실 교회의 주인공은 15세기부터 있었던 종이다. 엘리자베스 여왕도 아름다운 종소리에 칭찬을 아끼지 않았다. 영국의 오래된 동요 〈오렌지와 레몬〉에도 '쇼디치 종'이 등장한다. 아이들은 동요에 맞춰 놀이도 한다. 두 명의 아이가 술래가 되면 한 아이는 오렌지를, 또 한 아이는 레몬을 맡는다. 둘이 손을 맞잡아 올려 아치를 만든다. 나머지 아이들이 그 아래를 통과하며 노래를 부르다가 끝날 때 술래가 같이 팔을 내리며 잡은 아이가 오렌지와 레몬 중 하나를 선택한다. 그렇게 편을 나누어서 줄다리기를 하면 어느새 해질 무렵. 잔뜩 화가 묻어난 엄마의 저녁 먹으라는 외침 소리가 들려서야 아이들은 아쉬운 마음으로 흩어졌다. 어렸을 적에 했던 '동동 동대문을 열어라~ 남남 남대문을 열어라~ 12시가 되면은 문을 닫는다~' 놀이가 생각나 웃음이 난다. 하지만 동요는 뜻하지 않게 조지 오웰 George Orwell(1903~1950)의 《1984》를 읽으며 다시 만나게 되었다. 공연 예술의 아카데미상이라 불리는 영국의 권위 있는 로런스 올리비에 상을 수상한 로버트 아이크 연출과 던컨 맥밀런 작가가 각색한 〈1984〉 연극을 보러 가기 전에 소설책을 다시 펼쳤다. 이전에도 이미 읽은 책이었지만 '오렌지와 레몬'은 대수롭지 않게 넘어갔던 듯하다. 하지만 오웰이 그린 암울한 디스토피아, 오세아니아에서 이 노래의 등장은 참으로 의미심장하다. 주인공 윈스턴은 동료 오브라이언과 헤어지는 마지막 자리에서 질문을 한다. "저 혹시 오렌지와 레몬, 성 클레멘트의 종이 말하네'라는 구절로 시작되는 옛 노래를 들어 본 적이 있습니까?" 오브라이언이 마지막 구절까지 다 암송하자, 윈스턴은 "마지막 구절까지 다 아시는군요!"라며 반가워한다. 윈스턴은 그를 믿었다. 빅 브라더가 감시하는 세상에서 허락되지 않는 옛 추억을 나눌 수 있는 유일한 사람이라고 생각했지만 사실 그는 당원이었고, 훗날 윈스턴을 고문하고 죽인다.

오렌지와 레몬, 성 클레멘트의 종이 말하네

그대는 내게 3파딩의 빚을 졌지

성 마틴의 종이 말하네.

그대는 언제 빚을 갚으려나?

올드 베일리의 종이 말하네.

부자가 되면 갚아 주지.

쇼디치의 종이 말하네.

《1984》조지 오웰 지음, 정회성 옮김, 민음사

교회를 나서니 쇼디치 근처의 금융 빌딩과 IT기업에서 쏟아져 나온 멋진 세단들이 길을 막는다. 퇴근길을 서두르는 자동차들의 경적 소리, 골목 어귀에서 들려오는 기타 소리가 뒤엉킨다. 도시의 소음 너머로 성당의 종소리가 들려올 때, 나는 그대로 발걸음을 멈추었다.

3장

임대료는
붉은 장미 한 송이

런던에서 가장 찾기 어려운 펍 '마이터'와
왕실 의상실 '워드로브 플레이스'

챈서리 레인에서 블랙프라이어스까지

'아마도, 이 도시에서 가장 우아한 거리.' 셰익스피어와 더불어 영국을 대표하
는 작가 찰스 디킨스는 1800년대 후반 런던의 풍경을 담은 그의 책《런던 사
전》에서 홀본 서커스를 이렇게 평했다. 지금은 5개의 도로가 만나는 복잡한
교차로 때문에 상습 교통사고 지역으로 악명이 자자하다. 하지만 경적이 울리
는 대로변을 벗어나 좁은 골목길로 한 걸음 내딛으면, 디킨스의 말처럼 '가장
우아한' 거리의 숨겨진 이야기가 펼쳐진다.

1598년 10월 25일, 스트랫퍼드 어폰 에이번에서 올라온 리처드 퀴니Richard Quinney(1557~1602)가 세인트 폴 대성당 앞에 도착한다. 말로만 듣던 대성당의 웅장함과 사람들이 빚어내는 소란스러움에 잠시 발길을 잃고 머뭇거린다. 그때 누군가 퀴니의 손에 들려 있는 가방을 채 가려 한다. 재빨리 가방을 잡은 손에 힘을 주고 주변을 둘러보았지만 출렁이는 인파뿐. 다시 정신을 차린 퀴니는 대성당 맞은편에 있는 카터 레인Carter Lane 골목으로 발길을 옮긴다. 그리고 오늘 밤, 지친 몸을 누일 벨 인Bell Inn 여관의 문을 열고 들어선다.

퀴니는 작고 검소한 여관방이 퍽 마음에 들었다. 낡은 침대와 옷장, 그리고 창가에 놓인 책장과 의자가 전부이지만 런던에서 며

칠 묵기에는 충분하다. 오랫동안 보고 싶었던 대성당이 지척에 있는 것도 좋았다. '내일 아침에 눈을 뜨면 성당에 가서 기도를 해야겠군. 다 잘될 거야.' 퀴니는 옷가지를 담은 가방을 침대 옆에 내려두고는 편지와 펜을 찾아 꺼내들었다. 창가에 있는 책상으로 가 삐걱이는 의자에 앉는다. 그는 무언가 망설이는 표정으로 한참 동안 빈 편지지를 내려 보다가는 이윽고 펜을 움직이기 시작한다. 재정적으로 쪼들리고 있던 그는 런던에서 극작가로 성공해서 이름을 날리고 있는 스트랫퍼드 출신의 고향 친구에게 편지를 한 장 쓰는 중이다. '친애하는 나의 친구 윌리엄 셰익스피어에게'라고 시작하는 퀴니의 편지는 30파운드를 빌려 달라는 부탁의 글로 이어졌다.

친구에게 돈을 빌려 달라는 궁색한 입장이 되기는 했지만, 퀴니의 편지는 셰익스피어가 언급된 유일한 개인적 서신으로 그 가치가 있다. 셰익스피어가 친구의 편지에 어떤 내용의 답장을 했는지에 대한 기록은 남아 있지 않다. 런던과 고향 스트랫퍼드에 집과 땅을 살 정도로 부를 얻은 셰익스피어였지만 그에게도 당시 30파운드는 꽤나 큰돈이었다. 35실링 10펜스 정도의 빚을 갚지 않는 고향 이웃도 고소해 버릴 정도로 경제관념에 대해서는 깐깐하기 그지없던 셰익스피어였다. 하지만 분명 셰익스피어가 퀴니에게 냉정한 거절의 답을 보내지는 않았던 것 같다. 퀴니의 편지를 받은 지 몇 년 후, 퀴니의 아들과 셰익스피어의 차녀 주디스 Judith Quinney(1585~1662)는 결혼식을 올리고 부부의 연을 맺었기 때문이다. 하지만 이 결혼은 훗날 일어나는 불행의 서막이었다.

변호사들의 아지트, 시티 오브 요크 펍

출발은 지하철 센트럴 라인의 챈서리 레인역Chancery Lane Station. 하이 홀본 거리 7번지를 지나치자마자 건물 정면에 장식된 커다란 시계가 손짓하는 시티 오브 요크Cittie of York 펍에 도착한다. 시계를 보니 다행히 12시 10분 전. 서둘러 들어가서 자리를 잡는 것이 좋다. 10분 후면 그레이스 인Gray's Inn 법학원의 변호사들이 쏟아져 나와 빈자리 하나 없이 펍을 빼곡히 메우고, 미처 끝맺지 못한 열띤 토론을 이어 갈 테니.

시티 오브 요크는 런던 시내에 남아 있는 오래된 펍들 중에서도 가장 명망 있는 곳으로 손꼽힌다. 오랫동안 그레이스 인 법학원 변호사들의 아지트로도 사랑받고 있다. 처음 이 장소에 선술집이 생긴 것은 1430년. 이후 수차례의 보수를 거치다가 1983년에 지금 우리가 보고 있는 펍의 외관을 갖추었다. 하지만 당시의 정취를 그대로 보존하고 있는 실내 장식이야말로 이 펍의 자랑이다. 오크색의 묵직한 문을 밀고 펍으로 들어서면 15세기의 분위기가 그대로 전해지는 오래된 나무 냄새와 몽롱한 알코올 향기가 묵직하게 코끝을 감싼다.

마치 동굴 속 같은 홀로 들어서면 왼쪽으로는 바가 보인다. 분주하게 맥주를 따라내는 바텐더의 머리 위 선반에는 펍의 역사가 고스란히 담긴 커다란 와인 통들이 묵묵히 앉아 손님들을 내려다보고 있다. 바의 반대편 오른쪽 벽면은 칸막이로 나뉘어져 있어 은밀한 이야기를 나누기에 이보다 좋을 수가 없다. 변호사들이 이 펍을 찾는 이유다.

홀의 정중앙에는 한눈에도 특별해 보이는 고풍스러운 난로 하나가 놓여 있다. 1815년에 만들어진 난로와 바닥 아래에 있는 통풍구는 200여 년이 지난 지금도 여전히 제 기능을 하고 있다. 보통은 여기까지가 시티 오브 요크를 방문한 관광객들의 관심사. 하지만 또 하나, 비밀 장소가 있다. 무심코 지나치기 쉬운 곳에 펍의 지하로 향하는 문이 있는데, 만약 이 문이 열려 있다면 정말 운이 좋았다고 할 수밖에. 보통은 개방하지 않는 이 지하실에도 작은 바가 하나 더 있다. 그 옛날 늦은 밤이면, 비밀 조직이 이곳에 모여 여왕의 암살을 모의했을까.

간단하게 점심식사를 마친 변호사들이 서둘러 일어선다. '매너가 신사를 만든다.' 영화 〈킹스맨〉의 콜린 퍼스Colin Firth가 던지는 멋진 한마디처럼, 매너로 무장한 영국 신사들을 구경할 수 있는 것도 이곳의 또 다른 재미다. 몸에 잘 맞게 재단된 멋진 수트 맵시, 그리고 매력적인 저음의 영국식 억양으로 대화를 나누는 그들을 흘끗거리다가 무리를 따라 나선다. 문 앞에서 머뭇거리는 사이, 어느새 그들은 풀우드 플레이스Fulwood Place의 입구로 사라져 버렸다. 이곳에 영국의 4법학원 중 하나인 그레이스 인이 있다. 영국의 사법 교육 체계를 이해하려면 '인스 오브 코트Inns of Court'라고 불리는 그들만의 고유한 법학원의 역할을 알아야 한다. 13세기부터 그 역사가 시작된 영국의 법학원은 법정 변호사가 되기 위해 공부하는 학생들이 강의를 듣고 자격시험을 볼 수 있는 곳이자, 변호사들의 사무 공간이기도 하다. 수세기 전만 해도 '인스 오브 코트'에 속한 법학원의 수는 꽤 많았다. 하지만 건물의 대부분이 사라지거나 그 기능이 폐지되어 현재는 그레이스 인Gray's Inn, 링컨스 인Lincoln's Inn, 미들 템플Middle Temple, 이너 템플Inner Temple 4개만이 남아 있다. 그래서 보통 '인스 오브 코트'라고 하면 4법학원을 뜻한다.

셰익스피어 연극 티켓 쟁탈전이 벌어진 그레이스 인

통로를 따라 걸어 들어가니 그레이스 인의 아름다운 가든이 눈앞에 펼쳐진다. 붉은 벽돌 건물에 둘러싸인 널찍한 잔디밭의 초록이 싱그럽기만 하다. 17~18세기에 이곳은 교양 있는 귀족 부인들이나, 거리의 여자들이나 할 것 없이 모여들던 런던 시내에서 가장 사랑받는 산책 장소였다. 이후, 정원 출입은 법학원의 학생들과 변호사들에게만 허락되었지만 지금은 오후에 잠시 개방되어 그레이스 인의 역사 안으로 한 발자국 더 들어갈 수 있게 되었다.

정원 담장을 따라 걸어가면 그레이스 인 광장으로 통하는 터널 입구를 만나게 된다. 입구를 지나 왼편에 광장이 모습을 드러낸다. 이곳의 가장 유명한 터줏대감은 프랜시스 베이컨Francis Bacon(1561~1626). 그는 50여 년간 그레이스 인 광장 1번지에서 살았다. 법학 도서관 앞에는 왼쪽 옆구리에 두꺼운 책을 들고 오른손에는 지팡이를 짚으며 어디론가 바삐 걸어가는 듯한 베이컨의 동상이 있다. '아는 것이 힘이다'라는 명언을 남긴 베이컨은 데카르트René Descartes(1596~1650)와 함께 근대 철학의 개척자로 손꼽히며 서양 철학사를 통틀어 최고의 관직에 오른 인물이자 셰익스피어만큼이나 의혹의 인물이기도 하다. 베이컨은 그레이스 인에서 법정 변호사 자격 취득, 법학원 대표 위원, 법학원 교수를 거쳐 중세 영국의 궁정 고위 관직인 옥새상서Lord Privy Seal(국왕의 인장을 보관, 관리하면서 국왕의 명령을 공식화하는 자리)에 임명되었다. 국왕의 최측근이어야 가능한 일이었다. 아버지 니콜라스 베이컨에 이어 프랜시스까지, 부자가 최고위 관직을 맡았다.

그레이스 인에서 수학할 당시 프랜시스의 남다른 지성에 감탄한 여왕은 이미 '젊은 옥새상서'라 부르며 그의 미래를 정확하게 점쳤다. 프랜시스에 대한 여왕의 사랑은 특별했다. 후대의 학자들은 '공식적인' 처녀였던 엘리자베스 여왕의 아들이 프랜시스였다고 주장한다. 사실인지는 확인할 길 없지만 어쩐지 석연치 않아 보이는 정황은 몇 가지 있다. 먼저 미스터리에 싸인 프랜시스의 출생. 교회의 세례 명부에 적혀 있는 아기의 이름 앞에 붙인 '미스터'라는 호칭이다. 갓 태어난 아기에게 미스터라니. 세례 명부에서 유독 프랜시스의 이름만 눈에 띄는 이유다. 프랜시스가 태어난 후 친모는 일찍 세상을 떠난다. 그러자 여왕은 자신의 친구 앤 쿠크를 니콜라스에게 소개하고 프랜시스의 양모가 되도록 다리를 놓는 데 나선다. '뭐 그럴 수도 있지'라고 생각할 수 있지만 아이의 외모만큼은 누구도 속일 수가 없었다. 초상화로 남은 프랜시스의 어린 시절 모습은 엘리자베스 여왕의 애인 레스터 경, 로버트 더들리Robert Dudley, 1st Earl of Leicester(1532~1588)와 판박이였으니. 로버트 더들리는 여왕의 마음을 차지할 만한 남자였다. 두 사람은 공통점이 많았다. 승마술에 뛰어난 더들리는 말을 사랑하는 여왕에게 뛰어난 조언자였고, 재치 있는 말솜씨를 갖춘 연극 애호가라는 점도 여왕의 취미에 딱 들어맞았다. 부모 중 한 명이 처형으로 목숨을 잃은 경험도 같았다. 더들리와 엘리자베스는 어렸을 때부터 서로를 위로하고 깊이 공감하며 감정이 커질 수밖에 없었다. 사람들은 '여왕이 밤낮으로 더들리의 침실을 방문한다'며 수군거렸다. 더들리의 아픈 아내가 빨리 죽기만을 바란다는 망측한 이야기도 파다했다. 우연의 일치일까, 1560년 9월 8일 더들리의 아내가 집 계단 아래에서 목이 부러져 죽은 채 발견되었다. 처녀 여왕의 혼사를 준비하려던 대신들은 망측한 소문과 끔찍한 죽음에 전전긍긍할 수밖에 없었다. 하지만 결국 여왕은 더들리와 결혼을 하는 감행은 결정하지 못한다. 다만 1562년 천연두에 걸려 생사가 오가는 중요한 순간에 더들리에 대한 그녀의 마음을 드러내었다. "내가 죽으면 더들리를 왕국의 섭정관으로 세우고 그에게 연 2만 파운드의 연봉을 내리세요." 그녀의 유언은 실행되지 않았다. 여왕은 살아났고, 더들리는 다른 여인과 결혼을 한다.

셰익스피어 작품에 대한 음모설의 주인공으로 가장 자주 등장하는 이도 베이컨이다. 몇몇 학자들은 대학도 못 나온 무식쟁이 셰익스피어가 그 훌륭한 대작들을 남겼을 리 없다며, 최고의 지식인이자 집필가였던 베이컨이야말로 셰익스피어 희곡의 실제 작가일 것이라고 주장하고 있다.

그레이스 인 광장의 오른편을 따라 남쪽 광장으로 내려가면 그레이스 인 홀이 있다. 이 구역 내의 대부분의 건물들이 2차 세계대전의 폭격 속에 사라지고 현재의 모습은 대대적인 재건축의 결과이지만, 홀의 역사는 1560년까지 거슬러 올라간다. 15~16세기 동안 법학원의 학생들은 연극의 훌륭한 관객들이었다. 특히 그레이스 법학원은 가장 규모가 크고 유행에 민감한 곳으로 부유한 가문의 학생들이 모이는 것으로 유명했다. 그들은 평소에도 극장을 드나들며 연극을 보고, 무대의 가십을 들을 만한 여유가 충분했다.

법학원 내에서 종종 공연이 열리기도 했다. 기록에 따르면 셰익스피어의 〈실수연발Comedy of Erorrs〉이 1594년에 바로 이곳에서 초연되었다. 역사적으로 법학원들은 군주에 대한 충성의 의무로 연극을 후원했고 시인과 장래의 극작가들을 숙박시켰다. 이를 통해 수많은 소네트가 창작되기도 했다. 초짜 희곡 작가 셰익스피어가 쓴 이 작품은 학생들 사이에서 관람석 쟁탈전까지 생길 정도로 큰 성공을 거두었다. 아마도 그날 객석에는 세련되고 잘생긴 사우샘프턴 백작, 헨리 리즐리Henry Wriothesley, 3rd Earl of Southampton(1573~1624)가 앉아 있었을 것이다. 그레이스 인의 학생이었던 그는 훗날 셰익스피어의 든든한 후원자이자 소네트 작품 속에 등장하는 연정의 주인공이라는 의심을 받는 인물로 떠오른다. 그레이스 인 홀은 현재는 식당으로 사용되고 있지만 아쉽게도 출입은 제한적이다.

엘리자베스 여왕의 부동산 강탈 사건

챈서리 레인 지하철역으로 돌아 나와 홀본 서커스Holborn Circus 교차로 방향으로 걷는다. 왼편에 거대한 붉은색 벽돌로 지어진 빅토리아 고딕 양식의 푸르덴셜 보험 회사가 보인다. 이곳은 기자 생활을 하던 찰스 디킨스를 일약 유명 작가로 만든《피크윅 문서 Pickwick Papers》첫 장을 집필할 때 머물렀던 퍼니벌스 여관이 있던 자리다. 복잡한 교차로에 다다르면 왼편으로 '다이아몬드 거리'라고 불리는 해튼 가든Hatton Garden이 펼쳐진다. 쥬얼리숍이 모여 있는 이 거리의 이름은 엘리자베스 1세 시대의 대법관이자 여왕의 댄스 파트너로 총애를 받던 크리스토퍼 해튼 경Sir Christopher Hatton(1540~1591)에게서 따왔다. 질투심 많은 여왕을 제외하고는 그 누구도 해튼 경과 춤을 출 수 없을 정도로 사랑을 독차지했지만, 여왕의 그런 편애를 받은 상대는 사실 셀 수 없을 정도로 많았다. 하지만 여왕의 해튼 경에 대한 사랑은 조금 더 특별했던 것 같다. 주교에게서 어처구니없는 조건으로 땅을 빼앗아 해튼 경에게 선물한 이야기가 흥미롭다.

홀본 서커스Holborn Circus에서 이어지는 차터 하우스 거리Charter House St. 작은 골목이 엘리 플레이스Ely Place다. 런던에서 마지막으로 남은 사유지로서 주교 엘리의 땅이었다. 현재는 교구에서 관리하고 있다. 바로 이곳이 여왕이 해튼 경의 선물로 점찍었던 곳이다.

1576년, 엘리자베스 여왕은 사랑하는 해튼에게 마음의 정표로 홀본 지역의 땅을 선물해야겠다고 생각한다. 그리고 당시 엘리 플레이스의 주인이었던 콕스 주교Bishop Cox(1500~1581)에게 천연덕스럽게 연락한다. '주교님, 당신 소유의 집과 땅을 연간 10파운드와 건초 10더미, 그리고 붉은 장미 한 송이에 빌려 주시죠.' 말도 안 되는 여왕의 지시에 노발대발한 주교는 거절의 편지를 보냈다. 하지만 여왕은 주교에게 다시 서신을 보냈다.

지금의 당신을 만든 사람이 나라는 걸 잊지 말아요.
만약 즉시 내 명령에 따르지 않는다면,

신의 이름으로, 당신의 성직을 박탈하겠어요.

주교는 현실적인 사람이었다. 즉시 임대 계약서에 서명했다. 해튼은 주교의 땅을 갖게 되었다. 하지만 과분한 선물이었다. 얼마 못 가 경제적 어려움에 처하게 된 해튼은 재기를 하려고 노력했지만 결국 그를 쓰러트린 건 식어 버린 여왕의 사랑이었다. 한때 넘쳤던 부와, 충만했던 사랑의 마음도 모두 파산한 채 해튼은 쓸쓸한 죽음을 맞았다.

가진 것 모두 잃은 해튼이었지만 그의 이름은 남아 보석 거리에 붙여지게 되었다. 지난 2015년, 해튼 가든이 세간의 화제가 된 사건이 있었다. '디지털 시대를 조롱하는 아날로그 도둑들의 승리.' 신문마다 대서특필된 헤드라인이다. 부활절 연휴가 지나고 전 세계 부호들이 보석을 맡기는 귀중품 보관소에 출근한 직원은 그야말로 두 눈을 믿을 수가 없었다. 두께 50센티미터가 넘는 지하 금고가 뚫려 있었다. 사라진 돈은 보석과 금괴 등 1,400만 파운드, 우리 돈으로 하면 250억 원이나 되는 돈이다. 더욱 놀라운 일은 이 대담한 범행의 주인공은 할아버지 강도단. 범인 8명 중 주범 4명이 60~70대의 노인들이었던 그들은 수십 년간 그 바닥에서 솜씨를 닦아 온 대도들이었다. 특히 그중 한 명은 30여 년 전 우리 돈 500억 원대의 금괴 도난 사건의 주인공이었다. 잃어버린 감을 되찾기 위해 범죄 서적을 보며 3년간 준비를 하고, 사흘치 당뇨약까지 치밀하게 챙겼다니 대도들의 인생 마지막 한방을 위한 스토리가 영화보다 더욱 드라마틱하다.

리처드 왕도 인정한 엘리 플레이스의 딸기 맛

엘리 플레이스의 뒤편, 한적한 언덕에 세인트 에셸드레다 교회St. Etheldreda's Church가 자리하고 있다. 교회 첨탑의 오래된 벽돌들은 여왕과 해튼이 나누었던 덧없는 사랑의 행로를 지켜보았을까. 에셸드레다 교회 또한 1666년의 대화재의 재앙을 피한 운이 좋은 몇 개의 건물 중 하나다.

과거 엘리 주교의 개인 예배당이었던 교회의 정원은 셰익스피어의 희곡 〈리처드 3세〉에도 등장한다. 3막의 시작은 런던탑. 피비린내 나는 처형 장소로 악명 높았던 런던탑이라니, 어째 불길하다. 화창한 초여름 아침, 런던탑에 모인 리처드Richard와 그의 형 에드워드 4세의 충신 헤이스팅스, 그리고 엘리 주교가 화기애애한 분위기 속에서 이야기를 나누고 있다. 하지만 이 어색한 모임은 곧이어 닥칠 잔인한 재앙의 서막이었다.

리처드는 형 에드워드 4세의 때 이른 죽음 후 왕위를 노렸지만 왕관은 어린 조카 에드워드 5세의 머리 위에 씌워졌다. 왕위 찬탈을 위해 쿠데타를 계획하던 리처드는 에드워드 5세를 보호하는 세력이자 강력한 방해꾼이었던 헤이스팅스를 제거하기 위한 계략을 꾸민다. 그리고는 런던탑에 그를 초대한 것. 갑자기 리처드는 한가롭게 엘리 주교에게 딸기 타령을 한다. '주교여, 내가 홀본에 있었을 때 주교의 정원에서 딸기를 맛보았네. 그 맛있는 딸기를 나에게 보내 줄 수 있겠나.' 미소를 띄고 리처드가 자리를 뜨자마자 그의 호위병이 방 안으로 들이닥쳤다. '반역죄'를 뒤집어 쓴 헤이스팅스는 단두대 앞에 무릎 꿇게 된다. 그의 머리는 바닥으로 떨어졌다. 셰익스피어 희곡 속에서 리처드는 적통의 왕위 계승자이자 조카들이기도 한 에드워드 5세와 그의 어린 동생까지 런던탑에 유폐하여 살해할 만큼 잔인하고, 흉측한 '절름발이 곱사등이'로 그려진다. 하지만 역사 속 리처드 3세에 대한 평가는 다르다. 실제로는 소년기에 약간의 척추 측만 증세가 있었을 뿐이었고 용맹함과 지략을 갖춘 인물이었으며 귀족들의 권력을 축소하기 위한 개혁 정치를 펼쳤다는 것이다. 리처드의 두 얼굴과는 상관없이 시민들은 '리처드 왕도 인정한 맛있는 딸기'를 기념하기 위해 매년 6월 첫 주가 되면 지금도 엘리 플레이스에서 딸기 축제를 열고 있다.

예배당 안으로 들어서니 따뜻한 오후의 햇살이 교회 서쪽 창문의 대형 스테인드글라스를 통해 부서져 들어온다. 약 150평에 이르는 압도적인 크기의 이 아름다운 창은 런던에서도 가장 큰 규모 중 하나로 손꼽힌다. 작은 교회의 예배당이 온통 채색된 빛으로 어른거린다. 오래된 밤나무로 만든 교회의 지붕과 어우러져 경건한 분위기와 함께 감탄을 자아낸다. 영원한 사랑을 맹세하는 연인들의 결혼식 장소로 이만한 곳이 있을까. 실제로 젊은 런더너 커플들에게 인기가 높아 주말이면 쉴 새 없이 그들의 새 출발을 알리는 종소리가 울린다. 영원한 사랑을 맹세한 연인들에게 축복 있으라!

헨리 4세 아버지의 시신이 머물렀던 교회의 지하 묘지

다시 교회 통로를 따라 천천히 걸어 나온다. 이곳에 장식된 스테인드글라스 속 실물 크기의 사람들은 우리가 생각하는 그런 위대한 성인들이 아니다. 그들은 그저 자신의 믿음을 위해 목숨을 바꾼 시민들이다. 종교 개혁 때 박해를 당한 가톨릭 성직자들을 피난처에 숨겨 주다가 순교했고, 신의 존재를 부정하며 헨리 8세의 왕위 지상권(왕이 지상에서 신의 권한을 가짐) 선서를 거부하다가 죽어 갔다. 템스강의 뱃사공 존과 솜씨 좋은 재봉사였던 앤, 그리고 이름도 알려지지 않은 수많은 순교자들의 얼굴을 본다. 예배당 안의 조용한 침묵 속에서 부드러운 눈빛을 건네는 듯하고 입가에 머문 미소는 양초가 녹으면서 은은히 퍼지는 향기 같기도 하다.

교회의 지하로 내려가는 문이 보인다. 과거에 묘지였던 이곳은 지금은 조용하고 단출한 예배당으로 쓰이고 있다. 헨리 4세의 아버지이자 그 유명한 랭커스터Lancaster 왕가의 조상인 존 오브 곤트 John of Gaunt(1340~1399)가 1390년대 후반에 엘리 플레이스에서 살다가 1399년에 숨을 거두었다. 그의 시신은 잠시 동안 바로 이곳 교회 지하 무덤에 안치되었다가 세인트 폴 대성당으로 옮겨져 영면의 안식에 들었다.

셰익스피어의 〈리처드 2세〉 2막 1장에 곤트의 죽음을 둘러싼 상황이 불멸의 기록으로 남아 있다. 곤트는 그의 생애 마지막에 유려한 웅변조로 조국 영국에게 이렇게 마지막 말을 남긴다. '인간의 임종은 그 전에 살았던 생애보다 더 주목받는 법이다. 산해진미의 끝 맛처럼 지는 해와 음악의 마지막 장은 그 끝이 가장 달고, 오래된 기억보다도 훨씬 또렷하게 아로새겨지는 법이다.' 작가 제프리 초서는 곤트 공작 부인과 남다른 인연이 있었다. 초서의 후원자였던 부인이 1369년 창궐한 페스트로 사망하자 이를 애도하기 위해 쓴 작품이 초기 걸작으로 일컬어지는 〈공작 부인의 책〉이다.

교회 옆에 있는 주교의 연회장 또한 두꺼운 역사서에 붙은 각주처럼 많은 이야기를 담고 있다. 헨리 8세와 그의 첫 번째 아내였던 아라곤의 캐서린Catherine of Aragon(1485~1536)은 1531년 이곳에서 열린 5일간의 연회에 참석했다. 그 규모가 어찌나 성대했던지, 가히 상상을 초월할 만한 메뉴가 지금까지도 전해진다. 소 24마리, 양 100마리, 송아지 51마리, 돼지 34마리 수탉 120마리, 백조 156마리, 종달새 4,080마리, 그리고 황소 한 마리가 통째로 연회에 쓰였다고 한다. 중세 시대 영국에서는 종달새를 스튜로 끓이거나 미트 파이 요리로 만들어서 즐겨 먹었다. 그 맛을 상상하기 어렵지만 종달새의 혀는 사치스러운 요리 재료였다니 '봄의 전령사'로 사랑받는 종달새의 슬픈 역사다.

당시 영국 사람들의 요리 재료는 지금 우리들의 상상을 초월한다. 백조, 황새, 학, 느시(들칠면조), 종달새 등은 왕가의 연회를 장식하는 고급 음식이었다. 하지만 성 밖의 서민들의 주식은 역시나 거무스름한 빵 조각과 치즈였고 고기는 특별한 날에야 맛볼 수 있었다. 채소도 물론 먹었다. 하지만 감자는 독성이 있다고 생각하여 식용으로 사용되지 않았다. 차와 커피도 아직 알려지기 전이었다. 하지만 왕이나 농부의 아이나 상관없이 모든 사람들이 단 것을 좋아했다. 모든 요리에 설탕을 넣어 치아는 검게 변했다. 영어 표현에 '스윗 투스sweet tooth'라는 말이 있다. 달달한 이? '단 것을 좋아한다'는 의미의 영어 표현이다. 엘리자베스 여왕도 물론 온통 '스윗 투스'여서 남아 있는 이가 없을 지경이었다고 한다. 하나둘 빠져나가는 이 때문에 점점 홀쭉해지는 볼은 솜뭉치를 입에 물어 부풀리고, 독성이 있는 붕사와 유황 납으로 매일 아침 피부를 표백해서 자신의 아름다움을 나타냈다. 아무리 시대에 따라 미의 기준도 바뀐다지만 누구도 따라하기 힘든 화장법이 아닐 수 없다.

체리나무가 숨겨진 런던에서 가장 찾기 어려운 펍

런던은 펍의 도시다. 시내에만 해도 수백 개의 펍이 있지만 바로 이 근처에 '런던에서 가장 찾기 어려운 펍'이 있다. 지금부터는 한 눈팔지 말고 길을 찾아 들어가야 한다. 성 에셀드레다 교회를 나서 홀본 서커스 방향으로 천천히 걷는다. 왼편을 보면 '엘리 코트'라고 불리는 좁은 골목길이 보인다. 골목 어귀로 접어들어 우회전을 하면서 '뭐 이런 곳에 펍이 있나'라는 의심의 혼잣말이 끝나기도 전에 마치 마술 같은 풍경이 펼쳐진다. 골목 귀퉁이를 꽉 매우고 자리 잡은 그림 같은 펍, 마이터Ye Olde Mitre다.

펍의 역사는 1546년으로 거슬러 올라가지만 수백 년 동안 여러 번의 개·보수를 거쳤다. 현재 우리가 보고 있는 펍의 외관은 18세기에 재건축을 한 것이다. 이런 이상한 곳에 펍이 위치한 특별한 이유가 있다. 엘리자베스 여왕이 주교에게 강탈하다시피 해서 뺏은 크리스토퍼 해튼 경의 정원과 주교의 남은 땅 사이의 경계선이 바로 이 자리였다.

그 경계선에 체리나무가 한 그루 서 있었는데 엘리자베스 여왕과 해튼 경이 이 나무를 돌며 함께 춤을 추었다는 이야기는 유명하다. 그 모습을 보며 주교는 얼마나 분통을 터트렸을까 상상하니 웃음이 나온다. 펍의 외부에는 지금도 체리나무의 그루터기가 그대로 남아 있고, 바의 한 쪽에 있는 체리나무 기둥을 볼 수 있다.

마이터 펍

바텐더에게 에일 맥주 한 잔을 주문하며 체리나무에 대해 슬쩍 말을 걸어 본다. 할아버지에게 들은 얘기라며 '불과 100년 전까지만 해도 체리나무 가지에서 잎이 돋고 꽃이 피었다'고 신나게 얘기하는 그의 너스레에 웃음이 난다.

런던의 마차 병목 현상을 해결한 '홀본 구름다리'

다시 홀본 서커스 교차로로 돌아 나온다. 이어지는 대로가 홀본 바이어덕트Holborn Viaduct다. 이 거리를 걷는 두 가지 방법이 있다. 하나는 대로를 따라 걸어 내려가는 것이고 또 하나는 이름이 뜻하는 그대로 홀본 구름다리를 건너가는 방법이 있다. 1863년부터 1869년까지 6년간 이어진 빅토리안 시대의 대규모 공사였던 이 구름다리는 런던의 얼굴을 바꿔 놓았다. 당시 200만 파운드, 현재 화폐 가치로 계산하면 1억 7천만 파운드나 되는 돈이다. 우리 돈으로는 2,500억이나 되는 어마어마한 예산을 쏟아부은 사업이었다.

원래 이곳에는 홀본 언덕의 가파른 경사와 플릿강이 흐르면서 이어지는 깊은 계곡이 있었다. 수백 년 동안 뉴게이트를 통해 성벽 안쪽 시내로 진입하려는 말과 마차들은 계곡 앞에 발이 묶여 고질적인 병목 현상이 생겼다. 이런 불편함을 해소하기 위해 만든 길이 430미터, 폭 24미터의 홀본 구름다리가 개통되고 나서는 더 이상 길게 이어진 줄은 볼 수 없게 되었다.

엘리자베스 시대 전염병의 창궐지였던 플릿강은 런던 시내를 가로질러 템스강으로 흘러드는 수많은 지천 중 하나였다. 위생 관념이라고는 조금도 없었던 시민들은 마구잡이로 오물을 강으로 흘려보냈다. 영국의 시인 알렉산더 포프Alexander Pope(1688-1744)는 그의 시에서 아예 '플릿 시궁창'이라고 부를 정도였다. 놀라운 일은 당시 런던 시민들이 이런 시궁창 물이 흘러들던 템스강 물을 마셨다는 것이다. 런던 교외의 물을 끌어올 수 있었던 1613년까지 템스강은 귀중한 식용수였다.

중세 말기 동안에는 양질의 석탄을 가득 싣고 뉴캐슬Newcastle에서 출발한 배들이 템스강을 가로질러 플릿강에 도착했다. 영국 북동부에 위치한 뉴캐슬 어폰 타인Newcastle upon Tyne, 줄여서 뉴캐슬이라고 불리는 이 도시는 17세기 이후부터 런던의 석탄 공급지로 급속하게 발전하기 시작했다. 영어 숙어 중에 "carry coals to Newcastle(뉴캐슬에 석탄을 가지고 가다)"라는 말이 있을 정도인데, "어떤 물건을 그 물건이 남아돌 정도로 많은 곳으로 가지고 가다", 즉 "헛수고하다"라는 의미가 있다.

현재 플릿강은 아쉽게도 볼 수가 없다. 콘크리트로 하천을 덮어 버려 런던의 땅 밑으로 흐르는 복개천覆蓋川이 되어 버렸기 때문이다. 과거 서울의 청계천과 같은 모양새인데 북악산과 인왕산에서 발원한 물이 경복궁을 좌우로 흘러 광화문 옆에서 합쳐진 물줄기가 지하로 흘러들어 광교를 거쳐 서울 도심지를 땅 속으로 흘렀다. 청계천은 플릿강과는 반대로 복원을 하여 서울 시민들의 사랑을 받는 산책로가 되었다.

런던 시장의 화려한 황금마차 행진

구름다리의 보행자 계단으로 올라가면 붉게 칠한 다리를 장식한 정교한 조각들을 볼 수 있다. 다리의 서쪽에 있는 조각은 상업과 농업을 상징하고, 북쪽에 있는 것은 과학과 예술을 상징한다. 2개의 동상도 있다. 하나는 런던 초대 시장이었던 헨리 피츠 에일윈 Henry Fitz-Ailwin(1135~1212)이고 다른 하나는 1300년대 런던의 시장을 두 번이나 역임한 윌리엄 월워스William Walworth(?~1385)다. 월워스 시장은 1381년에 일어난 민중 봉기를 이끈 반역자였던 왓타일러Wat Tyler를 칼로 찔러 죽인 것으로 유명하다. 그의 충성은 당시 열네 살 소년이었던 리처드 2세를 구해 냈다

런던의 시장은 세계 어느 곳에서도 볼 수 없는 특별한 대우를 받는다. 로드Lord라는 경칭어를 시장직에 붙이는 '로드 메여Lord of Mayor of London', 이름부터 근사하다. 과거부터 런던 시장의 권한은 왕권보다 더욱 영향력이 있었다. 왕의 임명이 아니라 런던 25개 구의원들에 의해 직접 선출되기 때문에 '런던 시민들에게는 왕이 없고, 그들의 시장만 있다'라는 말이 나올 정도였다. 다만 '로드 메여'라는 이 근사한 이름은 런던 월 성벽 안쪽의 구 도시 '더 시

티'의 시장에게만 허락되는 특권이었다. '더 시티'가 팽창하여 성벽 밖의 지역까지 포함한 '그레이터 런던Greater London'으로 행정구가 커지면서 시장직을 따로 선출하지만 그들은 그저 '시장'일뿐이다.

매년 11월, 새로 임명된 시장과 시민들이 참여하는 빅 이벤트, '로드 메여의 쇼'도 놓칠 수 없는 볼거리. 런던 박물관Museum of London에 보관되어 있던 1750년대에 만들어진 화려한 마차가 거리를 달리는 특별한 순간이다. '더 시티'에서 웨스트민스터까지 행차하여 왕에게 충성을 표시하는 것이다. 로드 메여는 무보수, 비정치적 직위지만 일 년의 임기 동안 '더 시티'의 시민을 대표하고 런던 금융업의 책임자로 활동을 한다. 무려 800년간 이어져 온로드 메여 쇼는 역사상 가장 오래되고 가장 규모가 큰 시민 행진이다. 그만큼 런던 시민들의 자부심도 대단하다. 11월에 런던에 있다면, 셰익스피어 시대의 낭만과 정취를 몸소 체험해 볼 수 있는 로드 메여 쇼 행진 물결에 흠뻑 몸을 적셔 봐도 좋을 것 같다.

포카혼타스의 러브 스토리는 새빨간 거짓말

홀본 비아덕트 거리 왼편으로 '세인트 세풀쳐 위다웃 뉴게이트St. Sepulchre-without-Newgate의 4개의 작은 첨탑이 보인다. 런던에서 가장 큰 교회로 1137년에 지어졌다. 지금은 사라진 런던 성벽의 뉴

로드 메여 쇼

게이트 문 밖에 위치해 있었던 데서 교회의 이름이 연유했다. 중세 런던 시대에 건축된 건물이 그렇듯이 이곳 역시 1666년 런던 대화재의 피해를 비껴 가지 못했다. 하지만 이곳에도 '대화재 해결사' 렌의 손길이 닿아 그 모습을 다시 찾을 수 있게 되었다. 교회에는 오래된 역사만큼이나 흥미로운 이야기들이 숨겨져 있다.

교회의 묘지에는 디즈니 애니메이션으로도 만들어진 원주민 추장의 딸 '포카혼타스Pocahontas(1596~1617)'가 사랑했던 스미스 선장의 시신이 잠들어 있다. 북아메리카 최초의 영국 식민지를 건설한 탐험가로 알려진 존 스미스와 그의 생명까지 구한 포카혼타스의 러브 스토리가 바로 이 영화의 줄거리다.

1608년, 28살의 청년 존 스미스John Smith(1580~1631)는 신대륙 탐험을 위한 모험을 떠난다. 긴 항해 끝에 닿은 곳은 현재의 미국 버지니아. 그리고 그곳에서 순수한 영혼을 가진 소녀 포카혼타스를 만난다. 그녀는 먼 이국땅에서 온 젊고 용감한 스미스를 사랑하게 되지만 피할 수 없는 인디언과 영국인의 전쟁이 시작된다. 결국 스미스는 원주민에게 잡혀 사형을 기다리는 신세에 처한다. 바닥에 누운 스미스의 머리가 곤봉으로 머리가 내리쳐질 순간, 포카혼타스는 스미스를 사랑한다는 고백과 함께 그를 온몸으로 막아 나서며 사형 집행을 멈춘다. 하지만 스미스는 포카혼타스와의 짧은 사랑과 추억을 버지니아에 남겨 둔 채 그의 고향 런던으로 떠나 버린다. 그리고 1631년, 51살의 나이로 세상을 떠났다.

여기까지가 잘 알려진 '포카혼타스'의 아름다운 러브 스토리다. 하지만 이런 낭만적인 이야기가 그저 존 스미스 선장이 남긴 일기 속 가상의 일이었다면? 어쩌면 스미스는 험난하기만 했던 신대륙 개척기에 사랑 이야기 하나 더하고 싶었을지도 모를 일이다. 실제로 남겨진 공식적인 기록에는 이와는 전혀 다른 이야기가 펼쳐진다. 영국과 원주민의 계속된 전쟁에서 오히려 포로로 잡히게 된 신세는 바로 포카혼타스다. 그녀는 농장주였던 영국인 존 롤프John Rolfe(1585~1622)와 결혼을 한다.

〈포카혼타스와 함께 있는 존 롤프〉라는 그림을 보면 서로를 바라보는 부부의 시선이 애틋하다. 금슬 좋은 이들은 이듬해 아들까지 낳고 가족 모두 런던으로 여행을 떠나 사교계의 유명 인사로 등장했다. 화이트홀 궁전의 가면무도회까지 초대받을 정도였다니 검은 머리칼의 구릿빛 피부를 가진 추장의 딸, 원주민들의 공주에 대한 호기심이 보통이 아니었던 듯하다. 영국인들의 환대 속에서 일 년여를 보내고 버지니아로 돌아오던 포카혼타스는 천연두에 걸려 결국 배 안에서 22년이라는 짧은 생을 마쳤다.

죽음을 부르는 종소리, 뉴게이트의 핸드벨

교회에는 러브 스토리와는 상반되는 죽음을 부르는 종이 하나 숨겨져 있다. 바로 뉴게이트Newgate 성문에 수감된 사형수들의 처형을 알리던 핸드벨이다. 뉴게이트는 런던으로 들어오는 7개의 성문 중 하나였다. 12세기부터는 성문 안에 감옥을 만들어서 채무자 또는 흉악범을 수감한 것으로 악명을 떨쳤다. 교회에서 대각선 방향을 보면 잿빛 건물이 하나 보이는데 이곳에 바로 뉴게이트가 있었다. 현재는 '올드 베일리Old Bailey'라고 불리는 영국 중앙 형사재판소Central Criminal Court 건물이 자리 잡고 있다. 멀리에서도 건물의 꼭대기 둥근 지붕 위에 있는 황금빛 정의의 여신상이 한눈에 들어온다. 한 손에는 단죄의 칼을, 다른 한 손에는 정의의 저울을 들고 도시를 굽어보고 있다.

사형이 예정된 전날 밤, 뉴게이트에서 불길한 종소리가 새어 나왔다. 내일 아침 날이 밝으면 단두대로 끌려갈 죄수의 방 앞에서 울리는 종소리였다. 교회의 종잡이는 핸드벨을 들고 뉴게이트 감옥으로 연결되는 지하 통로를 느릿느릿 걸어갔다. 멈춰선 곳은 사형수의 방 앞. 스물네 번의 종소리로 그의 죽음을 예고했다. 시민들은 어둠 속에서 몸을 잔뜩 웅크린 채 깊은 한숨을 내쉬었다. 도시의 곳곳에 설치된 단두대에서 매일 같이 목이 잘려 나갔으니 아마도 시민들은 매일 밤 그 희미한 종소리를 들었을 것이다.

말이란 행위의 열기를 식히는 냉기일 뿐.(종소리가 울린다)

가면 일은 끝난다. 종소리가 날 부르네.

들지 마라 덩컨이여, 그것은 그대를

중앙 형사 재판소

천국 또는 지옥으로 소환하는 조종弔鐘 이니까.

《셰익스피어 전집 1: 희극 II》윌리엄 셰익스피어 지음, 최종철 옮김, 민음사

〈맥베스〉 2막 1장에서 울리는 조종은 죽은 사람을 애도하기 위해 치는 종이다. 셰익스피어도 뉴게이트 핸드벨 소리에 잠시나마 펜을 멈추고 그 넋을 위로했으리라. 1774년까지 죄수들은 사형 집행을 위해 뉴게이트에서 타이번으로 이송되었다. 1872년 나폴레옹과의 전투에서 승리한 기념으로 만들어진 마블 아치 근처에 있던 이 사형장에서 수세기 동안 공개 처형이 이루어졌다. 세인트 세풀쳐 교회에서 온 성직자는 사형을 앞둔 죄수에게 꽃다발을 전해 주고 끌려가는 죄수의 마지막 길을 기도로 배웅했다. 그리고 단두대가 내려쳐지는 순간, 비록 명예롭지 못한 죽음일지라도 이를 애도하는 세인트 세풀쳐 교회의 종이 울렸다.

발라드 오페라의 센세이셔널한 등장, 〈거지 오페라〉

뉴게이트 감옥의 무시무시한 소문과 세인트 세풀쳐 교회의 죽음을 알리는 종소리는 작가들의 손을 통해 오페라로, 그리고 시로 다시 태어났다. 뉴게이트 감옥을 배경으로 18세기 런던 하층민의 생활상을 생생하게 담아 낸 작품이 바로 〈거지 오페라〉다. 영국의 시인인 존 게이John Gay(1685~1732)의 대본에 독일 작곡가 요한 페

푸쉬Johann Christoph Pepusch(1667~1752)가 편곡한 음악으로 만들어진 3막 구성의 이 작품은 1728년 런던에서 초연되었다.

당시 영국 오페라 무대는 작곡가 헨델George Fredric Handel(1685~1759)을 중심으로 이탈리아 오페라가 지배하고 있었다.

일반인의 삶과는 거리가 먼 신화나 왕과 귀족들의 삶은 마치 딴 세상 이야기 같았다. 영국 관객들이 이해하지 못하는 이탈리아어도 문제였다. 그러던 중 당시 관객들의 귀에 이미 익숙한 발라드 선율과 새로운 가사, 여기에 코미디가 더해져 '발라드 오페라'라는 새로운 장르가 탄생했다. 이렇게 등장한 〈거지 오페라〉는 그야말로 런던 사교계에 센세이셔널한 반응을 불러 일으켰다. 초연 후 62회 공연을 기록하며 당대 극장 역사상 최장기 공연을 이어나가 18세기 최고의 히트작이 되었다. 오늘날 웨스트 엔드 뮤지컬의 효시가 되기도 했다.

〈거지 오페라〉는 런던 뒷골목의 악명 높은 소매치기 두목인 맥히스, 그를 사랑하는 관리의 딸 폴리, 그리고 맥히스의 아이를 임신한 뉴게이트 감옥 간수장의 딸 루시의 이야기다. 소문난 바람둥이 맥히스를 둘러싸고 사랑을 쟁취하려는 두 명의 여자 폴리와 루시의 이야기는 맥히스의 사형 선고를 앞두고 울리는 세인트 세풀쳐 성당의 사형 집행 종소리와 함께 절정으로 치닫는다. 더욱 황당한 건 맥히스의 사형 소식을 듣고 그의 아이를 가졌다며 나타난 네 명의 여인들. 하지만 극의 결말, 맥히스는 교수형 집행 전에 사형을 면하고 결국 폴리와 행복한 삶을 찾는다.

이 오페라가 초연된 지 200여 년 후인 1928년, 독일의 극작가 베르톨트 브레히트Bertolt Brech(1898~1956)와 작곡가 쿠르트 바일 Kurt Weil(1900~1950l)은 〈거지 오페라〉를 번안한 〈서 푼짜리 오페라〉를 만들었다. 주인공은 똑같이 맥히스다. 다만 직업이 좀 바뀌었는데 〈거지 오페라〉에서 노상 강도였던 맥히스가 〈서 푼짜리 오페라〉에서는 흉악한 사업가로 변신한다. 20세기 초 자본주의의 허상을 비판하고 풍자한 이 작품은 초연되자마자 엄청난 성공을 거두었다. 베를린의 시프바우어담Schiffbauer-damm 오페라 극장은 일 년 동안 공연을 이어 나갔다. 유명한 대표곡 〈칼잡이 맥〉은 이렇게 시작된다.

상어란 놈에게는 이빨이 있지
누구나 볼 수 있는 이빨
매키에게는 칼이 있지만
아무도 볼 수 없어.
화창하고 청명한 일요일
골목에서 한 남자가 죽었어
그 직후 누군가 모퉁이를 돌아 사라졌지
그 이름은 칼잡이 맥

〈영화 속 클래식〉 진회숙, 네이버 캐스트

존 던의 누구를 위하여 '조종'은 울리나

세인트 세풀쳐 교회의 종소리를 듣고 세기에 남는 명시를 남긴 인물도 있다. 바로 세인트 폴 대성당의 존 던John Donne(1572~1631) 신부다.

> …어떤 사람의 죽음도 나를 감소시킨다. 왜냐하면 나는 인류에 속해 있기 때문이다. 그러므로 누구를 위해 종이 울리는지 알려고 사람을 보내지 마라. 종은 바로 그대를 위해 울리느니.
>
> 《시를 읽는 오후》, 최영미 지음, 해냄

엘리자베스 시대를 살던 당시 사람들에게 죽음은 늘 멀지 않은 곳에 있었다. 평균 수명 40세, 태어난 아이가 1년을 넘기기 어려운 시절이었다. 영국 국교회인 성공회 사제이자 설교자였던 존 던 역시 어린 시절부터 목숨을 위협하는 병치레가 잦았다. 1621년 세인트 폴 대성당의 수석 사제가 되는 기쁜 일이 있은 후 얼마 지나지 않아 연거푸 불행이 찾아왔다. 사랑하는 아내를 잃고, 그 자신도 발진티푸스와 열병으로 사경을 헤맸다. 병과의 사투 중 매일 명상과 기도를 거듭하며 쓴 기도문이 '어떤 사람도 섬이 아니다No man is an island'로 시작하는 이 유명한 글이다. 존 던의 글을 읽고 깊은 감동을 받은 헤밍웨이는 '누구를 위해 종이 울리는지 알려고 사람을 보내지 마라'라는 문구를 떠올리며 훗날 그의 소설 제목을 《누구를 위하여 종은 울리나For whom the bell tolls》라고 이름 붙인다.

사실 헤밍웨이의 책《누구를 위하여 종은 울리나》의 정확한 번역은 '누구를 위하여 조종은 울리나'이다. 영단어 'toll'이 '(만종·조종 등을) 울리다, 치다'라는 의미이기 때문이다. 17세기 영국에서는 누군가의 죽음을 알리기 위해 조종을 울렸다. 죽은 자에 대한 애도의 표현이자 그의 영혼이 빠져나갔음을 알리는 행위였다. 존 던은 도시 곳곳에서 울리던 조종 소리를 들으며 죽음에 대한 깊은 사색을 했다. 개인의 삶이란 인류라는 이름으로 서로 연결되어 있고 심지어 낯모르는 사람의 죽음까지도 자신의 삶과 동떨어져 있지 않다는 것. 그러니 죽음은 두려워할 대상이 아니라, 매 순간 받아들여야 할 존재였던 것이다. 그리고 그는 더 나아가 '죽음의 죽음'을 명하며 정면 대응한다. 1631년 존 던의 사후 발간된 〈죽음이여 뽐내지 마라Death be not proud〉는 첫 행부터 우리를 사로잡는다.

죽음이여 뽐내지 마라, 어떤 사람들은 그대를

강하고 무섭다 말하지만, 그대는 그렇게 강하고 무섭지 않아.

그대가 쓰러뜨렸다고 생각하는 사람들은 죽지 않았고

가련한 죽음이여, 그대는 나도 죽이지 못해.

그대의 그림들에 불과한 휴식과 잠에서

많은 기쁨이 흘러나온다면,

그대에게선 더 많은 기쁨이 흘러나오리라.

그리고 우리 중에 가장 훌륭한 이들이 가장 먼저 그대를 따라가지만,

이는 그들 육체의 안식이며, 영혼의 구원이니.

그대는 운명과 재난 사고와 군주들과 절망한 자들의 노예,

그리고 독약과 전쟁과 질병도 그대와 함께 살지.

아편이나 마술도 우리를 잠들게 할 수 있으니,

그대의 습격보다 훨씬 좋지, 그런데 그대는 왜 그리 거만한가?

짧게 한잠 자고 나면, 우리는 영원히 깨어,

더 이상 죽음은 없으리, 죽음, 그대가 죽으리라.

《시를 읽는 오후》 최영미 지음, 해냄

세인트 세풀처 교회의 조종 소리는 1890년대까지 들을 수 있었다. 그리고 수많은 사람들을 죽음의 길로 인도해 온 소임을 마친 핸드벨은 1605년 이곳, 세인트 세풀처 교회에 전달되었다. 지금은 사람들의 눈에 잘 띄지 않는 곳, 교회 서쪽 복도 기둥 위에서 평화로운 안식의 나날을 보내고 있다.

영국 클래식 음악 대중화의 선구자, 헨리 우드

세인트 세풀처 교회와 인연이 있는 또 한 명의 예술가의 이름은 헨리 우드Henry Wood(1869~1944). 우리에게는 낯선 이름이지만

세인트 새풀처 교회 핸드벨

100년이 넘는 클래식 음악 축제 'BBC 프롬스'의 창시자이자 영국 최고의 명문 악단으로 손꼽히는 런던 심포니 오케스트라를 창단한 음악가다.

헨리 우드는 1870년 이 교회에서 세례를 받고 음악적 감수성을 키웠다. 어린 헨리 우드의 마음을 사로잡은 건 교회의 오르간이었다. 17세기 오르간 마스터, 레나투스 헤리스Renatus Harris가 1670년에 설치한 아름다운 오르간은 헨리 우드를 음악의 길로 이끌었다. 이 오르간은 지금도 교회에 남아 있는데 아쉽게도 더 이상 그 천상의 소리는 감상할 수 없다.

1944년 그의 사후, 육신을 태운 재가 교회에 안치되었다. 평생을 영국 클래식 음악계의 발전에 헌신하며 세인트 세풀쳐 교회를 '음악가들의 교회'로 이끈 공로에 대한 존경의 표시였다 오늘날 세인트 세풀쳐 교회는 뉴게이트 감옥 사형수들의 마지막 길을 인도하던 어두운 역사보다는 영국을 대표하는 음악가들의 교회로 더욱 잘 알려져 있다.

헨리 우드는 많은 음악가들을 발굴하고 교육을 받게 하는 데 앞장섰다. 이렇게 영국을 대표하는 음악가로 성장한 이들이 세인트 세풀쳐 교회의 연주회를 이끌고 있다. 오래전부터 이곳에서 열리는 '점심시간의 리사이틀'과 '이브닝 콘서트'는 그 어느 공연장보다 수준 높은 음악을 들을 수 있는 것으로 유명하다. 교회의 홈페이지에서 공연 소식을 미리 확인할 수 있으니 꼭 한번 시간을 내 볼만 하다.

청바지와 턱시도가 차별 없는 클래식 음악 축제, BBC 프롬스

헨리 우드가 만든 'BBC 프롬스'는 영국을 얘기할 때 빼놓을 수 없는 세계적인 클래식 축제다. 1895년 런던 퀸즈 홀Queen's Hall에서 처음 시작되어 영국 공영 방송인 BBC의 주최로 매년 7월 중순부터 9월 초까지 8주 동안 펼쳐지는데, 이 기간 동안 도시는 그야말로 음악의 선율에 출렁인다. 1941년, 2차 세계대전 중 독일군의 공습으로 퀸즈 홀이 파괴된 뒤에는 로열 알버트 홀Royal Albert Hall로 장소를 옮겨 현재까지 축제를 개최하고 있다.

산책을 의미하는 '프롬나드Promenade'와 '콘서트Concerts'의 합성어로 만들어진 '프롬스Proms'는 '관객들이 공연장에서 음악을 산책한다'는 뜻. 축제의 이름 그대로 전 세계 음악팬들의 사랑을 한 몸에 받는 클래식 축제로 자리 잡았다. 세계적인 악단들의 명연주에 귀가 호강하지만, 또 하나의 볼거리는 축제를 찾는 다양한 관객층이다.

스타 지휘자나 아티스트의 협연이 있는 공연 날이면 축제가 열리는 로열 알버트 홀의 입구는 이미 아침 일찍부터 긴 줄로 문전성시를 이룬다. 당일 티켓을 구해 보려는 관객들이다. 대기표를 받아 몇 시간이고 자리를 지켜야 하는 불편을 감수해야 하지만 기다린 보람으로 얻는 행운은 5파운드의 티켓을 손에 쥐는 것이다. 우리 돈 만 원도 안 되는 금액으로 세계 최정상급 연주를 감상할 수 있는 기회라니. 당연히 이 줄의 대부분은 학생들이거나 전 세계에서 온 배낭여행객들이다. 헐렁한 티셔츠에 청바지, 샌들을 신고 아예 커다란 배낭에 기대어 자리를 잡고 앉아 느긋하게 책을 펼쳐 든다. 공연 시간이 가까워지면 고급 세단들이 공연장 앞으로 속속 도착한다. 턱시도를 입은 파트너의 에스코트를 받으며 화려한 드레스를 차려 입은 숙녀들이 차에서 내린다. 배낭여행객들도 그제서야 읽던 책을 접고 배낭을 챙겨들고 일어나 입장을 준비한다.

이들 모두가 오늘 공연의 관객들. 클래식 음악 팬으로서 5,500명의 객석을 가득 메운 그들은 같은 음악을 듣고, 감동하고, 뜨거운 박수를 보내는 명장면을 연출한다. 모두가 함께 즐기는 클래식 음악의 대중화가 실천되는 장, BBC 프롬스. 다른 클래식 음악회와 비교할 수 없을 정도로 저렴한 10~20파운드 정도의 티켓 가격과 어느 자리에 앉든지 동일한 사운드를 즐길 수 있는 공연장. '가장 다양한 음악을, 가장 뛰어난 연주로, 대규모 청중들에게 들려주기 위해' 열리는 축제의 현장은 클래식 팬이 아닌 그 누구에게라도 특별한 추억을 선사한다. 2014년 BBC 프롬스에는 두 명의 한국 지휘자가 무대에 올랐다. 서울 시립 교향악단의 정명훈 지휘자, 그리고 카타르필을 이끌고 BBC 프롬스에 데뷔한 장한나 지휘자. 먼 이국땅에서 만나는 한국 출신의 예술가들의 연주에 뜨

2014 BBC 프롬스 축제 모습
서울 시립 교향악단과 정명훈 지휘자

거운 박수를 보냈다. 옆자리에 앉아 있던 우아한 노부인이 나에게 어깨를 살짝 기대며 속삭인다. "정말 근사했어요. 축하해요!"

프롬스 기간 중 하이라이트를 꼽으라면 단연 'BBC 프롬스 인 더 파크'다. 축제의 마지막 날 밤, 하이드파크의 밤하늘과 별빛을 배경으로 펼쳐지는 음악을 듣고 있노라면 런던을 사랑할 수밖에 없는 이유가 한 가지 더 늘어난다.

단두대 처형 구경 명소, 맥파이 앤 스텀프 펍

교회를 나서 길을 건넌다. 올드 베일리 앞을 지나쳐 길을 건너면 맥파이 앤 스텀프Magpie and Stump 펍이 있다. 현대식 간판을 걸고 있는 모던한 외관만 봐서는 별다른 특색 하나 찾을 수 없지만 이 작은 펍의 역사는 500여 년 전으로 거슬러 올라간다. 1700년대 당시, 맥파이 앤 스텀프 펍은 런던 시내에서 유명한 술집으로 이름을 떨쳤다. 술맛으로 술꾼들을 끌었던 것은 아니었다. 이곳은 런던 최고의 단두대 처형 구경 명소였다. 펍의 바로 인근에 있는 뉴게이트 감옥에 갇혀 있던 사형수의 목이 떨어지는 것을 구경하기 위해 사람들이 몰려들었다. 맥주 한잔을 하며 단두대로 올라가는 죄수들을 보기에 이만한 장소가 없었던 것이다.

기본적으로 2페니를 내면 에일 맥주 한 잔과 자리가 제공되었고 처형이 이루어지는 광장이 잘 보이는 2층 자리는 비싼 가격으로 팔렸다. 께름칙한 돈벌이로 양심에 찔렸던지, 펍의 주인은 양조 펌프에서 나온 마지막 술을 뉴게이트 감옥으로 보냈다. 사형을 앞둔 죄수들은 이승에서의 마지막 술맛을 봤다.

런던 시민들의 고약한 취미 장소였던 펍은 1973년에 아쉽게도 붕괴되었다. IRA가 올드 베일리로 돌진한 자동차 자살 폭탄 테러의 피해가 여기까지 불똥이 튄 것이다. 펍은 다시 건축되어 현재의 모습을 갖게 되었지만 당시의 테러 흔적은 중앙 형사 재판소 벽에 남은 구멍들과 이를 메운 자국들로 남아 있다. 지금도 맥파이 앤 스텀프 펍은 '10번 법정'이라는 애칭으로 불린다. 올드 베일리의 재판을 취재하기 위한 기자들, 그리고 긴긴 재판에 지친 변호사들이 잠시 한숨을 돌리는 아지트다. '10번 법정에서 만날까?'

친애하는 친구 셰익스피어, 30파운드만 빌려 주게

펍을 지나쳐 대로를 따라 직진을 하면 루드게이트 힐 거리Ludgate Hill St.에 다다른다. 자동차로 꽉 막힌 도로를 따라 이어진 상점들, 전 세계 관광객들로 북적이는 거리는 지금도 어수선하기 짝이 없지만 1500년대 당시에도 이곳은 도시에서 가장 끔찍하고 형편없는 곳이었다. 악취로 진동하는 플릿강, 코를 쥐어 잡아도 어질한 냄새로 진동하는 하수관, 그리고 도시 곳곳으로 부지런히 옮겨지던 석탄 가루는 두께를 더해 거리에 켜켜이 가라앉아 있었다. 여기에 악질 죄수들이 갇혀 있는 뉴게이트 감옥까지 바로 코앞에 있었으니 누구도 이 거리에 발을 내딛는 것을 꺼려할 수밖에. 세월이 흘러 현재의 거리에는 런던의 상징이 되어 버린 빨간색 이층 버스가 부지런히 관광객을 태우고 언덕을 오르내리고 있다. 하지만 예나 지금이나 변함이 없는 건 수백 년의 세월을 런던 시민들과 함께해 온 세인트 폴 대성당이다.

대성당 앞, 거리의 중심에는 벨 쇼비지Belle Sauvage 여관이 있었다. 1570년부터 1580년대까지 극단들은 이곳에서 공연을 올렸다. 엘리자베스 여왕의 총애를 받던 배우, 리처드 탈튼도 그가 죽기 직전인 1588년에 이곳에서 공연을 했다. 우스꽝스러운 춤과 연기로 당대 최고의 어릿광대 역 전문 배우였던 탈튼의 입담과 노래 솜씨가 어찌나 인기를 끌었던지 그의 사후 〈탈튼의 농담Tarlton's Jests〉이라는 책까지 나올 정도였다. 셰익스피어가 처음 활동을 했던 극단 '여왕의 사람들Queen's Men'에서 탈튼은 이미 주역급 배우였다. 그런 탈튼의 모습을 보고 셰익스피어는 많은 작품에 그를 출연시켰다. 그리고 〈햄릿〉의 그 유명한 어릿광대 요릭Yorick을 만들어 냈다. 햄릿이 해골을 들며 요릭에게 이렇게 외친다. '아! 불쌍한 요릭, 나는 그를 알아. 호레이쇼! 그의 재담은 끝이 없고 상상력이 아주 뛰어난 친구였지!' 탈튼이 죽고 난 후 극단은 급속히 쇠퇴하기 시작했다. 그 즈음 셰익스피어도 제임스 버바지의 극단으로 자리를 옮겼다.

세인트 폴 대성당 앞에서 길을 건넌다. 첫 번째 만나는 골목에서 우회전을 하면 카터 레인Cater Lane으로 접어들게 된다. 이곳에 2개의 역사적인 장소가 숨어 있다. 먼저 왼편을 주의 깊게 살펴보면 '벨 야드Bell Yard'라는 안내판이 보인다. 바로 그 아래에 간신히 읽을 만한 크기의 작은 명판이 하나 더 달려 있다. 바로 셰익스피어와 그의 동향 친구 리처드 퀴니가 사돈의 연을 맺게 된 편지를 쓴 장소인 '벨 인Bell Inn' 여관이 있던 곳이다.

왕실의 맞춤 예복 장소, 워드로브 플레이스

벨 인을 지나 조금 더 걸어 올라가면 한적한 골목 안에 워드로브 플레이스Wardrobe place가 있었다. 파란색의 작은 대문 옆에 붙어 있는 '왕의 워드로브 플레이스, 1666년 대화재 때 소실'이라는 푸른 명판만이 이곳의 과거를 짐작케 한다.

워드로브 플레이스는 14세기 에드워드 3세 때부터 왕가의 의식을 위한 왕의 예복과 보석을 만들고 보관하는 장소였다. 원래는 런던탑 안에 있었는데 현재의 장소로 옮겨졌다. 이곳을 찾았던 이들 중 우리에게 친숙한 이름들이 있으니 바로 일기 작가 새뮤얼 피프스와 셰익스피어다. 피프스가 남긴 일기를 보면 1666년경, 법정 출두를 위한 옷을 맞추기 위해 워드로브 플레이스에 여러 번 방문을 했다는 기록이 남아 있다. 아마도 그는 1666년 대화재의 불길로 이곳이 사라지기 전에 들렀던 마지막 손님이었을 것이다. 화재로 소실된 이후 렌은 건물을 재건하려 했지만 계획은 이루어지지 않았다. 1709년, 그 기능을 완전히 폐지한 후 현재는 오래된 나무 몇 그루가 서 있는 조용하고 운치 있는 마당만 비밀스럽게 남아 있다.

1604년, 제임스 1세의 화려한 대관식이 윈체스터 주교의 궁전에서 열리는 날 아침, 셰익스피어는 급히 워드로브 플레이스로 발걸음을 재촉하고 있다. 대관식에 앞서 열릴 거리 행진까지는 시간이 얼마 남지 않았다. 몇 달 전, 셰익스피어는 국왕 극단의 자격으로 워드로브 플레이스에서 계약을 하나 했다. 왕은 극단의 배우들이 입을 4미터가 넘는 길이의 화려하고 사치스러운 붉은색 제복의 원단을 하사했다. 그 원단으로 지은 옷을 찾으러 가는 길이었다. 그는 제복이 어떻게 만들어졌을지 한껏 기대로 부풀었다. 성대한 연회의 분위기를 한껏 고조시키는 데는 셰익스피어가 이끄는 국왕 극단이 그 역할을 톡톡히 했다. 위엄이 넘치는 아름다운 제복이 극단의 배우들을 더욱 돋보이게 했다.

엘리자베스 시대의 의복 문화는 계급에 따라 엄격히 구분되었다. 상류층의 거물과 노동자가 같은 옷을 입는다는 것은 상상도 할 수 없는 일이었다. 하지만 이런 엄격한 규제들에서도 자유로운 곳이 오직 한 곳 있었으니, 바로 무대. 배우들은 극장 안에서 마음 놓고 실크 드레스를 입고 귀족과 왕가 행세를 했다. 셰익스피어가 속해 있던 국왕 극단의 배우들도 제임스 1세가 선물한 아름다운 실크 원단으로 무대 의상을 만들어 입고 조금은 우쭐댔을 것이다. 하지만 무대 밖으로 옷을 입고 나갔다가는 엄벌에 처해졌다.

.

찰스 황태자와 슈퍼스타 건축가들의 한판 승부

워드로브 플레이스를 나서면 세인트 앤드류 힐 거리St. Andrew Hill St.가 이어진다. 좁은 골목을 걷노라니 창문을 열어 손을 뻗치면 닿을 듯이 가깝게 처마 끝을 맞대고 살던 과거 런던 거리의 향취가 느껴진다. 이 구역은 1666년 대화재의 피해가 가장 큰 곳 중 하나였다. 목재로 지은 집들은 서로를 불쏘시개 삼아 신나게 불길을 옮겨 갔고 중세 런던 시민들의 랜드마크였던 세인트 폴 대성당까지 삼켜 버렸다.

화재 이후 런던 재건축의 지휘를 맡은 크리스토퍼 렌의 첫 번째 야심찬 계획이 발표되었다. 바로 이곳, 세인트 폴 성당에서부터 뻗어 나오는 대로 건설이었다. 대화재의 원인이 되었던 좁은 골목을 확장하고 거리를 재정비하기 위함이었다. 하지만 렌의 계획은 재정 낭비라는 비난 속에 설계 도면에서 잠드는 신세가 된다. 렌에게는 섭섭한 말이겠지만, 그의 계획이 무산된 게 다행인 걸까. 그래서 우리는 지금 이리저리 꼬여 있어 돌아가야 하는 불편도 감수해야 하는 이 거리를, 셰익스피어와 그의 동료들도 부지런히 오갔던 같은 거리를, 지금도 걸을 수 있으니 말이다.

이 거리의 도시 계획 논쟁은 지금도 현재 진행형이다. 1930년대 후반, 제2차 세계대전의 폭격이 세인트 폴 대성당으로 이어지는 토끼 굴 같은 좁은 거리들과 개성이라고는 찾아볼 수 없는 오피스 빌딩 위로 떨어졌다. 다시 한 번 도시 재건 논의를 하지 않을 수가 없었다. 이번 싸움은 찰스 황태자와 세계적 명성의 유명 건축가들 간의 접전이었다. 원인은 전통 건축과 현대 건축에 대한 오래된 인식의 차이. 찰스 황태자의 현대 건축에 대한 혐오감은 이미 오래전부터 공공연히 드러난 사실이다. "내셔널 갤러리 National Gallery는 마치 사랑스럽고 우아한 친구 얼굴에 생긴 흉물스러운 부스럼과 같은 존재"라는 말까지 서슴없이 하던 그는 '황태자 재단The Prince's Foundation'을 만들었다. 그리고 역사적인 영국식 마을을 본 딴 도시 개발을 추진했다.

최근의 논란은 파리의 3대 미술관 중 하나인 퐁피두 센터를 만든 건축가, 리처드 로저스Richard Rodgers(1933~)가 주도한 영국 첼시 군부지 마스터플랜, 첼시 배럭스Chelsea Barracks에서 촉발되었다. 찰스 황태자가 이 프로젝트를 중단시킨 것이다. 2007년 첼시에 있었던 군부대의 이전과 함께 런던 최고의 비싼 주거지로 떠오른 첼시의 대대적인 도시 계획이 발표되었다. 10억 파운드, 우리 돈으로 1조 4천억이 넘는 어마어마한 예산이었다. 첼시는 휴 그랜트, 기네스 펠트로, 그리고 다니엘 크레이그 등 스타 배우들이 살고 있는 곳이다.

우리나라의 용산 미군 부지 이전으로 인한 용산 재개발과 비슷한 상황이었다. 찰스 황태자는 무분별한 현대식 건물의 건축과 도시의 전통을 말살하는 계획은 용납할 수 없다며 나섰다. 그리고는 이 지역의 대지를 소유하고 있는 카타르 왕족에게 영향력을 행사해 급기야 프로젝트를 무산시켰다. 이 같은 행위에 프랭크 게리와, 노먼 포스터, 자하 하디드를 포함한 세계적인 건축가들이 황태자에게 비난의 서한을 보내기도 했다. 찰스 황태자는 정체불명의 현대식 건물들이 런던을 훼손하는 것을 비판하는 연설에서 세인트 폴 대성당 앞, 세인트 앤드류 힐 거리를 런던에서 가장 아쉬운 예로 들었다. 황태자는 상업적 이익이 역사의 가치와 심미적 관심에 우선할 때 어떤 일이 벌어질 수 있는지 똑똑히 보여 주고 있다고 목소리를 높였다.

변덕스러운 영국 날씨에 맞춤형 극장, 블랙프라이어스

세인트 앤드류 힐 거리를 따라 걸어 내려온다. 오른쪽에 수탉이 그려진 빨간색 간판이 눈에 들어온다. 콕핏 펍The Cockpit이다. 바로 이 근처에 셰익스피어가 글로브 극장에 이어 두 번째로 극장의 주주로 경영에 참여하게 된 블랙프라이어스 극장Blackfriars Theatre이 있었다. 블랙프라이어스 극장의 이름은 영국 극장사에서 중요한 위치에 있다. 런던 최초의 사립 극장이자 최초로 지붕이 덮인 극장. 이런 획기적인 아이디어는 누구의 것이었을까? 최초라는 수식어가 붙으면 떠오르는 이가 있으니 바로 제임스 버바지다. 영국 최초의 공공 극장 '더 시어터'의 주인이었던 제임스 버바지는 최초의 사립 극장까지 지으며 극장사에 두 번의 깃발을 꽂는 주인공이 되었다.

1576년에 문을 연 '더 시어터' 운영으로 극장 비즈니스의 대부가 된 제임스 버바지는 그로부터 20여 년 뒤인 1596년, 또 한 번의 사업 기회를 포착했다. 검은 수사단Black friars이라고 불리던 도미니크 수도회의 대지 일부를 구입한 것. 매매가는 600파운드. 무엇보다 자리가 아주 좋았다. 시 당국의 감시망을 피해 성벽 외곽의 변두리에만 지을 수 있었던 극장이 이제 드디어 성 안으로 들어올 수 있게 된 것. 강산이 두 번 변한다는 20여 년 동안 일어난, 그야말로 놀라운 변화였다. 20여 년 전, 사실 이곳에는 이미 극장이 있었다. 왕립 예배당 소년 극단의 주 무대였는데 8년간 재정적 어려움을 겪다가 1584년에 문을 닫았다. 누구도 엄두를 내지 않고 방치되어 있던 땅을 사면서 제임스 버바지는 성공을 확신했다.

그가 야심차게 던진 카드는 바로 '지붕.' 다른 공공 극장들이 야외극장이었던 것과는 달리 블랙프라이어스에는 지붕이 있었다. 변덕스러운 영국 날씨에 이만한 공간이 없었다. 기존의 야외극장은 해가 쨍쨍한 날이나, 구름 잔뜩 낀 흐린 날이나 무방비로 날씨에 노출된 채 그저 자연 조명과 횃불 몇 개에 의지해서 공연을 했었다. 하지만 지붕이 덮인 이 우아한 극장에서는 비에 옷을 적실 염려도, 뙤약볕에 땀을 흘리며 체면치레 구길 걱정도 없었다.

무엇보다 놀라운 것은 조명의 등장이다. 이는 혁신적인 변화였다. 이제 밤에도 공연을 올릴 수 있게 되었다. 화려하게 치장하고 공연장으로 나서는 밤 문화의 시작이 예고되었다. 입장료는 당연히 비쌀 수밖에. 야외극장의 입석 관람료가 1페니였던 것에 비해 무려 12페니나 되는 입장료를 내야 했다. 당연히 귀족층과 부유한 상인들이 주 관객층이었다. 입석이 없어졌으니 극장의 수용 인원도 훨씬 줄어들어서 비용을 지불할 여유가 있는 700여 명만 공연을 볼 수 있었다. 글로브 극장이 3,000여 명을 수용했으니 4분의 1 정도로 줄어든 규모다. 이 또한 귀족층의 마음에 쏙 드는 이유였다. 이제 어중이떠중이 입석 관객들과 함께 공연을 보지 않아도 된다니 속이 다 시원했다.

하지만 예상치 못한 장애물이 등장했다. 극장 주변에 거주하는 31명 주민들이 극장의 개관을 격렬하게 반대하는 청원서를 당국에 제출했다. 황당한 것은 서명자 목록에서 셰익스피어가 발견한 이름들이었다. 셰익스피어 소네트 〈비너스와 아도니스〉와 〈루크리스의 겁탈〉을 출판해서 큰돈을 번 셰익스피어의 친구이자 인쇄업자인 리처드 필드Richard Field(1561~1624)와 셰익스피어가 속해 있던 궁내 장관 극단의 후원자인 궁내 장관도 포함되어 있었으니,

셰익스피어가 이들에게 느꼈을 배신감은 쉽게 상상할 만하다.

청원서에는 당시 야외극장의 주 관객층이었던 '부랑자와 매춘 여성' 들이 여전히 몰려들어 동네 분위기를 망칠 것이며, 모여든 군중들은 전염병을 옮길 것이고, 악몽 같은 교통 정체로 겪을 불편이 이만저만 아닐 거란 불평이 이어져 있었다. 하지만 무엇보다 배우들의 북소리와 나팔 소리가 근처 교회의 예배에 지장을 줄 것이라는 주장이 가장 설득력이 있었다. 결과는 거주자들의 승. 정부는 극장의 개관을 허락하지 않았다. 엎친 데 덮친 격으로 이듬해인 1597년, 제임스 버바지까지 죽고 만다. 평균 수명 40세였던 당시 엘리자베스 시대에 이미 60대 후반을 넘긴 그는 분명 장수를 누린 셈이다. 하지만 거칠 것 없던 인생 말년에 위기가 찾아왔다. 600파운드가 넘는 큰 투자가 위태로운 지경에 이르자 그가 느꼈을 부담감은 상당했다. 이 일은 평생을 새로운 일에 도전하기에 주저하지 않았던 이 혈기 왕성한 노인을 쓰러트리는 무시 못 할 원인이 되었을 것이다.

배우의 뺨을 때리는 귀족의 행패에도 속수무책

제임스 버바지의 투자는 그로부터 12년이 지난 뒤인 1608년, 그의 아들 리처드에 의해 결실을 맺었다. 그 사이 궁내 장관 극단에서 국왕 극단으로 승격한 셰익스피어 극단이 마침내 블랙프라이어스 극장에서 공연을 했다. 10여 년이 넘도록 지지부진 끌어 온 극장의 개관 반대를 잠재운 리처드의 승리였다. 한편으로는 제임스 1세의 든든한 후원을 받는 국왕 극단이 가진 힘을 보여 주는 사건이기도 했다.

리처드는 아버지 제임스의 글로브 극장 운영 방법을 이어 나갔다. 일곱 명의 공동 대표들로 극장 운영의 공동 연합체를 구성하여 21년 동안 극장의 수입을 7등분하여 나누기로 했다. 이미 글로브 극장의 공동 주주였던 셰익스피어에게 또 다른 새로운 임무가 생긴 것이다. 블랙프라이어스 극장의 주주이자 경영자가 된 셰익스피어는 작가로, 배우로, 그리고 2개 극장의 경영까지 맡으면서 런던 연극계를 누볐다. 어느 누구도 이런 다양한 명함을 내미는 사람은 없었다.

이제 국왕 극단을 대적할 만한 이는 그 누구도 없었다. 뱅크사이드에 있는 글로브 극장의 공연마다 관객이 밀려들었고, 블랙프라이어스 극장에서는 비싼 티켓 가격도 마다하지 않는 런던의 특권층 앞에서 공연을 했다. 확실히 블랙프라이어스 관객의 관람 매너는 훨씬 좋아졌다. 하지만 셰익스피어가 적응할 수 없었던 신경을 거슬리는 일이 있었다. 블랙프라이어스 극장에는 입석 표가 없었다. 극장에 입장하는 관객은 모두 객석에 앉아야 했는데 무대에도 좌석이 있었다. 맵시 좋게 빼입은 옷을 자랑하고 싶은 젊은 이들에게 인기 있는 자리였다. 비록 배우는 아니지만 무대 위에서 주목을 받을 수 있는 기회. 글로브 극장에서는 있을 수 없는 일이었다.

이와 관련된 유명한 일화가 있다. 셰익스피어 시대로부터 한 세기가 지난 후, 무대 위에 객석이 마련되는 건 더욱 보편적인 일이 되었다. 〈맥베스〉를 공연하던 어느 날이었다. 무대에 앉아 있던 귀족이 맞은편에 앉아 있던 친구를 발견하고는 인사를 하기 위해 공연 도중 무대 위를 가로질러 지나갔다. 당황한 배우는 항의를 했고, 귀족은 배우의 뺨을 올려쳤다. 이 사건은 극장 전체로 폭동이 번질 정도로 큰 이슈가 되었다. 무대 위에 앉는 귀족 관객들은 그야말로 통제 불능이었던 것이다. 자신이 애써 준비한 공연을 망치는 이들의 행동을 보고 작가는 얼마나 짜증이 났을까. 하지만 셰익스피어는 작가이면서 극장의 수익을 걱정하지 않을 수 없었던 경영자이기도 했다. 그러니 비싼 티켓을 구입하는 귀족들의 행패 앞에서는 두 눈을 질끈 감아 버렸다.

성공한 작가 셰익스피어가 구입한 런던의 고급 주택

블랙프라이어스 극장 옆에 셰익스피어가 런던 시내에서 구입한 유일한 집이 있다. 극장 주변을 전전하며 하숙 생활을 하던 셰익스피어가 큰맘을 먹고 치른 일이다. 그때 그의 나이 50세, 스트랫퍼드에서 상경한 촌뜨기였던 셰익스피어가 수많은 연극으로 런던 시민들을 사로잡은 후 은퇴를 앞두고 있던 시점이었다.

1613년 3월 10일, 셰익스피어는 템스강 상류에 있는 블랙프라이어스 게이트하우스Blackfriars Gatehouse를 구매했다. 옛 블랙프라이어스 수도원의 웅장한 정문 관리소 위층에 지어진 건물로, 오늘날로 치면 공동 연립쯤으로 보면 될까. 매매가는 꽤나 비싸서 140파운드에 계약을 했는데, 성공한 극작가답게 80파운드를 현금으로 즉시 지불했다.

셰익스피어가 비싼 돈을 주고 이곳에 집을 산 이유가 있었다. 강 건너 서더크에 있는 글로브 극장이 추운 겨울 동안 문을 닫으면 국왕 극단은 실내 극장인 블랙프라이어스로 무대를 옮겼다. 두 곳의 극장을 관리해야 했던 셰익스피어는 블랙프라이어스 바로 지척에 집을 사야겠다고 생각했다. 실제로 극장에서 소리쳐 부르면 당장이라도 달려갈 수 있을 만큼 가까운 거리였다.

셰익스피어는 런던의 집을 가장 신뢰하고 사랑하던 장녀 수잔나에게 유산으로 상속했다. 셰익스피어는 사실 그가 가진 거의 모든 재산을 수잔나에게 남겼다. 쌍둥이 남매 중 햄닛이 죽고 홀로 남은 주디스가 가여웠지만 망나니 사위 퀴니에게 평생을 바쳐 모은 재산을 남기기에는 영 못 미더웠다. 33살에 구입해 둔 고향 스트랫퍼드의 집도 수잔나와 사위 존 홀 박사Dr. John Hall(1575~1635)에게 상속했다. 존 홀은 마을의 존경받는 의사였다. 둘째 사위 퀴니와는 비교를 할 수 없었다. 셰익스피어는 홀 박사와는 사이가 좋았다고 전해진다. 장인이 사망하고 두 달 뒤인 1616년 6월 22일, 홀 박사는 셰익스피어의 유언장 검인을 받기 위해 세인트 폴 대성당 근처의 캔터베리 대주교의 등기소에 방문한다. 유언장과 함께 제출한 '소유물 목록'에는 상속자에게 유증되는 모든 사항이 정리되어 있었다. 이웃에게 빌려준 35실링을 돌려받으려고 소송까지 할 정도로 돈에 관해서라면 철저했던 셰익스피어였으니 사위에 대한 믿음이 어느 정도였는지 짐작할 만하다. 뉴 플레이스New Place라고 불리던 스트랫퍼드의 집에서 셰익스피어는 런던의 화려한 생활을 은퇴한 후 말년을 보내다가 세상을 떠났다. 아쉽게도 지금은 집의 형태가 사라지고 없지만 기록에 따르면 벽난로가 10개나 되고 두 채나 되는 창고도 있었으며, 과수원으로 경작할 수 있는 대지도 딸려 있었다고 한다. 스트랫퍼드에서 두 번째로 큰 집이었으니 빈손으로 야반도주하듯 떠난 셰익스피어의 금의환향이었다. 뉴 플레이스의 매매가는 당시 돈 60파운드. 이와 비교해 보면 런던의 블랙프라이어스의 집값이 140파운드였으니 두 배가 넘는 돈이었다. 우리의 서울 집값만큼이나 차이가 난다. 수잔나 부부가 세상을 떠나자, 블랙프라이어스 집은 부부의 외동딸 엘리자베스Elizabeth(1608~1670)가 소유권을 갖게 된다. 하지만 엘리자베스는 외할아버지 셰익스피어의의 선물을 그다지 소중하게 생각하지는 않았던 것 같다. 1667년이 되기 전에 집을 팔아 버린 것이다. 두 번의 결혼을 했지만 자식 한 명 없었던 엘리자베스는

1670년 61세의 나이로 사망했다. 이렇게 셰익스피어의 직계 자손의 대가 끊겼다. 그의 후손들도, 런던에서 유일하게 가지고 있던 집도 역사 속으로 사라져 버렸다. 그리고 나는 오늘 밤도 그의 흔적을 찾아 이 거리를 헤매고 있다.

4장

세익스피어가 사랑했던
은밀한 후원자

오후의 피크닉 '링컨스 인 필즈'와 건축의 모든 것 '존 손 경 박물관'

링컨스 인 필즈 주변

챈서리 레인역을 나서면 셰익스피어의 아버지가 위험을 무릅쓰고 불법으로 거래했던 양모업의 번성을 짐작할 수 있는 '스테이플 인'이 고풍스러운 모습을 드러낸다. 영국의 4개 법학원 중 가장 오래된 역사를 자랑하는 링컨스 인도 이 거리에 있다. 런던 관광안내서에서 떠들썩하게 소개되는 곳은 아니지만 몇 번을 다시 가더라도 마법의 미로 같은 '존 손 박물관'도 놓칠 수 없다. 하지만 이 거리의 주인공은 따로 있다. 지금은 건물마저 사라진 곳. 셰익스피어 소네트의 주인공이자, 후원자. 그리고 어쩌면 셰익스피어의 연인, 3대 사우샘프턴 백작 헨리 리슬리 백작의 집. 셰익스피어와 앤과의 결혼이 그리 달콤하지만은 않았다는 데에 한 표를 던질 만한 동성애 논란. 백작의 집이 있었던 홀본 거리를 오갔을 셰익스피어의 그 은밀한 발자취를 쫓는다.

1594년 겨울밤, 한 발의 총성이 적막을 깨트린다. 오랫동안 앙숙이었던 가문의 명예를 건 혈기 왕성한 남자들의 결투. 헨리 롱이라는 젊은이가 총을 맞아 사망했고, 곁에 있던 다른 젊은이들은 휘두르던 곤봉과 칼로 심각한 상처를 입었다. 간밤에 일어난 사건은 런던 시내를 떠들썩하게 했다. 범인은 분명했으나 그 누구도 법적인 책임은 지지 않는 이상한 사건. 유럽 전역에 소문이 자자할 정도로 유명했던 롱가와 댄버스가의 싸움은 결국 젊은이의 목숨을 앗아 갔다. 헨리 롱에게 총을 겨눈 이는 바로 댄버스가의 아들. 그레이스 인 법학원에서 공부했던 사우샘프턴 백작이 중재를 하겠다며 나섰다. 그리고 셰익스피어를 불렀다.

셰익스피어는 사우샘프턴 백작의 집에 자주 들르는 단골손님

중 하나였다. 1592년부터 1594년까지 런던은 흑사병으로 몸살을 앓았다. 극장이 폐쇄되었던 이 시기, 셰익스피어는 전염병을 피해 아내와 가족이 있는 고향 스트랫퍼드로 피신할 법도 하건만 런던에 남았다. 그리고 백작 집에 눌러앉아 연극 대본이 아닌 두 편의 장편 서사시를 발표해서 백작에게 헌정했다. 시집은 날개 돋친 듯 팔려 나갔다. 에로틱한 은유로 가득 찬 시의 파격적인 형식도 화제가 되었지만, 사람들의 구미를 당긴 건 백작과 셰익스피어의 은밀한 관계에 대한 소문이었다. 이는 아주 위험한 일이 될 수도 있었다. 연극 무대 위에서 남녀 간의 애정 행위에 대한 묘사는커녕, 여성이 배우를 한다는 건 상상도 할 수 없는 엄격한 시대였다. 남색이 처벌의 대상이 되는 건 당연한 일이었다.

사우샘프턴 백작과 셰익스피어는 세간의 눈을 의식하지 않을 수 없었다. 늦은 밤, 백작의 집 뒷문으로 조용히 들어간 셰익스피어는 자신을 기다리고 있던 백작에게 인사를 한다. 백작은 셰익스피어에게 살인 사건의 전모를 들려주었다.

이름난 두 가문이었던 롱가와 댄버스가의 불화는 장미전쟁으로까지 거슬러 올라간다. 조상들의 다툼은 후손들에게도 해묵은 감정으로 이어졌다. 다툼의 불씨에 불이 붙은 건 1954년의 송사 때문이었다. 치안 판사였던 존 댄버스가 월터 롱의 하인을 강도로 기소한 것이었다. 월터 롱은 고군분투 끝에 하인의 누명을 벗기지만 정작 자신은 악명 높은 플릿 감옥에 투옥되었다. 롱가의 남자들은 격분했다. 댄버스 가문의 사람들이 보이기만 하면 패싸움이 벌어졌다. 감옥에서 고생하고 나온 동생 월터의 복수를 다짐한 형 헨리 롱은 댄버스 가문에 모욕적인 편지 한 통을 보낸다.

어디서든 내 동생 월터가 존을 만나기만 한다면 반드시 칼끝을 겨누고 머저리, 개새끼, 천지, 애송이라 욕하며 흠씬 패 줄 것이다.

편지를 읽은 찰스 댄버스는 동생과 함께 아버지 존을 모욕한 롱가의 남자들을 찾아 나섰다. 그리고 한 여관에서 저녁식사를 하고 있던 롱가의 형제를 발견하고서는 무작정 곤봉을 휘둘렀다. 형 헨리 롱이 칼로 맞서자 찰스 댄버스의 동생이 들고 있던 총구에 불이 뿜었다.

백작과 함께 나란히 앉아 이야기를 나누던 그 밤을 셰익스피어는 잊지 못했다. 그리고 희곡 한 편을 쓰기 시작한다. 롱가와 댄버스가는 몬태규 가문과 캐퓰렛 가문으로 바뀌고, 두 가문의 하인들이 말다툼을 하는 것으로 극이 시작된다. 몬태규 가문의 로미오와 그의 친구 머큐시오, 그리고 캐퓰렛 가문의 티볼트 사이에서 싸움이 일어나고 머큐시오가 티볼트의 칼에 찔려 죽는다. 친구의 죽음을 대신해 칼을 빼든 로미오는 티볼트를 죽인다. 끝나지 않는 복수의 굴레는 반목하던 집안의 아름다운 아들 딸, 로미오와 줄리엣의 비극적인 죽음과 사랑으로 멈추었으니, 이것이 1595년에 발표한 불멸의 로맨스 〈로미오와 줄리엣〉의 탄생이다.

양모 상인들의 거래처에서 변호사들의 기숙사로, 스테이플 인

다시 챈서리 레인역이다. 이번엔 홀본Holborn 서쪽 방향으로 이어
지는 출구를 나선다. 역을 나서자마자 대화재 이전 17세기 런던의
풍경이 펼쳐진다. 하얀색 회반죽벽에 짙은 오크색 나무 지붕과 기
둥들이 고풍스럽게 어우러진 반 목조 건물, 스테이플 인Staple Inn이
보인다. 런던에서 몇 남지 않은 하프 팀버half-timber*를 볼 수 있는
건물이다. 1585년에 만들어진 당시 모습 그대로 보존되었다면 그
가치가 더욱 크겠지만 아쉽게도 지금 우리가 보는 건물은 1900년
대에 재건된 것이다. 런던 역사상 두 번의 위기였던 '대화재'와
'2차 세계대전 공습'에서 첫 번째 고비는 넘겼지만 독일군의 공습
앞에서는 무방비 상태였다. 건물은 형체를 알아볼 수 없을 정도로
붕괴되었다.

　스테이플 인의 역사는 1585년으로 거슬러 올라간다. 과거 이곳
은 양모 산업의 중심지였다. '스테이플러stapler'라고 불리는 양모
선별공들이 이곳에 모여 양모 거래를 하고 세금을 부과한 데서 그
이름이 유래했다. 영단어 '스테이플Staple'은 '면이나 울의 품질을

---

*　기둥·들보 따위를 겉에 드러내고 그 사이를 벽돌·회반죽 따위로 메운 건축 양식.

스테이플 인

분류하기 위한 섬유의 길이를 나타내는 표준'으로 사용된다. 16세기 당시 양모로 만든 모직물이 국제적인 인기를 끌자 영국의 양모 산업은 비약적으로 발전한다. 엄격한 기준으로 양모 거래를 제한했지만 자격이 없는 사람들도 위험을 무릅쓰고 몰래 거래를 할 정도로 수익이 쏠쏠했다. 오죽하면 이런 불법 거래를 감시해야 할 시장직을 맡았던 셰익스피어의 아버지까지도 어린 셰익스피어를 데리고 양모 밀수에 나섰을까.

이후 스테이플 인은 인근에 있는 '그레이스 인' 법학원의 부속 건물이 되었다. 그레이스 인과 링컨스 인에서 공부를 하던 젊고 유망한 법조계의 수습생들이 이곳에서 숙식을 해결하며 일을 했다. 영국 변호사의 역할은 우리나라 변호사와 크게 다르다. 의뢰인으로부터 사건을 수임받고 변호를 맡아 원스탑 서비스를 제공하는 우리나라 변호사와 달리 영국 변호사는 법정에서 변호만을 전문적으로 맡는 '배리스터barrister'와 고객을 상대로 사건을 수임 받는 '솔리시터solicitor'로 나뉜다. 이 중 국가로부터 권위를 인정받는 법정 전문가인 '배리스터'가 되려면 반드시 법학원에 들어가 학과 시험에 합격한 후, 3년 이상 교육을 받는 것이 필수 조건이다. 이들은 솔리시터가 정리한 사건을 토대로 그들의 보조를 받아 변론을 작성해 법정 변호에만 집중한다. 의뢰인을 직접 상대하지 않기 때문에 의뢰인의 이해관계를 따지지 않고 중립적이고 전문적인 변호를 할 수 있다.

스테이플 인은 1887년부터 2012년까지 영국 보험 계리인 회의 본부였다가 지금도 보험 계리인*들의 모임이 이루어지는 장소로 사용되고 있다.

입맞춤을 부르는 마법의 정원

스테이플 인으로 들어가는 커다란 아치형 문이 보인다. 한 발자국 내딛으면 아름답게 복원된 18세기 풍의 정원으로 들어선다. 런던 곳곳을 자신의 소설에 담은 찰스 디킨스도 산책길에 들르곤 하던 이 정원이 마음에 들었던지, 뇌졸중으로 쓰러지기 전까지 집필하던 그의 마지막 미완성 추리 소설 〈에드윈 드루드의 비밀The Mistery of Edwin Drood〉에서 이렇게 묘사한다.

> 그것은 마치 안도의 한숨을 내쉬는 여행자의 귓속에 넣은 부드러운 면 조각이거나 그의 신발 속 벨벳 밑창 같았다. 희부연 나무들 사이에서 마치 서로를 부르듯 지저귀는 희부연 참새들이 있는 아늑한 곳, 이곳에서 우리를 쉬게 해 주오.

〈에드윈 드루드의 비밀〉은 실제 영국의 로체스터에서 일어난

---

* 보험업을 유지, 발전시키기 위해 새로운 보험 상품을 만들고 사업의 결산을 수리적으로 분석하는 전문 직업.

살인 사건을 모티프로 했다. 삼촌이 조카를 살해한 것이다. 찰스 디킨스는 이 책에서 악인의 극치로 평가받는 인물 존 재스퍼를 탄생시키며 조카 에드윈 드루드를 죽인 가장 유력한 용의자로 그를 지목한다. 존 재스퍼는 성가대 지휘자로 엄격한 생활을 하는 것처럼 보이지만 실상은 전혀 다른 이중 인격체다. 아편에 탐닉하면서 조카의 약혼녀 로사에게 은밀한 애욕을 품는 남자 존. 그리고 어느 날 홀연히 사라진 에드윈 드루드.

총 12부를 예정으로 잡지에 연재 중이던 이 작품은 찰스 디킨스의 갑작스러운 죽음으로 인해 6부로 막을 내린다. 미완성으로 끝난 결말은 독자들의 상상력을 자극했다. 영국에서는 매년 '에드윈 드루드의 비밀 해결 국제 콩쿨'이라는 색다른 이벤트까지 열린다. 팬들의 극성을 가히 짐작할 만하다. 하지만 작가 사후 발견된 책의 표지화와 창작 노트로 소설은 새로운 전환점을 맞게 된다. 결말을 암시하는 새로운 단서들이 발견되었기 때문이다. 그리고 다시 한 번 소설은 새로운 논쟁의 중심에 서게 된다.

1985년 소설은 〈로스트:에드윈 드루드의 미스터리〉라는 뮤지컬로 만들어져 그해 여름 뉴욕 센트럴파크 야외극장에서 공연되어 엄청난 호평을 받았다. 뮤지컬 역시 열린 결말이었다. 미리 몇 명의 범인과 다양한 추리 과정을 준비해 놓고 매일 관객의 투표에 따라 다른 결말을 만들어 갔다. 2013년에 제작된 리바이벌 버전은 브로드웨이에 올려진 공연들을 대상으로 시상을 하는 '공연계의 아카데미', 토니 어워즈Tony Awards에서 11개 부문 노미네이트라는 기록을 세웠다. 그리고 최우수 뮤지컬상과 최우수 남우주연상을 포함한 5개 부문의 상을 휩쓸었다.

첫 번째 정원에서 이어지는 두 번째 정원은 더욱 아름답다. 시원스럽게 흐르는 분수대와 무지갯빛 꽃들로 가득한 공간. 인적 드문 정원에는 분수대에서 떨어지는 물방울 소리만 가득하다. 도심의 야만적인 소음에서 벗어날 수 있는 시간. 영화 〈위대한 유산〉의 기네스 펠트로와 에단 호크의 입술 사이로 보석처럼 부서지던 분수대의 물방울이 클로즈업되어 눈앞에 나타났다가 사라진다. 입맞춤을 부르는 마법의 정원은 심지어 겨울에도 색다른 매력을 전한다. 미국 문학의 효시 《주홍글씨》를 쓴 작가 너새니엘 호손Nathaniel Hawthorne(1804~1864)은 이곳 스테이플 인에 들러 정원을 발견하고는 그의 여행기에 이렇게 글을 남겼다.

아름다운 녹색의 관목 숲과 잔디밭, 그리고 만개한 해바라기가 조용한 집을 둘러싸고 있는 이 호젓함. 비록 내 환상이 만들어 냈을지라도 벌들은 마치 허밍을 하듯 날아다니고, 아름다운 풍경에 이보다 더 어울리는 소리가 있을까. 런던이 만들어지고 수백 년 이래 이 침묵의 섬을 덮칠 수 있는 성난 파도는 없었다.

계단을 통해 안뜰을 벗어나면 사우샘프턴 빌딩 거리가 보인다.

바로 이곳에 셰익스피어 인생에서 중요하게 거론되는 3대 사우샘프턴 백작, 헨리 리슬리Henry Wriothesley(1573~1624)가 살았던 사우샘프턴 하우스Southmapton House가 있었다.

셰익스피어의 시가 런던을 휩쓴 인기의 비결은 19금

당시에는 '나 잘나가는 문인이오'라는 명함 한 장 내밀려면 훌륭한 시 한 편 정도는 발표해야 했다. 이름 있는 극작가치고 이미 몇 편의 시를 발표하지 않은 이가 없었으니, 아무리 연극으로 관객 몰이를 하며 유명세를 떨치던 셰익스피어도 분명 초조해졌을 것이다. 그렇게 세상에 야심차게 내놓은 두 편의 장시가 바로 바로 〈비너스와 아도니스Venus and Adonis〉(1953), 그리고 〈루크리스의 겁탈The Rape of Lucrece〉(1954). 제목부터 도발적이다. 셰익스피어는 두 편의 시로 '인기 많은 대중 극작가일 뿐'이라는 꼬리표를 떼는 데 성공했다.

이미 수많은 히트작들을 써내면서도 자신의 희곡 출판에는 전혀 무신경했던 셰익스피어도 시인 데뷔는 무척이나 신경이 쓰였던 일이었음에 분명하다. 셰익스피어는 같은 고향 친구이자 런던에서 인쇄 출판업으로 성공한 사업가 리처드 필드Richard Field(1561~1624)를 인쇄업자로 지목했다. 셰익스피어가 쓴 작품 중 최초의 인쇄본이었던 이 시집은 출판되자마자 폭발적인 인기를 얻었다. 1642년까지 16판이나 팔아 치울 정도였으니 기대치 못한 수익으로 친구의 우정은 더욱 돈독해졌을 것이다. 〈루크리스의 겁탈〉 역시 〈비너스와 아도니스〉의 인기만큼은 아니지만 당시에는 흔치 않는 7판 발행이라는 기록을 세웠다. 이런 현상에는 분명 특별한 이유가 있었다. 에로틱한 생명력이 넘쳐흐르는 시어들은 역병이 횡행하는 황량한 현실을 잊게 하고 사람들의 마음을 끌기에 충분했다.

백작님께 바치는 제 사랑은 끝이 없습니다

1593년에 출간된 〈비너스와 아도니스〉는 세 편의 시집 중 가장 먼저 출간되었다. 셰익스피어는 그의 첫 번째 시를 사우샘프턴 백작에게 헌정했다. 19금 빨간딱지가 붙은 야하다고 소문난 이 시가 런던 시민들의 은밀한 입소문 속에 불타게 팔려 나가자 금욕적인 청교도들이 들고 일어났다. 그도 그럴 것이 셰익스피어의 '비너스'는 미와 사랑을 다스리는 여신이라기보다는 나이 어린 미소년에게 반한 체면도 위신도 몽땅 내버린 애욕의 덩어리로 묘사되었다. 한편 아름다운 용모로 미의 여신을 홀린 청년 아도니스는 이상적 아름다움과 순수한 미의 상징으로 부각되었다.

자신을 거부하는 아도니스에게 사랑을 구걸하는 비너스의 애정 표현을 담은 이 시는 셰익스피어의 작품 중에서도 가장 노골적인 에로티시즘이 묘사된 작품이다. 1,194행이나 되는 시 속에서 욕망에 휩싸인 비너스는 아도니스를 유혹하고 애무하고 애원한다. 사실상 거의 아도니스를 추행하는 내용이다. 여자의 자존심은커녕 여신으로서의 권위와 품위도 찾아볼 수 없다. '솜털이 보송한 아도니스의 입술'을 보고 '맛있을 거야'라고 속삭이며, 미모가 한창일 때 '따 버리겠다'라는 표현은 지금도 얼굴 붉히게 만드는 속어다. 그만큼 아도니스는 거부할 수 없을 정도로 매력적이었으니.

> 유혹적인 그 입술의 가녀린 솜털은
>
> 미성숙의 표시지만, 그대 맛은 좋을 거야.
>
> 시간을 이용하고 이점을 놓치지 마,
>
> 미모가 그 자체 안에서 허비돼선 안 되니까.
>
> 고운 꽃도 한창일 때 따 모으지 않으면
>
> 곧 썩어 그 자체가 소멸되고 만단다.

《셰익스피어 전집 10: 소네트·시》 윌리엄 셰익스피어 지음, 최종철 옮김, 민음사

셰익스피어는 로마의 시인, 오비디우스Publius Naso Ovidius의 장편 시집 〈변신 이야기〉 10권에 등장하는 '비너스와 아도니스'의 이야기에서 소네트를 착안했다. 오비디우스와 셰익스피어의 결말은 같다. 비너스는 아도니스의 죽음을 경고하지만 결국 그는 자신의 운명을 거스르지 못한다. 16세기 이탈리아의 대가 티치아노 베

첼리오Tiziano Vecellio가 그린 〈비너스와 아도니스〉에는 비너스의 절절함이 그대로 묻어난다. 1555년경에 그려진 이 작품을 셰익스피어도 보았을 것이다.

그림 속 아도니스는 개를 몰고 사냥을 가기 위해 떠나려 하고 비너스는 열정적으로 입맞춤하며 그를 말린다. 두 남녀가 실랑이를 벌이는 사이, 나무 아래에서 세상모르게 잠들어 있는 비너스의 아들, 큐피드. 사랑의 신인 큐피드의 깊은 잠은 연인의 사랑이 곧 비극적인 결말을 맺을 것임을 암시하고 있다. 그러나 비너스의 어떤 달콤한 말과 행동도 아도니스를 그녀 곁에 붙잡아 둘 수 없었다. 결국 사냥을 떠나는 아도니스. 곧이어 비너스는 울부짖는 짐승의 소리와 끔찍한 비명을 듣는다. 아도니스의 상처가 흩뿌린 피에서는 보라색 아네모네가 피어나고 슬픔에 빠진 비너스는 그 꽃을 꺾어 가슴에 품는다. 결국 뜨거운 욕망을 이루지 못하고 꽃 한 송이 손에 쥐게 된 비너스는 심술이 났던 것일까. 사랑, 그 환희 뒤에 남을 고통을 예언한다. 그녀의 저주 때문에 사랑은 늘 슬픔과 짝을 이루어 오는가 보다.

그대가 죽었으니, 자, 난 여기서 예언한다.
지금부터 사랑에는 슬픔이 따르리라.
질투가 그것의 뒤를 쫓을 것이고
시작은 달콤하나 끝은 불쾌할 것이다.

〈비너스와 아도니스〉 티치아노 베첼리오, 1553

공평한 건 절대 없이 높거나 낮아서

사랑의 모든 기쁨 그 비탄과 못 겨룬다.

《셰익스피어 전집 10: 소네트·시》 윌리엄 셰익스피어 지음, 최종철 옮김, 민음사.

셰익스피어는 〈비너스와 아도니스〉가 젊은 백작의 마음에 들지 노심초사했다. 그의 이런 마음은 사우샘프턴 백작에게 쓴 헌사에서 그대로 드러난다.

손해 배상금을 내더라도 이 결혼은 무효

사우샘프턴 백작은 요샛말로 하면 시어터고어theatregoer*였다. 젊은 공상가였던 백작은 친구들과 매일같이 연극을 보러 쏘다녔다. 그런 그에게 셰익스피어가 눈에 띄지 않을 리가 없었다. 두 사람이 만났을 것으로 생각되는 가장 유력한 시기는 1591년에서 1592년 사이였을 것이다. 그 즈음 케임브리지 대학을 졸업한 백작은 런던으로 와 궁정에 출석하면서 그레이스 인 법학원에서 법을 공부하고 있었다. 셰익스피어는 〈헨리 6세〉의 성공과 함께 이제 막 런던 극장가에서 이름을 알리고 있었다. 어느 날, 공연을 보고 감동을 받은 백작은 이 뛰어난 극작가가 누구인지 호기심이 발동하

---

* 공연장에 자주 가는 사람.

지 않았을까. 그리고 불쑥 무대 뒤로 방문해 셰익스피어를 만나기를 청했을 것이고 그렇게 두 사람의 만남이 이루어졌을 것이다.

세상사가 늘 그렇듯이, 런던에서 새로운 생활을 시작하며 연극의 재미에 푹 빠진 젊은 백작의 인생이 마냥 즐거웠던 것만은 아니었다. 그를 괴롭히는 엄청난 스트레스는 바로 결혼. 당시 젊은 귀족들에게 흔한 일이었던 가문의 전략적인 결합과 사랑 없는 결혼이라는 감상적인 차원의 문제가 아니었다. 결혼을 하지 않을 경우 어마어마한 돈을 날릴 지경이었다. 사우샘프턴이 어렸을 때 그의 부모는 파경을 겪었다. 원인은 어머니 메리의 간통이었다. 메리는 하인과 내통을 했다는 혐의를 끝내 부인했지만 화가 머리끝까지 치민 그의 아버지는 아내를 내쫓고 다시는 아들을 보지 못하도록 접근 금지 조치를 내렸다. 하지만 모자의 이별은 길지 않았다. 이듬해, 사우샘프턴의 여덟 번째 생일 무렵 갑작스러운 아버지의 죽음을 맞는다. 어린 백작은 엄청난 재산을 물려받았다.

당시 사회법상 어린 후계자에게는 반드시 후견인이 필요했다. 엘리자베스 여왕의 충신이자 재무장관을 두 번이나 역임한 벌리 경, 윌리엄 세실William Cecil, 1st Baron Burghley(1520~1598)이 후견인으로 나섰지만 그는 12살 어린 소년을 케임브리지 대학으로 보내버렸다. 사실 벌리 경의 꿍꿍이는 다른 데에 있었다. 그는 뿌리부터 썩은 후견인 제도를 악용할 속셈이었다. 후견인이 자신의 피후견인에게 결혼 상대를 미리 주선할 수 있었다. 더욱 말도 안 되는 일은 만약 피후견인이 21살이 되었을 때 후견인이 정해 놓은 결혼 상대를 거절한다면 손해 배상금을 치러야 했다. 벌리 경이 사우샘프턴의 짝으로 점지해 놓은 처자는 바로 자신의 손녀 딸, 엘리자베스였다. 만약 이 혼사가 이루어지지 않는다면 사우샘프턴이 치러야 할 손해 배상금은 무려 5,000파운드. 아무리 억만장자라 하더라도 충격적인 거금이었다.

하지만 젊은 백작의 선택은 '거절'이었다. '결혼 상대가 얼마나 마음에 들지 않았으면 이 같은 손해도 감수했을까'라는 생각이 들지만 사실 엘리자베스는 외모, 가문, 그리고 지성까지 어디 하나 빠지지 않는 아가씨였다. 그러니 젊은 백작의 성적 취향이 입에 오르내릴 수밖에 없었다. '젊은 사우샘프턴 백작이 5,000파운드를 내고 거절한 아가씨 엘리자베스'라는 소문은 동네방네 퍼졌다.

이 같은 오명에도 불구하고 그녀는 6대 더비 백작, 윌리엄 스탠리William Stanley, 6th Earl of Derby와 결혼하기 전까지 엘리자베스 여왕 궁정의 신하로서 많은 행정 업무를 담당했다. 여성의 사회 진출이 제약적이었던 당시에 훗날 아일랜드 최초의 여성 국가 원수가 된 대담한 여성이기도 했다. 그리니치에 있었던 플라센티아 궁전the Palace of Placentia에서 열린 그녀의 결혼식에는 엘리자베스 여왕도 참석해서 두터운 신임을 표시했다. 셰익스피어도 세간을 떠들썩하게 한 이 화려한 결혼식의 소문을 듣고 꽤나 깊은 인상을 받았던 것 같다. 훗날 〈한여름 밤의 꿈〉의 한 장면으로 이 세기의 결혼식을 다시 불러낼 정도였으니 말이다.

셰익스피어 소네트 연작의 주인공, 사우샘프턴 백작

예상치 못한 백작의 거절에 벌리 경은 다른 작전을 쓰기로 했다. 세상 물정 모르는 젊은 억만장자에게 경제적인 타격이 먹혀들지 않으니 충동적이고 감성적인 젊은 백작의 마음을 움직여 보기로 했다. 아름다운 시어로 사우샘프턴이 결혼할 마음을 먹도록 설득해 볼까. 아, 이 어찌나 낭만적인 계략인지! 벌리 경은 전도유망한 젊은 극작가 셰익스피어를 소개받았다. 그의 제안을 셰익스피어도 마다할 이유가 없었다. 극장의 폐쇄로 모든 수입이 끊긴 상황에서 돈도 벌고, 그토록 원하던 시인 데뷔도 가능한, 그야말로 일석이조의 기회였다. 이렇게 세상에 나와서 사우샘프턴 백작에게 헌정된 시가 154개의 소네트 연작 중 처음으로 세상에 나온 17개다.

셰익스피어의 시 작품을 우리는 흔히 '셰익스피어 소네트'라고 부른다. '소네트'란 이탈리아어 '소네토sonnetto'에서 유래한 말로 '작은 노래'라는 뜻이다. 13세기 이탈리아의 민요에서 처음 시작된 소네트는 이탈리아 시인 프란체스코 페트라르카Francesco Petrarca(1304~1374)가 완성한 14행의 연애 시였다. 15세기에 유행한 페트라르칸 소네트Petrarcan sonnet는 유럽 전역에 퍼지면서 16세기 영국에도 수입된다.

그 선두에는 토머스 와이어트 경Sir Thomas Wyatt(1503~1542)과 서리 백작, 헨리 하워드Henry Howard, Earl of Surrey(1517~1547)가 있었다. 헨리 8세의 치세 아래서 유행하기 시작한 소네트는 엘리자베스 시대에 와서 필립 시드니Sir Philip Sydney(1554~1586) 경이 완벽하게 다듬었다. 하지만 셰익스피어가 쓰기 시작한 시들이 대표적으로 읽히면서 지금은 '소네트'라고 하면 셰익스피어의 시를 제일 먼저 떠올린다.

당시 소네트 쓰기는 궁중 귀족들의 세련된 취미였다. 소네트 쓰기에는 세 가지 기본 규칙이 있었다. 14행이라는 길이, 시 한 행에 들어가는 정해진 운율과 음절의 수, 그리고 각 행 마지막 단어의 끝소리를 일정한 규칙에 따라 맞추기. 주제는 최대한 친밀한 언어로 자기 자신을 표현하되, 대신 내가 누구인지는 읽는 이들이 알아낼 수 없게 끝내 감출 것. 그래서 소네트는 주로 보편적인 사랑을 주제로 다루었다. 물론, 사랑의 대상은 여성이었다. 시 속에서 남성은 이상적이고 아름다운 존재인 여성을 열렬히 찬미하고 헌신적인 사랑을 표현했다. 하지만 셰익스피어는 또 다른 시도를 감행한다.

사실 소네트 쓰기 대열에 들어서기에 셰익스피어는 자격조차 미달이었다. 귀족도 아니오, 그렇다고 대학 졸업은커녕 그 언저리에도 못 가 봤고, 소네트의 규칙은 지킬 생각도 없었다. 셰익스피어는 화려한 수식으로 여성의 아름다움을 찬미하던 전통적인 소네트 관습에서 과감하게 탈피했다. 사랑을 바치는 대상은 여성이 아니라 젊은 귀족 청년이었다. 문제가 된 건 소네트 쓰기의 중요한 룰을 어긴 것. 셰익스피어는 소네트의 주인공이 누구인지 감추기는커녕 단서를 남겼다. 154개의 소네트 중 17개가 사우샘프턴 백작을 일제히 지목했다. 더욱 확실한 증거는 154개 소네트를 관통하는 하나의 윤곽이다. 사랑에 빠진 시인과 아름다운 청년 그리고 경쟁자 시인들과 다크 레이디. 이는 '사랑에 빠진 시인' 셰익스피어가 '아름다운 청년' 사우샘프턴을 위해 노래한다는 추측으로 자연스레 연결된다. 유난히도 아름답고 자아가 강한 젊은 남자, 결혼을 하는 대신 홀로 생활하기를 선택한 인물, 사우샘프턴 백작. 소네트의 주인공은 분명 그였다.

1609년에 출간된 《셰익스피어의 소네트들》에는 154수의 소네트가 실려 있다. 그 내용을 기준으로 보통 세 부분으로 나누는데, 1번에서 126번 시에는 '그대', '자네'라고 불리는 미남 청년이 등장한다. 127번에서 152번까지는 저 유명한 '다크 레이디'와 시인이 사랑하는 '청년'과의 관계가 이어지고 마지막 153번과 154번은 큐피드가 쏜 사랑의 불길로 생긴 온천을 다룬다. 특히 문제의 1번에서 17번까지는 '그 미모가 사그라들기 전에 어서 장가들어 후손을 남기라'는 권고가 이어진다. 셰익스피어는 벌리 경의 주문을 충실히 따랐다.

거울 속에 보이는 그대의 얼굴에게 말하게

그 얼굴을 또 하나 만들 때 바로 지금이라고

그대가 지금 그걸 갱신하지 않는다면

이 세상을 속이고 한 어미의 복을 빼앗노라고

왜냐하면 숫처녀 자궁 갖고 그대의 쟁기질을

무시할 만큼이나 고운 여자 어딨을까?

아니면 스스로 자기애의 무덤 되어

후손을 끊을 만큼 어리석은 남자는 누굴까?

《셰익스피어 전집 10: 소네트 · 시》 윌리엄 셰익스피어 지음, 최종철 옮김, 민음사

이렇게 청년에게 결혼을 노래하던 시인은 갑자기 청년에 대한 사랑의 마음을 슬쩍 드러낸다. 셰익스피어와 사우샘프턴의 동성애 관계를 짐작케 하는 입방아가 여기에서 시작되었다.

그대는 자연이 손수 그린 여자의 얼굴을

가졌다네, 내 열정의 남자 여자 주인님아.

상냥한 여자 마음 가졌지만 삿된 여자들처럼

바꾸고 변하는 습관에 익숙지 못하고,

그들의 눈보다 밝은 눈 가졌지만 덜 굴리며

쳐다보는 대상을 금빛으로 물들이지.

모든 안색 스스로 통제하는 안색의 남자로서

남자들의 눈 훔치고 여자들의 혼 빼놓지.

또 그대는 처음에 여자 위해 창조되었지만

자연이 그대를 만들 때 그대에게 푹 빠져

내 목적엔 소용없는 물건 하나 덧붙여

덧셈으로 그대를 내게서 빼앗아 갔다네.

근데 그댄 여자들이 즐기는 걸 가졌으니

사랑은 나에게, 사랑 맛은 그들의 보배로 줘.

《셰익스피어 전집 10: 소네트 · 시》 윌리엄 셰익스피어 지음, 최종철 옮김, 민음사

'내 목적엔 소용없는 물건'은 누가 봐도 남자의 성기를 의미한다. 셰익스피어의 탄식이 들리는 듯하다. 그럼에도 '사랑을 나에게' 달라는 애원은 잊지 않는다.

사우샘프턴 백작의 혼전 임신 스캔들과 비밀 결혼 발표

사실 셰익스피어와 사우샘프턴 백작의 관계를 짐작할 만한 공식적인 기록은 없다. 사우샘프턴 백작의 집을 오가며 탄생한 소네트에 대한 근거 없는 의심일 수도 있다. 셰익스피어는 다시 희곡을 쓰는 데 전념했다. 〈루크리스의 겁탈〉을 탈고하자마자 그해 〈로미오와 줄리엣〉과 〈사랑의 헛수고〉를 발표한 데 이어, 이듬해인 1595년에는 〈리처드 2세〉와 〈한여름 밤의 꿈〉까지 작품들을 쏟아

냈다. 이제 막 30대로 접어든 셰익스피어는 한층 더 성숙해진 노련미를 바탕으로 단순히 창작열을 불태웠던 것일까. 하지만 사우샘프턴에 대한 마음은 쉽게 사라지지 않은 것 같다. 그것이 그리움이든, 후회이든. 시인은 시로 자신의 마음을 노래했다. 사우샘프턴 백작을 떠올리는 회상을 암시하는 구절이 바로 '소네트 111'이다.

오, 나 대신에 자네가 운명을 꾸짖게.

나의 나쁜 행동에 책임 있는 여신인데

천한 처신 않게 하는 천한 수단 안 쓰게

내 생활을 향상 시켜 주지는 않았다네.

그 때문에 내 이름은 낙인이 찍혔고

거의 그 때문에 내 본성은 염색가의 손처럼

그걸 쓰는 환경에 거의 종속되었다네.

《셰익스피어 전집 10: 소네트 · 시》윌리엄 셰익스피어 지음, 최종철 옮김, 민음사

이후 많은 시간이 흐른다. 그리고 셰익스피어의 작품 세계가 급격히 변하는 순간을 맞이한다. 바로 1600년. 셰익스피어는 이제 30대 중반을 넘겨 36살이 되었다. 이 해, 그의 문학적 절정이라고 할 수 있는 〈햄릿〉이 발표되고 이를 시작으로 그의 작품들은 비극 연대로 접어든다. 여기에서 잊혔던 그 이름, 사우샘프턴

백작이 다시 한 번 등장한다. 1599년 봄, 엘리자베스 여왕의 충신이었던 2대 에섹스 백작, 로버트 데버루Robert Devereux, 2nd Earl of Essex(1565~1601)가 타이런이 일으킨 반란을 진압하기 위해 아일랜드로 출정했다. 이 원정에 그의 친구 사우샘프턴이 따라나섰다. 하지만 진압은 실패. 여왕으로서는 참을 수 없는 굴욕적인 휴전이 체결되었다.

왕실의 분노를 산 에섹스 백작은 관직을 박탈당했다. 사실 에섹스 백작은 여왕의 총애를 받는 신하를 넘어 아들로도 의심을 받는 주인공이다. 아버지는 여왕의 측근이자 내연 관계였던 레스터 백작, 로버트 더들리Robert Dudley(1533~1588). 에섹스 백작은 아무리 원정의 결과가 좋지 않더라도 여왕이 자신에게 이럴 수는 없다고 생각했다. 불만을 품은 그는 1601년 2월, 사우샘프턴과 함께 군대를 이끌고 런던으로 진군했다. 런던 시민들은 자신의 편이 되어 반란에 동참할 것이라고 생각한 것이다. 하지만 이는 그만의 착각이었다. 시민들은 그에게 등을 돌리고 여왕의 손을 잡았다.

체포된 에섹스 백작은 결국 반역죄로 런던탑에서 참수당했다. 다행히 사형은 면한 사우샘프턴은 종신형을 선고받고 런던탑에 갇혔다. 엘리자베스 여왕이라고 마음이 편했던 것만은 아니었던 것 같다. 충신 에섹스 백작을 죽인 여왕은 침울한 세월을 보내다가 그의 죽음 이후 얼마 지나지 않은 1603년 3월 세상을 떠난다. 이 사건은 셰익스피어에게 큰 상처를 안겨 주었다.

에섹스 백작과 사우샘프턴이 아일랜드로 반란군 진압을 떠나던 해인 1599년, 런던에 남은 셰익스피어는 에섹스 백작의 승리와 개선을 담은 〈헨리 5세〉를 발표했었다. 멀리에서나마 작가가 할 수 있는 최선의 방법으로 한때 사랑했던 이의 성공을 기원했던 건 아닐까. 그러나 결과는 셰익스피어의 기대와는 정반대였다. 천만다행으로 1603년 제임스 1세의 즉위와 함께 사우샘프턴의 석방이 발표되었다. 하지만 셰익스피어의 마음은 여전히 침울하고 암담했던 것 같다. 〈오셀로〉(1604), 〈리어왕〉(1605) 〈맥베스〉(1606)로 그 유명한 4대 비극이 이 시절에 완성되었으니 말이다.

사실 셰익스피어와 사우샘프턴의 은밀한 로맨스는 이미 1598년에 종말을 맺었다. 〈비너스와 아도니스〉를 읽은 사우샘프턴 백작이 벌리 경의 바람대로 엘리자베스와의 결혼을 선택하지는 않았다. 그렇다고 동성애에 대한 사회적 차별과 처벌이 지금보다도 엄격했던 그 시대에 셰익스피어와의 교감을 키운다는 건 당연히 더 어려운 일이었을 것이다. 소문난 나르시시스트로, 요샛말로 하면 '세상에서 내가 제일 소중한 초식남'이었던 사우샘프턴 백작의 스캔들은 그로부터 5년 후인 백작의 25살 생일을 며칠 앞두고 터졌다. 사우샘프턴 백작의 비밀 결혼!

상대는 여왕의 시중을 드는 궁정 시녀 중 한 명이었던 엘리자베스 버논Elizabeth Vernon(1572~1655). 더욱 당황스러운 일은 버논이 이미 사우샘프턴의 아이를 임신하고 있었던 것이다. 지금이야

'배 속의 아기는 혼수'라는 말이 있을 정도로 혼전 임신을 축하하는 경우도 있지만 당시에 이는 매우 심각한 문제였다. 소문을 들은 엘리자베스 여왕은 격노를 참지 못했다. 그녀의 궁정 시녀들은 결혼을 하지 않고 처녀성을 유지해야 하는 엄격한 규칙이 있었기 때문이다. 자신의 가신들이 뒤에서 몰래 혼사를 치르는 것도 싫어했으니 처녀였던 여왕의 심기가 이만저만 불편했던 게 아니었다.

하지만 이상하게도 여왕은 다른 때보다도 흥분을 감추지 못했다. 여기에서 또 한 번 제기되는 주장은 사우샘프턴 역시 여왕의 아들이라는 설. 이쯤 되면 '나는 영국과 결혼했다'라는 처녀 여왕의 외침이 무색해질 지경이다. 시기를 따져 보면 프랜시스 베이컨은 여왕이 28살 때, 로버트 데버루는 32살 때, 그리고 사우샘프턴은 그녀의 나이 40살 때 낳은 셈이니 국정을 운영하면서도 여왕의 사랑과 열정은 끝이 없었나 보다. 사우샘프턴의 아버지로 의심받는 사람은 옥스퍼드 백작, 에드워드 드 비어Edward de Vere, 17th Earl of Oxford(1550-1604)다. 여왕은 17살이나 어린 그에게 마음을 빼앗겼다. 그 사랑의 결실이 사우샘프턴이라는 것이다. 옥스퍼드 백작은 자신의 아들이자 왕실의 자손인 사우샘프턴이 런던탑에 유폐되어 있을 때 아버지의 들끓는 심정을 셰익스피어의 소네트에 담아 달라고 부탁한다. 1601년에 쓰여진 소네트의 27번부터 126번까지가 아들 사우샘프턴에게 전하는 옥스퍼드의 편지라고 밝혀졌다. 이 소네트가 여왕의 마음을 움직였는지, 다행히 사우샘프턴은 석방된다. 그런데 여기서 끝이 아니다. 사건은 점점 점입가경, 또 하나의 가설이 등장한다. 옥스퍼드 백작이 셰익스피어의 진짜 주인공이라는 것. 비록 학계에서는 정설로 인정되지는 않지만 파란만장한 그의 삶은 롤랜드 에머리히 감독의 영화 〈위대한 비밀 Anonymous〉에서 흥미진진하게 그려진다. 여왕은 숨겨 둔 아들이었던 사우샘프턴의 비밀 결혼에 잔뜩 화가 났던 것일까, 이 부부를 플릿 감옥에 가두라고 명한다. 하지만 비밀 결혼과 혼전 임신으로 감옥까지 함께 간 부부의 사랑은 더욱 돈독해진 것 같다. 평생 네 명의 아이를 낳고 행복하게 살았다니, 셰익스피어는 씁쓸한 마음 감출 길 없었을 것이다.

여왕의 마음을 빼앗은 남자, 그 사랑과 질투의 오페라

엘리자베스 여왕의 사랑을 한 몸에 받다가, 반역죄로 몰려 명을 달리한 로버트 데버루의 파란만장한 일생은 이탈리아 오페라 작곡가 가에타노 도니체Gaetano Donizetti(1797~1848)의 손에서 오페라로 탄생했다. 도니체의 '여왕 삼부작' 중 마지막 오페라로 알려진 〈로베르토 데베레우스〉의 주인공이 바로 로버트 데버루다. 1837년 나폴리 산 카를로 극장에서 성공적인 초연 무대를 가진 〈로베르토 데베레우스〉는 이후 수년간 유럽의 여러 도시에서 상연되었다. 1882년부터 점차 기억에서 사라졌던 이 작품이 다시 빛을 보기 시작한 때는 그로부터 100여 년이 흐른 1970년. 뉴욕 오페라단이 이 오래된 악보를 꺼내 먼지를 털어 내면서부터였다.

　로버트 데버루는 1대 에섹스 백작인 월터 데버루(1541~1576)와 레티스 노울즈(1543~1634)의 장남으로 태어났다. 어머니 레티스 노울즈의 외할머니가 엘리자베스 여왕의 이모인 메리 불린Mary Boleyn(1499?~1543)이다. 왕실 가족이었던 레티스 노울즈는 엘리자베스 1세가 즉위한 후 시녀가 되어 여왕이 총애했던 월터 데버루와 결혼했다. 어머니 레티스는 매우 아름다운 여성이었다. 그녀는 여왕의 측근이자 내연 관계였던 레스터 백작, 로버트 더들리Robert Dudley(1533~1588)와 꽤나 오랫동안 관계를 유지했다. 장남 로버트 데버루를 임신하고 있던 만삭의 몸으로도 끊임없이 그들의 사랑 행각이 목격되고 심지어 남편 월터 데버루가 아일랜드에서 병으로 사망했을 때는 로버트 더들리가 독살했다는 소문이 나돌 정도였다.

　남편이 죽고 2년 후, 결국 레티스 노울즈는 더들리와 비밀 결혼을 한다. 소식을 들은 여왕은 충격에 빠졌다. 어렸을 때부터 함께 자라면서 자신에게 끈질긴 청혼으로 사랑 고백을 했던 로버트 더들리가 자신을 배신하다니, 절대 인정할 수 없는 결혼이었다. 여왕은 더들리의 궁정 출입을 전면 금지했다. 하지만 여왕의 사랑은 더들리 대신 그의 의붓아들 로버트 데버루에게로 대물림되었다. 여왕은 와인 징세 권리를 로버트 데버루에게 주었다.

로버트는 여왕의 사랑을 등에 업고 점점 교만해져 갔다. 그를 경계하라는 조언들이 이어지자 여왕도 흔들리기 시작했다. 로버트의 아일랜드 원정 실패는 그의 자리를 위태롭게 하는 쐐기를 박는 사건이었다. 전쟁 중에 런던으로 돌아와 버린 로버트는 여왕의 진노를 사게 된다. 여왕은 아들 같은 백작의 철부지 행동을 결국 용서하게 되지만 와인 징세권 연장은 허락하지 않았다. 사태가 심상치 않게 돌아감을 느낀 백작은 반란을 도모했다. 하지만 런던 시민은 그에게서 등을 돌리고 결국 체포되어 반역죄로 처형을 당했다. 그의 나이 36살, 엘리자베스 여왕의 나이 68살이었다. 사랑했던 모든 남자들은 떠나고 외로운 여왕의 마지막을 지키는 이는 하나 없는 덧없는 인생이었다.

런던 시민들의 클래식한 휴식처, 링컨스 인의 정원

사우샘프턴 빌딩 거리를 지나쳐 직진을 한다. 첫 번째 골목에서 우회전을 해서 홀본에 닿으면 런던 은 금고The London Silver Vaults가 있다. 1885년에 문을 연 이 오래된 '금고'는 원래 가정에서 사용하던 은 식기나 보석류, 그리고 중요한 문서들을 보관하는 곳이었다. 그러다가 몇 년 후에는 전문적인 은 거래상들이 이용하는 곳으로 바뀌었다. 지난 2차 세계대전 중 강철로 된 1.2미터 두께의 금고 위에 폭격이 떨어졌다. 건물은 완전히 가루가 될 정도로 붕괴되었지만 놀랍게도 지하 금고는 끄떡없이 살아남았다. 1953년, 다시 지어진 건물 지하에 은제품을 파는 가게들이 생겼다. 40여 개가 넘는 가게들 중에는 50여 년이 넘는 현재까지 같은 주인이 운영하는 가게도 있다. 전 세계 최고의 은 소장품을 자랑한다.

챈서리 레인을 따라 걸어 올라가다 보면 '링컨스 인'이 보이기 시작한다. 1422년에 만들어진 링컨스 인은 영국 4개 법학원 중에서도 가장 오래된 역사를 자랑한다. 아름다운 정원과 도서관이 있는 부지는 약 1만 3,000여 평에 이른다. 물론 법학원 중에서도 가장 크다. 세계 최고의 권위를 자랑하는 링컨스 인의 이름은 3대 링컨 백작, 헨리 드 레시Henry de Lacy, 3rd Earl of Lincoln(1251~1311)에게서 연유했다. 에드워드 1세가 스코틀랜드와 일촉즉발의 갈등 중에 링컨은 왕의 중요한 참모로 활약했다. 그는 이후에도 많은 전투에 참전해서 그 공을 인정받았을 뿐 아니라 스코틀랜드와의 전쟁을 앞두고 중재를 청하기 위해 로마에 파견되는 임무까지 맡았다. 오랜 외국 생활 이후에 백작이 영원한 안식을 맞은 곳이 이곳, 링컨스 인이었다. 그의 시신은 세인트 폴 대성당에 안치되었으나 아쉽게도 기념비는 런던 대화재 중 소실되었다.

왼편으로는 링컨스 인의 게이트하우스가 있다. 당시 건축에 필요한 돈은 345파운드. 이 중 3분의 1에 달하는 큰돈을 토머스 러벨 경Sir Thomas Lovell(?~1524)이 흔쾌히 내놓았다. 그는 튜더 왕가의 시작을 알린 1485년의 보스워스 전투에 참전한 군인이자 행

링컨스 인

정가로, 헨리 7세를 위해 용감히 싸웠다. 보스워스 전투는 영국의 '수양대군'이라 불리는 리처드 3세와 헨리 7세가 일으킨 장미전쟁의 최후였다. 셰익스피어 〈리처드 3세〉의 주인공인 리처드 왕만큼 영국 역사상 가장 사악하면서도 매력적인 악인은 없을 것이다. 3장 엘리 플레이스에서 만난 리처드 3세의 이야기를 여기에서도 더하지 않을 수가 없다.

1483년 형인 에드워드 4세가 사망하고 12살짜리 조카가 에드워드 5세로 즉위하자 리처드는 섭정 두 달 만에 조카를 폐위시켰다. 그리고 에드워드 5세와 동생까지 런던탑에 가둬 죽였다는 소문이 파다하게 퍼졌다. 리처드 3세는 어린 조카들을 죽인 잔인한 왕이라는 꼬리표를 평생 달고 살 수 없어 사실을 감추었다. 정당한 왕위 계승자가 아닌 것도 큰 부담이었다. 그로부터 200여 년 뒤, 소문의 진실이 밝혀진다. 런던탑 계단에서 어린이의 유골 2구가 발견된 것. 왕실 가족의 의상을 입은 어린아이의 유골로 리처드의 악행은 다시 한 번 입에 오르내렸다. 왕위에 오르는 과정에서 보인 잔인함과 몇몇 악행은 그를 포악한 군주로 묘사하기도 하지만 사실 리처드는 뛰어난 행정가이자 군인이기도 했다. 하지만 왕위 계승 과정 때문에 합법적인 통치자로 지지를 받지 못했던 리처드는 언제나 불안에 떨었다. 그리고 랭커스터 가계의 왕위 계승자 헨리 7세를 견제하기 시작했다. 결국 보스워스에서 전투에 참전한 리처드 3세는 불리한 전세 속에서도 항복하지 않고 끝까지

저항하다 말에서 떨어져 무참히 살해되었다.

사후 종적이 묘연했던 리처드 3세가 다시 세간의 화제가 된 건 2012년 9월이었다. 그의 유골이 발견되었다. 레스터시의 야외 주차장에서 발굴된 유골이 DNA검사를 통해 리처드 3세임이 공식화되었다. 전투 중 사망한 국왕의 유골을 530년 만에 매장하는 역사적인 이벤트가 진행되었다. 매장식에는 리처드 왕의 먼 후손인 인기 배우 베네딕트 컴버배치도Benedict Cumberbatch참석하여 추모시를 낭송하며 왕의 죽음을 기렸다.

첫 번째 건물을 지나 오른쪽 방향으로 돌면 링컨스 인 예배당 Lincoln's Inn Chapel이 보인다. 왼편에는 올드 홀Old Hall이 있다. 이 건물의 역사는 1489년까지 거슬러 올라간다. 현재는 고풍스러운 분위기의 파티 장소로 사용되지만 과거, 이곳은 법정이었다. 1737년부터 얼마간은 챈서리 법정the Court of Chancery의 역할을 대신하기도 했는데 왕립 재판소Royal Courts of Justice가 문을 연 이후에는 그 기능을 다했다.

올드 홀의 가장 인상적인 등장은 찰스 디킨스의 아홉 번째 작품, 〈황폐한 집〉에서다. '런던, 성 미카엘 축일 직후, 도저히 대책 없는 11월 날씨. 심한 폭우가 유린하고 지나간 거리는 진흙투성이. 온통 안개 천지, 강 위에도 강 아래에도, 눈알 속까지도, 목구멍 깊숙이까지도. 생경한 오후는 더없이 생경하고 짙은 안개는 더없이 짙어, 안개 한복판에 대법관 나리는 더없이 근엄한 자세로 링컨스 인의 올드 홀에 자리했다.' 디킨스 최고의 작품 중 하나로 손꼽히는 이 소설은 1852년 3월부터 1853년 9월까지 매달 한 권씩 총 20권의 분책으로 출간되었다.

초판 서문에서 디킨스는 이 소설이 실제 사건을 소재로 한 것임을 밝혔다. 실제로 책의 내용은 1789년에 유언 없이 죽은 한 부호의 유산을 둘러싼 수십 년간의 소송 사건과 아주 유사하다. 소설에 등장하는 '잔다이스 대 잔다이스Jarndyce and Jarndyce 사건'은 할아버지에게서 손자로 세대를 거듭하며 40년이나 이어지는 지루한 법정 공방이었다. 이 싸움에서 소송 당사자는 파산하거나, 미치거나, 심지어 자살까지 하게 된다. 법정의 생생한 묘사와 재판 과정의 흥미로운 진행은 작가의 경험에서 비롯되었다. 변호사 서기로도 일을 했었던 디킨스는 종종 일어났던 저작권 문제로 직접 법정에 서기도 했었다. 이 과정에서 겪었던 법의 불합리한 문제를 깊이 고민했던 그는 작품에서 영국 사법 제도들의 결점들과 재판 지연 문제를 강력하게 비판한다. 이야기의 종결은 제목 그대로 법의 황폐함의 극치를 보여 준다. 반세기나 끌어온 소송은 마침내 종결되지만 여전한 불평등과 법질서의 혼란은 지금도 계속되고 있다.

토머스 모어의 못 말리는 개그 욕심

링컨스 인과 인연이 있는 또 한 명의 중요한 인물은 《유토피아》의 작가 토머스 모어 경이다. 인문주의자였던 그의 학문적 소양은 유명한 법학자였던 아버지 존 모어John More(1451~1530)의 가르침으로부터 시작되었다. 15세에 입학한 옥스퍼드에서 고전 교육을 받기 시작한 모어는 단 2년 만에 그리스어와 라틴어를 능숙하게 구사할 정도였고 수사학과 논리학도 공부했다. 하지만 아들이 자신의 뒤를 이어 법학자가 되기를 바랐던 아버지 존 모어는 아들을 런던으로 소환한다. 그리고 링컨스 인에서 전문적인 법학 교육을 받도록 권유했다.

모어는 이곳에서 인문학에 눈을 뜬다. 당시 법학 교과는 키케로의 '인문학 5영역'으로 구성되었다. 1501년 변호사 자격을 딴 이후에도 그는 인문학에 열중했다. 자신감 넘치고 똑똑한 청년이었던 모어는 자신의 학업 능력을 유감없이 뽐냈을 뿐 아니라 위트 넘치는 법학도로 이미 교내의 유명인이었다. 런던탑 단두대 앞에서도 사형수와 농담을 주고받던 그의 여유는 이미 어린 시절부터 내재되었던 것이었다. 풍자로 가득한《유토피아》를 두고 최근 일부 연구자들이 다음과 같은 해석을 내놓을 정도다.《유토피아》가 휴머니즘의 영향을 받은 학문적 글이 아니라 단지 본인의 유머 감각을 뽐내기 위한 글이었다는 것. 설마 이런 이유로 세계적인 고전이 탄생했겠나 싶지만 대학자의 근엄함 이면에 숨겨진 새로운 얼굴이 친근하게 느껴진다.

실제로 링컨스 인 졸업 후 그의 인생은 한 편의 코미디극처럼 흘러간다. 뛰어난 법률가가 될 거라던 주변의 기대와는 달리 그는 수도사의 길을 택한다. 참으로 어처구니없는 선택이었다. 지금도 그렇지만 당시 변호사가 된다는 건 탄탄대로를 보장하는 일이었다. 단번에 신분 상승을 할 수 있는 기회였던 것이다. 그런데 이 모든 것을 포기하고 고행을 하겠다며 스스로에게 채찍질을 하고 다니기까지 했다니, 제빵업자 출신의 할아버지가 일구어 낸 가문의 기대가 와르르 무너지는 순간이었다. 하지만 또 한 번의 반전이 일어난다. 모어는 돌연 수도사의 거친 옷을 벗어 버렸다. 남자의 굳은 결심을 흔드는 건 당연히 아름다운 여인. 10살 연하의 17살 소녀 제인 콜트와 한눈에 사랑에 빠져 버렸다. 허겁지겁 결혼을 한 그들은 4명의 남매를 두는 다복한 부부가 되지만 영원할 것 같던 사랑은 6년 만에 끝나 버린다. 제인이 갑작스레 세상을 떠나 버렸기 때문이다.

제인에 대한 사랑으로 수도사의 삶까지 포기했던 모어가 '이후 꽤 오랫동안 비통한 애도의 시간으로 괴로웠겠지'라고 생각했다면 오산이다. 모어는 선택이 빠른 인물이었다. 그는 곧 바로 재혼을 했다. 두 번째 부인은 앨리스 미들턴이라는 부유한 미망인이었다. 두 번째 결혼은 그다지 행복하지 않았다. 이들 커플의 갈등 원인은 바로 서로 다른 유머 코드. 웃음 포인트가 달랐던 부부는 '내가 더 재미있다'며 상대방을 끝내 인정하지 않았다. 모든 부부에게는 각자의 불행과 갈등이 있다지만 그 원인이 유머라니, 아이러니한 일이 아닐 수 없다. 모어는 더욱 하지 말아야 할 말로 아내의 화를 부추긴다. 앨리스의 외모에 별로 만족하지 않았던 그는 '내 아내는 진주도 아니고, 소녀도 아니다'라는 말을 공공연히 하고 다녔다. 자신의 아내가 '예쁘지도 않고, 젊지도 않다'는 말을 은근히 돌려서 한 말이었지만 앨리스는 단박에 알아들었을 것이다.

아내와의 결혼 생활에 만족하지 못했던 모어의 허전함을 달랬던 것은 제인과의 사이에서 태어난 장녀 마가렛이었다. 아들과 딸의 교육에 차별을 두지 않을 만큼 교육열을 보였던 모어의 눈에 라틴어와 그리스어를 유창하게 소화해 내는 마가렛이 그렇게 예뻐 보일 수 없었다. 자신의 지적 능력을 쏙 빼닮은 마가렛을 모어는 무척 자랑스러워했고 마가렛 역시 아버지를 사랑했다. 이미 얘기했듯이 훗날 모어가 헨리 8세와 앤 불린과의 결혼을 반대한 이유로 런던탑에서 수감 생활을 하다가 단두대에서 처형되었을 때, 아버지의 시신을 수습하기 위해 사형장에 찾아간 것도 바로 마가렛이었다.

야경꾼의 부업은 동네 오물처리

올드 홀과 예배당을 분리하는 커다란 아치를 지난다. 올드 스퀘어 Old Square로 가는 길이다. 1596년부터 매일 저녁 9시가 되면 링컨스 인의 통행금지를 알리는 성당의 종소리가 울려 퍼졌다. 어둑어

둑해질 무렵이면 이미 성문이 닫혀 버리던 시대에 '9시 통행금지' 규칙은 꽤나 사정을 봐주는 시간이었다. 닫힌 성문은 이튿날 동이 틀 무렵에야 다시 열렸고 그제서야 사람들은 거리를 활보할 수 있었다. 여름철에는 백야 현상으로 밤 10시가 되어도 해가 지지 않지만 가을로 들어서면 해는 급속하게 빨리 기울어져 갔다. 오후 2시면 이미 어둠이 깔리기 시작하는데 이 시간부터 통행금지라니, 어디 정상적인 생활을 할 수가 있겠나 싶다.

저녁 시간이 자유롭지 않으니 연극 공연도 보통 2시에 시작되었다. 보통 밤 8시에 공연이 시작되는 지금과 비교하면 엉뚱한 시간이 아닐 수 없다. 지금처럼 출퇴근이 있는 시대가 아니었으니 귀족들은 한가롭게 애프터눈 티를 즐기다가, 빵집 주인은 가게에서 반죽을 하다가, 가죽 장인은 무두질을 하다가 허겁지겁 극장으로 달려갔을 것이다. 하지만 오후 2시 공연을 할 수밖에 없었던 이유는 이미 얘기했듯이 바로 조명이었다. 첫 번째 사립 극장인 블랙프라이어스 극장 무대에 아름다운 조명이 켜지기 전까지 야외 무대를 비출 수 있는 건 그저 오후의 뙤약볕뿐이었기 때문이다.

하루 일과를 마치고 저녁에 할 일이라곤 펍에 모여 앉아 맥주를 마시는 게 전부여서 얌전히 집으로 돌아가 일찍 잠자리에 드는 게 보통의 생활이었다. 영국인들의 맥주 사랑은 유별나서 아침에 눈을 뜨면서 '모닝 맥주'로 시작하여 저녁에 눈을 감기 전까지 맥주를 마셨다. 맥주를 주문하는 방법도 다양했다. 커피를 좀 더 진하게 마시기 위해 에스프레소를 두 번 넣는 더블샷Double Shot을 주문하는 것처럼, '더블홉Double Hop!'을 외치면 더욱 씁쓸한 맥주를 즐길 수도 있었다. 세상의 온갖 쾌락에 반대하여 연극 공연도 금지시켰던 청교도인들도 맥주 앞에서는 한없이 약해졌다. 근엄한 청교도 지도자 존 윈스럽John Winthrop(1587~1649)은 뉴잉글랜드로 향하는 배에 1만 갤런의 맥주만 실었다. 200리터 맥주 통 190개에 해당하는 어마어마한 양이다.

시민들은 당국에 정식으로 통행금지 철회 요청을 하지는 못했지만 야경꾼과 파수꾼들을 좀 우습게 알았던 것 같다. 애당초 처벌이 엄격하지 않으니, 그 법의 강제성이 떨어질 수밖에 없지만 야경꾼들의 채신머리없는 부업도 한 몫을 했다. 바로 오물 담당. 각 집마다 골칫거리였던 오물을 야경꾼들이 수거하여 처리했다. 집주인들이 야경꾼들을 불러 32실링을 지불하고 16통의 분뇨를 치우게 했다는 기록이 남아 있다. 셰익스피어도 이런 야경꾼들을 그냥 두고 넘기지 않았다. 작품 〈헛소동〉에서 야경 반장 도그베리가 웃음거리로 등장한다. 이런저런 이유로 야경꾼들의 위엄이 서지 않으니 통행금지라는 이름이 무색해질 수밖에.

영국 건축의 아버지 이니고 존스의 작품, 링컨스 인 필즈

예배당 정문에서 직진을 하면 왼쪽에 예쁜 정원이 보인다. 정면에는 크림색 테두리를 두른 고풍스러운 붉은색 벽돌 건물이 있다. 빅토리안 튜더 뉴 홀Victorian Tudor New Hall과 도서관이다. 바로 옆의 주 출입문으로 나오면 키 큰 나무들이 잔디 광장을 보듬어 안고 있는 링컨스 인 필즈Lincoln's Inn Fields가 펼쳐진다. 흑백 영화 같은 음산하고 긴 겨울이 끝나고 온 도시에 눈부신 채색을 입히는 봄이 오면, 링컨스 인의 잔디밭은 제일 먼저 서둘러 연두색 옷을 입는다. 옹기종기 모여 앉은 사람들의 머리 위까지 낮게 내려앉은 커다란 뭉게구름이 손을 뻗으면 닿을 듯하다. 평화로운 오후를 가득 품은 이 아름다운 광장은 영국 건축의 아버지 이니고 존스Inigo Jones(1573~1652)가 1618년에 설계했다. 1666년 런던 대화재의 불씨에서 도시 재건의 희망을 길어 올린 이가 건축가 크리스토퍼 렌이라면, 이니고 존스는 고딕 건축 양식의 전통에 머물러 있던 영국 건축의 고정관념을 깨고 새로운 장을 연 장본인이다.

건축가이자 의상 디자이너, 그리고 가면 디자이너로서 딱딱한 돌과 부드러운 실크를 넘나들며 다양한 분야에서 예술적 성취를 이루어 낸 이니고 존스는 직물 제조업을 하는 집안에서 태어났다. 25살이 되던 해, 존스는 당시에는 흔치 않았던 이탈리아 유학의 기회를 잡는다. 이탈리아에 5년여간 머무르며 회화와 무대 미술을 배운 그는 런던으로 돌아와 단번에 궁정 의상 디자이너로 채용된다. 지금도 무대 효과를 위해 사용되곤 하는 회전 무대를 처음으로 영국에 도입한 주인공도 존스다. 그는 가면극 연출과 무대 디자이너로도 활약했는데 1장에서 이미 이야기했듯이 극작가 벤 존슨과의 불화는 유명하다. 다양한 궁정 가면극을 썼던 벤 존슨과 혁신적인 무대 디자이너였던 이니고 존슨의 만남은 필연일 수밖에 없었다. 하지만 두 사람은 사사건건 부딪혔다. 벤 존슨은 스펙타클한 이니고 존스의 무대 장치가 자신의 쓴 시적 우화들의 진수를 표출하는 데 오히려 방해가 된다며 못마땅한 기색을 감추지 않았다.

마흔이 되던 해, 두 번째로 떠난 이탈리아 여행은 그의 인생을 바꾸는 계기가 된다. 1612년 당시, 이탈리아 미술은 후기 르네상스에서 바로크로 넘어가는 과정에 있었다. 그리고 이른바 '팔라디오풍'이라고 불리는 건축 스타일의 열풍이 불고 있었다. 그 주인공은 이탈리아 변방의 비첸차Vicenza 출신 건축가 안드레아 팔라디오Andrea Palladio(1508~1580). 그의 명성은 이미 전 유럽에 자자했다. 특히 팔라디오가 남긴 저서들은 당대 지식인들의 필독 교양서였을 뿐 아니라 지금까지도 건축사에 한 획을 그은 기록으로 평가받고 있다. 최초의 로마 가이드북으로 불리는《로마의 교회, 로마의 고대 유적》은 37살에 이탈리아로 떠난 괴테가 여행 중에 틈틈이 펼쳐 보던 중요한 길잡이였다. 특히 1570년에 출판한 네 권의 건축 이론서《건축 4서》는 건축 디자인에 절대적인 영향을 미쳤다. 고대 그리스와 로마 건축물들의 고전적 요소들을 탐구하여 변화하는 시대에 맞게 적용한 그의 건축물들은 새로운 기준을 제시했다.

이탈리아 여행을 마치고 런던으로 돌아온 이니고 존스는 1613년 왕실 건축 총감독으로 임명된다. 이때를 기점으로 영국 건축을 지배했던 고딕 양식이 종말을 고하고 팔라디오 양식을 전면적으로 수용하는 새로운 변화가 시작된다. 여기에서 자연스레 생기는 의문 하나. 어떻게 존스는 전통을 고수하는 영국인들의 마음을 단번에 돌려놓을 수 있었을까. 그의 새로운 시도가 받아들여질 수 있었던 뒷배경에는 왕과 귀족들의 든든한 지원이 있었다. 사실 제임스 1세에겐 프랑스와 같은 절대 왕정을 수립하려는 야망이 있었다. 새 시대의 출발점에 서 있는 제임스 1세에게는 자신의 개혁 의지를 대표할 만한 상징이 필요했고, 바로 이니고 존스의 건축이 그 역할을 했던 것이다.

'팔라디오 스타일'의 가장 큰 특징은 고전 건축을 이용한 열주列柱*와 로지아Loggia**의 활용이다. 즉 건물의 외부와 내부가 소통하는 개방적 구조로, 이는 르네상스 시대 건물들의 닫힌 구조와 큰 차이를 보인다. 2년 동안의 이탈리아 여행에서 만난 팔라디오의 건축물에 큰 감명을 받은 존스는 도면을 수집해 야심차게 런던으로 돌아온다. 그리고 프랑스의 영향으로 지어진 고딕 건축물에 익숙했던 영국인들을 놀라게 한 첫 번째 팔라디오 건축물을 선보

---

* 지붕 아래 대들보를 받치며 일정한 간격으로 세워진 다수의 기둥.
** 한쪽 면이 트여 있는 방이나 복도. 특히 주택에서 거실의 한쪽 면이 정원으로 연결되도록 트여 있는 형태.

였다. 바로 그리니치의 '왕비의 집Queen's House'

안주인이 바뀐 그리니치 '왕비의 집'

'왕비의 집'은 제임스 1세가 덴마크에서 온 왕비 앤을 위해 준비한 선물이었다. 이탈리아 여행을 마치고 돌아온 이니고 존스가 1616년에 설계에 들어가 1635년에 완성했으니 20여 년의 시간이 걸린 셈이다. 꽤나 긴 시간이었다. 건축의 장식성이 돋보이던 '튜더 양식'의 건축물이 여전히 인기를 끌고 있던 당시에 '왕비의 집'은 그 장식성을 제한하고 소박함을 보여 주는 새로운 건축 그 자체였다. 헨리 7세부터 엘리자베스 1세에 이르는 튜더 왕조 시대(1485~1603)에 성행한 튜더 양식은 수직적 구성이 특징인 고딕 양식과 르네상스 건축의 화려한 장식성이 혼용된 과도기적 성격을 보이는 건축 사조다.

마치 데칼코마니처럼 '왕비의 집'을 기준으로 양쪽에 긴 '콜로네이드colonnade*'가 펼쳐져 있고 그 끝에는 똑같이 생긴 건물이 있다. 이 복도를 통해 왕비는 진흙탕에 발을 딛지 않고도 우아하게 건물을 오갈 수 있었다. 바로 앞에 펼쳐진 그리니치 공원의 싱그러운 잔디밭과 이국적인 하얀 건물이 어우러진 풍경은 한층 더 로

---

* 일정한 간격을 두고 세워진 수많은 기둥이 만든 긴 복도.

맨틱한 분위기를 자아낸다.

그래서인지 이곳은 결혼식과 파티 장소로 인기가 높다. 석양으로 붉게 물든 하늘을 배경으로 콜로네이드에 서 있는 신부의 하얀 드레스 자락이 바람에 넘실 피어오르면, 곁을 지키던 들러리들의 웃음소리가 번진다. 하얀 회랑에 신랑 신부와 들러리들이 일렬로 서서 사진을 찍는 장면은 지켜보는 이들의 얼굴에도 절로 미소가 번지는 행복한 순간이다. 이니고 존스는 팔라디오 스타일을 처음으로 소개하는 '왕비의 집'에 많은 공을 들였을 것이다. 하지만 완공이 늦어지는 바람에 정작 앤 왕비는 들어와 보지도 못하고, 엉뚱하게도 찰스 1세의 왕비 헨리에타 마리아Henrietta Maria of France(1609~1669)가 집주인이 되었다.

'왕비의 집' 건축이 시작되고 얼마 후, 제임스 1세의 두 번째 부름이 있었다. 이번엔 화이트홀White Hall 왕궁 재건 사업. 존스는 전체 왕궁의 설계도를 완성했지만 실제로 건축된 부분은 귀빈을 접대하고 왕실의 공식 행사를 위한 대연회장Banqueting House뿐이다. 1619년부터 1622년까지 지어진 대연회장 역시 절제된 장식과 조화로운 구조가 특징이다. 밖에서 보면 2층 건물로 보이지만, 실내로 들어서면 1층과 2층이 연결된 높은 층고를 자랑하는 넓은 홀의 형태다. 천장에는 루벤스가 그린 '제임스 1세의 영광'을 주제로 한 아홉 점의 그림이 있다. 존스의 팔라디오 양식은 왕실의 건축물뿐 아니라 서민들의 주택에도 적용이 되었다. 급격한 인구 증가로 많은 주택이 새로 지어지고 있던 영국 전역에 팔라디오 스타일은 급격히 퍼져 나갔다. 영국에 도시 계획이라는 개념을 처음 도입한 사람도 팔라디오였다. 그의 아이디어는 런던의 중심부 코벤트 가든Covent Garden에서 엿볼 수 있다.

1600년대만 해도 런던 최고의 부자 동네였던 링컨스 인 필즈는 그 명예를 런던 서부 지역으로 뺏기고 나서, 1980년대에는 '홈리스들의 천국'으로 몸살을 앓았다. 동네 주민들의 원성이 자자해지자 급기야 노숙자들의 쉼터였던 공원 주변으로 울타리가 만들어지고 자물쇠가 채워졌다. 나무 아래 벤치에서 갈 곳 없는 몸을 누이던 홈리스들은 어딘가로 떠나 버렸지만 그들을 위한 무료 급식차는 지금도 정기적으로 이곳을 찾는다.

브리짓 존스가 고민을 털어 놓은 그리니치 공원

런던 시내에서 경전철이나 템스강 수상 버스를 타고 20여 분이면 닿는 곳에 있는 그리니치 공원Greenwich Park은 '왕비의 집'이 아니더라도 꼭 한번 가 볼 만한 곳이다. 흔히 그리니치 천문대라고 불리는 '왕립 그리니치 관측소Royal Observatory Greenwich' 언덕 위에 올라서면 끝 간 데 없는 초록 잔디가 두 눈에 가득 들어온다. 그 언덕이 어찌나 폭신해 보이는지, 데굴데굴 굴러 보고 싶어진다.

엉뚱하고 솔직한 매력으로 전 세계를 사로잡았던 사랑스런 영국 아가씨 브리짓 존스도 친구와의 고민 상담 장소로 이곳을 골랐다. 1995년에 시작된 로맨틱 코미디의 전설, '브리짓 존스' 시리즈 세 번째 작품인 〈브리짓 존스의 베이비〉에서 브리짓은 한꺼번에 두 남자의 사랑을 받는다. 온종일 비가 부슬부슬 내리기 시작하는 런던의 늦가을 무렵, 우산을 쓰고 벤치에 앉은 브리짓과 그녀의 친구 앞으로 그리니치 공원의 초록 잔디가 빗속에서도 싱그럽게 빛나고 저 멀리 왕비의 집이 보인다. "그런데 인연을 어떻게 알아?" 브리짓의 질문에 친구는 이렇게 답한다. "그냥 믿는 거지, 스스로에게 물어 봐. 내가 저 사람과 함께 늙어 갈 수 있는지."

세계 시간의 기준이 되는 본초자오선Prime Meridian이 지나가는 그리니치 천문대에는 아이작 뉴턴이 발명한 망원경도 그대로 보관되어 있다. 천문대 마당을 가로지르는 본초자오선에는 발을 딛고 기념 촬영을 하려는 관광객들이 언제나 긴 줄을 이룬다. 경도 0도. 이 선을 중심으로 지구의 동쪽과 서쪽이 나뉜다. 바닥에는 전 세계 국가의 수도 이름과 경도의 위치가 나란히 새겨져 있다. '서울, 동쪽으로 127도'라는 글씨가 보인다. 본초자오선을 기준으로 동쪽으로 15도마다 한 시간씩 시간이 빨라지니, 서울의 시간은 영국보다 아홉 시간 먼저 흐른다.

별을 관측하기 위한 천문대가 있던 곳인 만큼, 전망 하나는 런던 시내 최고다. 천문대 언덕에 앉아 내려다보면 런던 시내의 스카이라인이 한눈에 들어온다. 초록 잔디와 파란 하늘이 맞닿는 지

왕비의 집과 그리니치 풍경

평선에 하얀 띠처럼 길게 늘어서 있는 '여왕의 집'과 '구 왕립 해군 학교'의 반듯한 건축물 뒤로 런던 비즈니스의 중심인 카나리 워프Canary Wharf의 마천루가 대조를 이룬다. 도심의 닫힌 건물들에 갇혀 있던 시선이 마음껏 유영하는 순간이다.

영국 신고전주의 건축을 대표하는 영국 은행과 건축가 존 손

링컨스 인 필즈 오른쪽에 면해 있는 거리 13번지에 존 손 경 박물관Sir Jone Soan's Museum이 있다. 우리가 흔히 떠올리는 '박물관'의 외관을 생각하고 방문한다면 틀림없이 거리를 한참이나 헤맬 것이다. 런던 주택가의 흔한 풍경처럼 한 치의 틈도 없이 벽을 기대고 나란히 서 있는 벽돌 주택들만 보이는데 박물관이라니? 다시 찬찬히 둘러본다. 포틀랜드 석회암을 사용한 흰 색의 돌출 파사드가 돋보이는 3층짜리 집이 눈에 들어온다면 맞게 찾아왔다. 이곳이 성공한 건축가였던 존 손 경의 집이자, 평생을 걸쳐 전 세계에서 모은 3만여 개의 건축 드로잉, 7천 권이 넘는 서적, 그리고 비밀의 방마다 숨겨진 수많은 조각과 그림들로 가득 채운 보물 창고, 존 손 경 박물관이다. 그러니 작은 규모의 개인 주택을 보고 실망하기에는 이르다. 문을 열고 들어서면 펼쳐지는 마법 같은 공간에 감탄만 절로 나온다.

　본인의 이름을 붙인 박물관을 운영할 정도였던 존 손 경Sir Jone

Soan(1753~1837)을 두고 유명한 수집가나 미술계 종사자이겠거니, 하고 생각할 수도 있겠다. 그는 벽돌공의 아들로 태어나 부단한 노력 끝에 영국의 신고전주의 건축을 이끈 장본인이다. 당시 영국 건축계는 이니고 존스의 팔라디오 양식의 복고 운동을 발단으로 로코코 예술의 과도한 장식성에 반대하고 숭고미를 발견하려는 움직임을 맞고 있었다. 이렇게 영국에서 가장 먼저 시작된 신고전주의는 18세기 후반, 혁명 정신의 불길이 치솟는 프랑스에서 대유행하게 된다. 존 손 역시 이니고 존스처럼 이탈리아 건축에서 많은 영향을 받았다. 로얄 아카데미 스쿨the Royal Academy schools 재학 중일 때부터 남다른 두각을 나타낸 그는 아카데미 골드와 실버메달 2관왕을 수상하고 조지 3세에게서 유학 장학금까지 받는다.

25살이 되던 해 떠난 이탈리아와 그리스 유학은 청년 존 손에게 깊은 인상을 남기며 건축가로서의 성공을 꿈꾸게 했다. 그는 로마에 남아 일을 하고 싶었다. 하지만 영국에서 온 초짜 건축가에게 일자리가 쉽게 주어질 리 없었다. 아쉬운 마음으로 런던으로 돌아가는 짐을 다시 꾸릴 수밖에 없었지만 행운의 여신은 그를 외면하지 않았다. 작은 건축 설계 사무실을 열고 일을 하던 1788년 어느 날, 영국 은행 설계 대회 소식을 듣게 된다.

대회에서 존 손은 우승을 거머쥔다. 그는 자신의 역량을 마음껏 발휘하여 은행을 완성했다. 세계에서 가장 오래된 중앙은행인 영국 은행은 런던 금융의 중심인 시티 오브 런던의 뱅크역Bank

Station 근처 스레드니들 가Threadneedle St.에 옛 모습을 보존한 채 서 있다. 존 손의 손길이 남아 있는 이 오래된 건물은 '스레드니들의 노부인'이라는 애칭으로도 불린다. 영국 상류 계층의 꼬장꼬장하지만 위엄 있는 귀부인이 떠오른다. 1차 세계대전까지 국제 금융의 구심점으로 세계 경제를 이끌었던 영국과 그 자부심의 상징이었던 영국은행. 하지만 영국 경제의 쇠퇴와 함께 그 지위도 점차 사라져 가는 것에 대한 영국인들의 짙은 아쉬움이 그대로 담긴 별명 같다.

은행은 전쟁의 포화 속에서 탄생했다. 1694년 주식회사 형태로 은행이 창립되던 해, 영국 왕 윌리엄 3세(1650~1702)는 네덜란드와 동맹을 맺고 영원한 숙적 프랑스와 전쟁 중이었다. 명분은 프랑스의 루이 14세(1638~1715)가 자신의 왕권을 인정하지 않고 작은 외삼촌이었던 제임스 2세(1633~1701)를 지지한다는 것. 1689년에 시작된 전쟁은 기약 없이 이어지고, 영국 국고는 이미 바닥을 보이고 있었다. 재정난에 시달리면서도 전쟁을 포기할 수 없었던 윌리엄 3세는 민간 자본을 끌어들여 전쟁 자본을 조달하기로 한다. 이렇게 모인 돈이 120만 파운드. 돈을 출자한 상인들이 주주가 되어 은행을 통해 왕실에 대출을 해 주었다. 그리고 전쟁이 발발된 지 9년 후인 1698년, 마침내 윌리엄 3세와 왕비 메리 2세(1662~1694)를 국왕으로 인정하는 평화 조약을 체결하며 전쟁은 일단락된다. 이제 빌린 돈을 갚는 일만 남았다.

은행의 건물이 최초로 만들어진 건 1734년이었으나 1788년 설계 대회를 통해 입상한 존 손이 신고전주의 양식으로 재건축을 했다. 1만 5,000제곱미터나 되는 면적에 그리스 신전을 연상시키는 6층 높이의 건물은 은행의 위용을 나타내듯 웅장한 아름다움을 보인다. 내부 관람이 제한되어서 아쉬운 마음은 잉글랜드 은행 박물관을 둘러보는 것으로 대신할 수 있다. 존 손은 이 외에도 첼시 병원Royal Hospital Chelseal(1807), 런던 덜리치 컬리지의 사진 갤러리Dulwich College Picture Gallery(1811~1814), 웨스트민스터 궁전Westminster Palace(1822) 등 많은 건물을 설계했다. 물론 그의 저택이었던 현재의 박물관도 그가 설계한 건물이다. 건축학도들을 위한 열린 교육의 공간이자 일반인들도 흥미로운 건축 문화를 발견할 수 있는 박물관으로 만들고자 기울였던 그의 노력은 지금도 곳곳에서 살아 움직인다. 존 손은 분명 뛰어난 건축가이자, 시대를 앞선 큐레이터였다.

건축에 대해 궁금한 것이 있다면 뭐든 물어 봐

박물관은 건축가 존 손 개인의 작품을 대표하는 건축물일 뿐 아니라 영국다운 신고전주의 작품 가운데에서도 최고의 걸작이다. 존 손이 링컨스 인 필즈 하우스에 집을 처음으로 구입한 건 사실 13번지가 아니라 12번지였다. 이탈리아로 유학을 떠나기 전에 산이 집을 그는 서재로 개조했다. 그리고 이미 성공한 건축가로 유명세를 떨치던 1806년, 영국 왕립 학회 건축학과 교수로 임용되면서 13번지 집까지 구입하게 된다. 그에게는 오랫동안 구상해 오던 한 가지 계획이 있었다. 1808년, 본격적으로 13번지 건물의 개조에 들어갔다. 천창을 내고 자연광이 들어오는 전시실과 개인 작업실을 만들었다. 평생을 걸쳐 수집해 온 건축 서적들과 드로잉, 조각들을 세상에 내놓을 준비를 마쳤다. 12번지의 집은 임대를 주었다. 임대료는 박물관의 운영 비용으로 사용할 요량이었다.

13번지 집은 건축가 존 손의 공간 실험실이었다. 마치 정육면체 큐브처럼 분명 한정된 공간인데, 걸어가는 방향에 따라 작은 방이 생겨났다가 이어지고, 또 사라진다. 1823년 그는 14번지 집까지 계약을 한다. 그리고 13번지의 기존 전시실과 연결된 또 다른 전시 공간, 픽처룸picture room을 완성한다. 마치 미로 같은 박물관의 실내는 사실 13번지와 14번지가 연결되어 있는 것이다. 외관으로 보면 그저 아담한 3층짜리 주택으로 보이던 것이 내부로 들어가 보면 끊임없이 나타나는 미로의 방에 놀라게 되는 이유가 바로 여기에 있다. 현재 14번지는 건축학도를 위해 자신의 소장품을 연구 자료로 무상 기증한 그의 의도대로 교육을 위한 공간 및 연구 도서관, 직원 사무소로 변경하여 사용하고 있다.

1833년, 영국 의회는 존 손의 개인 컬렉션으로 가득한 공간을 박물관으로 지정하고 모든 사람이 무료로 관람할 수 있게 했다.

그의 조건은 단 하나였다. 자신이 설계한 건물과 직접 기획한 전시들을 그의 사후에도 그대로 보존해야 한다는 것이었다. 그래서 우리는 존 손의 박물관에서 건축가이자 큐레이터였던 그를 지금도 온전히 만날 수 있는 것이다. 존 손 박물관은 국립 건축 연구소 national centre for the study of architecture로 운영되면서 전문 건축가, 학자들 뿐 아니라 일반인들에게도 꼭 한번 방문해 볼 만한 매력적인 장소가 되었다.

일반 주택을 개조한 것인 만큼 한꺼번에 수용할 수 있는 관람객의 수가 한정되어 있기 때문에 출입 순서가 제한된다. 13번지 집으로 들어가는 작은 대문 앞에 서 있으면 관계자가 안내를 해 준다. 로비를 지나 건물의 안쪽으로 다가가면 건축 장식물을 장식한 회랑에 닿게 된다. 서양 건축의 뿌리가 되는 다양한 양식의 건축 부재들이 존 손의 치밀한 계획대로 배열되어 있다.

머리 위 천장 끝까지 매달려 있는 흰색의 조각들 위로 내려앉는 자연광은 자연스런 음영을 드리우고 표정 하나하나 움직이는 듯한 비현실적인 느낌마저 준다. 천창의 효과가 빛을 발하는 순간이다. 이 공간은 존 손에게 큰 영향을 끼친 건축가 조셉 미쉘 간디 Joseph Michael Gandy(1771~1843)의 이차원적인 작업을 삼차원의 실체로 만든 공간으로, 가상 건축Imaginary Architecture과 초현실주의 건축Surrealistic Architecture을 이해하는 데 빠질 수 없는 참고 자료로 많이 언급되고 있다.

여기에서 감탄하기에는 이르다. 존 손이 보물처럼 아꼈던 간디의 작품들과 영국 은행 입면 모형, 조각가 리처드 웨스트마코트Richard Westmacott(1775~1856) 경의 조각상들이 픽처룸의 남쪽면의 벽면 뒤에 숨겨져 있다. 공개되는 시간은 한정되어 있다. 정해진 시간이 되면 전시 도우미가 조용히 방으로 들어와 마술처럼 벽면을 열면 비밀의 공간 속에 들어 있던 보물들이 모습을 드러낸다. 웨스트마코트의 조각들은 런던 시내 곳곳에 남아 있지만 그중 나폴레옹과의 전투에서 승리한 기념으로 만든 마블 아치Marble Arch 북쪽면의 부조가 대표적이다. 전 시대를 망라하는 존 손의 컬렉션 외에도 그가 사용했던 서재의 책상, 거실, 침실 등이 그대로 보존되어 있어 유명한 건축가의 사적인 공간을 은밀히 엿보는 듯한 재미도 느낄 수 있다.

찰스 디킨스의 '오래된 골동품 상점'

박물관을 나서 오른쪽으로 방향을 잡는다. 포츠머스 거리Portsmouth St.를 따라 걷다보면 동화 속에 나올 법한 빨간 지붕을 얹은 집이 눈에 들어온다. 가게의 이름은 '오래된 골동품 상점Old Curiosity Shop.' 1840년에 발표한 찰스 디킨스의 소설과 이름이 같다. 1567년에 만들어진 가게는 그 이름만큼이나 오래되었다.

실제로 디킨스는 이 거리를 오가던 중에 소설의 배경을 착안했다. 그의 동명 소설에는 착하고 순수한 소녀 '넬'이 골동품점을 운영하는 할아버지와 함께 사는 집으로 등장한다. 가난한 일상이지만 소박한 행복을 꾸리던 두 사람의 일상은 할아버지의 노름빚 때문에 그늘이 드리워진다. 그들 앞에 나타난 흉측하게 생긴 빚쟁이, '퀼프Quilp.' 그의 음흉한 제안은 빚 대신 넬을 데려다가 아내를 삼겠다는 것.

연재 형식으로 발표되던 이 소설은 출간 당시 10만 부 판매라는 공전의 히트를 쳤다.《해리포터Harry Potter》시리즈가 그 기록을 깨기 전까지 영국 최고의 베스트셀러 자리를 지켰던 작품이다. 특히 주인공 '넬'의 인기는 스타 배우보다 더했는데 독자들은 넬을 실존 인물로 착각할 정도로 소설에 깊이 빠져들었다.

소설의 결말에서 넬을 죽이지 말라는 독자 편지가 빗발쳤다. 미국 팬들은 더한 극성이었다, 휘몰아치는 폭풍우 속의 뉴욕 항, 소설의 마지막 권을 싣고 오는 영국 배를 기다리기 위해 때 아닌 인파가 몰려들었다는 이야기는 지금까지도 전설처럼 전해진다. 배가 보이자 사람들이 외쳤다. '넬은 살아 있나요?' 시간이 흘러 오래된 골동품 가게의 정취는 사라지고 지금은 신발 가게로 그 명맥을 유지하고 있다. 여행자의 낡은 신발을 대신 할 새 신이 필요하다면 잠시 들러 볼까.

영국 연극사의 유리천장을 깬 최초의 여배우 등장

가게에서 나와 직진을 하면 포르투갈 거리Portugal St.를 만난다. 이 거리를 중심으로 왼쪽에는 윌리엄 대버넌트가 문을 연 링컨스 인 극장Lincoln's Inn Theatre이 있었고 오른쪽에는 토머스 킬리그루 Thomas Killigrew(1612~1683)가 경영을 맡은 베레 스트리트 극장Vere Street Theatre이 있었다. 대버넌트와 킬리그루는 셰익스피어 사후, 17세기 왕정복고 시대에 영국 연극의 부활을 이끈 중요한 인물들이다. 킬리그루와 왕의 극단King's Cpmpany은 개관작으로 셰익스피어의 〈헨리 4세〉 1막을 선택했다. 아쉽게도 두 극장 모두 현존하지는 않지만 이곳은 연극 역사상 중요한 현장으로 기록되고 있다. 흥미롭게도 두 곳 모두 테니스 경기장이었던 것을 단장하여 극장으로 바꾼 공통점도 있다.

셰익스피어가 세상을 떠난 직후 몇 년 동안은 극장의 호황기였다. 연극은 셰익스피어의 생전보다 더 큰 인기를 모았다. 1615년까지 9개였던 극장이 1631년경에는 17개까지 늘어난다. 그러나 17세기 당시 영국 연극은 화려한 전성기를 이끌었던 트로이카, 엘리자베스 1세, 셰익스피어, 그리고 제임스 1세가 차례차례 세상을 떠나면서 그 운명도 함께 종말을 고하고 있었다. 발단은 1642년에 일어난 청교도 혁명이었다. 청교도들이 극장을 폐쇄한 1642년쯤에는 6개의 극장만 간신히 남았다. 3개는 원형 극장이었고 3개

포르투갈 거리

는 실내 극장이었다. 이후 연극은 다시는 그렇게 넓은 사회 계층의 사랑을 받거나 보편적인 오락이 되지 못했다.

제임스 1세의 뒤를 이어 왕위에 오른 스튜어트 왕조 찰스 1세와 '법 앞에 모두가 평등하다'는 기치를 내건 의회파의 수장 올리버 크롬웰의 갈등은 내전으로 번진다. 청교도 혁명 발발의 원인이다. 결국 크롬웰은 세계 역사상 처음으로 왕의 목을 쳤다. 영국 공화정 시대의 시작이었다. 1642년부터 이후 찰스 2세가 다시 권력을 잡는 1660년까지 영국의 모든 극장은 폐쇄됐다. 어떤 연극적 행사도 엄격한 규제를 받았다. 청교도의 박해로 교회는 폐허가 되었고 국민들에게 세속적 유흥과 쾌락은 허락되지 않았다. 심지어 크리스마스 파티까지 폐지된다는 소문이 파다하게 돌았다.

1658년, 크롬웰이 51살의 나이로 죽고 그의 아들 리처드가 통치권을 물려받았지만 권력 승계는 실패로 돌아갔다. 마침내 1660년, 프랑스에 거주하던 찰스 2세가 망명 생활을 청산하고 영국에 돌아왔다. 절대 군주제가 회복되고 왕정복고 시대(1660~1685)가 열린 것이다. 극장을 되찾으려는 움직임이 빠르게 일어났다. 같은 해 8월, 찰스 2세는 대버넌트와 킬리그루에게 런던의 모든 연극 제작을 독점할 수 있는 특권을 허락했다. 청교도들이 1642년 영국의 모든 극장을 폐쇄한 지 18년 만의 일이다.

극장과 극단을 만들고 난 뒤라도, 연극을 무대에 올리려면 반드시 연회 국장Master of the Revels의 허가를 받아야 했다. 그의 비위를 거스르면 애써 준비한 공연을 막도 열지 못하고 폐기 처분해야 할 뿐 아니라 바로 감옥행을 당할 수도 있었다. 극단의 배우들은 언제나 품위를 지키고 질서 있게 공연을 하기 위해 노력을 기울였다. 이런 불안한 처지에서 극단들은 자연스럽게 후원자를 찾을 수밖에 없었다.

극단 스스로 귀족과 왕실에 예속되어 후원자라는 이름의 보호 하에 자유롭게 공연을 할 방법을 찾았다. 보통 극단의 이름은 후원자의 이름을 따왔다. 이렇게 극단은 후원자의 이름을 널리 알리고 위신을 세워 주었다. 당시의 귀족과 왕실 가족 들은 명성 있는 극단을 후원하는 것이 취미였다. 마치 지금의 부호들이 자신의 이름을 내건 스포츠 구단이나 문화 재단을 운영하는 것과 비슷하다. 1347년 처음 만들어져 왕실 연회를 관리하는 임무로 출발한 연회 국장 자리는 점차 그 기능의 확대되어 공연의 검열과 허가권까지 갖게 되었다. 이후 그 권한이 많이 축소되었지만 18세기까지 자리는 유지되었다.

왕정복고 시대 동안 셰익스피어는 점차 기억에서 사라져 갔다. 그나마 간혹 무대에 오르는 공연들도 심각하게 각색이 되어 셰익스피어 작품이라고 부를 수 없을 지경이었다. 셰익스피어가 세상을 떠나고 불과 40년이 지난 후, 일기 작가 새뮤얼 피프스는 '내 인생 최악의 작품'으로 〈로미오와 줄리엣〉과 〈한여름 밤의 꿈〉, 두 작품을 꼽으며 셰익스피어에게 수모의 2관왕을 안겼다. 심지어 몇몇 작품은 오랫동안 먼지만 켜켜이 쌓인 채 공연되지 않았다. 셰익스피어 5대 희극 중 하나로 손꼽히는 〈뜻대로 하세요〉도 18세 기에 들어서야 다시 빛을 볼 수 있었다.

공화정 시대의 가장 중요한 연극 제작자는 극장이 폐쇄되기 전 까지 궁정 작가로 활동했던 윌리엄 대버넌트였다. 그는 원작을 각 색한 가벼운 드롤즈drolls*를 자신의 집에서 공연하는 편법을 발 휘해서 규제를 피해 나갔다. 청교도들의 탄압이 더욱 거세어지던 1656년, 대버넌트는 대담하게도 신작 2편을 발표했다. 〈러틀랜드 가에서의 첫날 연회The First Day's Entertainment at Rutland House〉와 〈로 데스 섬의 포위 공격The Siege of Rhodes〉.

대버넌트는 이번에도 공연 허가를 받기 위해 잔꾀를 썼다. 일 단 〈로데스 섬의 포위 공격〉의 무대는 자신의 집으로 신고했다. 그리고 연극을 공연한다면 허가가 나지 않을 것이 뻔하기 때문에 공연의 음악을 내세웠다. 이렇게 영국 최초로 오페라 양식을 시도 한 작품이 탄생했다. 더욱 특별한 기록은 최초의 장면 변환 장치 를 사용한 이동식 무대와 최초의 전문 여배우 등장. 그때까지 연 극에서 여성 역할은 남자 배우가 분장을 하거나 소년들이 맡는 것 이 관례였다. 극장 무대 위에서 공공연히 남녀 배우가 애정 장면 을 연출하는 것을 금기하는 이유였다. 이런 사회적 분위기 속에서

---

* 주로 희극으로 만들어진 짤막한 약식 연극.

전문 여배우의 등장은 실로 놀라운 변화였다. '콜만 부인'이라고
만 기록된 여배우에 대한 자세한 기록은 남아 있지는 않지만 그녀
의 등장은 이후 수많은 걸출한 여배우들의 등장을 알리는 신호탄
이 아닐 수 없었다.

셰익스피어의 숨겨진 아들

윌리엄 대버넌트의 이름을 기억해야 할 만한 이유는 또 있다. 그
가 셰익스피어의 숨겨진 아들이라니. "나는 마치 셰익스피어의 정
신을 이어받아 글을 쓰고 있는 것 같았다. 셰익스피어의 아들이라
고 불리는 것만으로도 충분히 만족한다" 윌리엄 대버넌트가 시인
사무엘 버틀러Samuel Butler(1612~1680)에게 건넨 한 마디는 대버넌
트의 혈통에 관한 소문에 불길을 지폈다. 극작가로서, 그리고 극
장 경영자로서 성공한 인생을 살았던 대버넌트의 이런 자질은 아
버지일지도 모르는 셰익스피어에게서 물려받은 유산인걸까? '셰
익스피어의 불륜'이라는 자극적인 상상이 가능한 걸까?

셰익스피어가 미스터리 사나이라고 불리는 데는 그의 직계자
손이 생존하지 않는 것도 한몫을 한다. '실존했던 인물이다, 가상
의 인물이다'라는 설왕설래는 지금도 계속된다. 어디 물어볼 사람
이 있어야 확인을 할 수 있지 않나. 그의 알려지지 않은 결혼 생활
도 역시나 의문투성이다. 서류상으로 기록된 사실은 18살의 셰익

스피어가 8살 연상의 앤 헤서웨이Anne Hathaway(1555~1623)와 결혼을 해서 세 자녀를 두었다는 것. 1583년에 태어난 장녀 수잔나 그리고 2년 후인 1585년에 태어난 쌍둥이 주디스와 햄닛. 하지만 유일한 아들이었던 햄닛은 11살의 이른 나이에 죽고 만다.

장녀 수잔나 부부의 외동딸 엘리자베스는 두 번의 결혼식을 했지만 아이는 없었다. 셰익스피어의 쌍둥이 중 살아남은 딸, 주디스는 셰익스피어에게 30파운드를 빌린 친구 리처드 퀴니의 아들, 토머스 퀴니Thomas Quiney와 결혼해서 세 아이를 낳았다. 하지만 그 자손들 역시 대가 끊겼다. 소문은 여기에서 시작됐다. 대문호 셰익스피어의 대를 이를 자손이 있다면? 그것이 부적절한 관계에서 태어난 아이일지라도?

셰익스피어는 일찍이 가족을 떠나 런던에서 생활했다. 아내 앤은 고향에 홀로 남아 아이들을 돌봤다. 셰익스피어 부부관계는 소문만 무성하다. 셰익스피어 작품에서 종종 드러나듯이 결혼은 남녀 간의 불행의 씨앗이라고 생각해서 앤을 두고 런던으로 도망쳤던 것일까, 아니면 자주 고향 스트랫퍼드를 방문해서 가족에 대한 그리움을 달랬을까. 앤이 성공한 남편 셰익스피어의 공연을 한 번이라도 본 적이 있었는지도 알 길이 없다. 하지만 셰익스피어는 남편으로서는 떨어지지 않는 발걸음일지라도 아버지로서는 아이들을 보기 위해 고향으로 떠나는 말 위에 올랐을 것이다. 셰익스피어가 런던에서 지내는 동안 몇 번이나 고향을 다녀갔는지는 아무도 모른다. 그래도 가족이 있는 곳인데 일 년에 한 번이라도 다녀가지 않았을까.

알리바이는 셰익스피어의 귀향길에 있다. 런던에서 스트랫퍼드로 가는 길은 반드시 옥스퍼드를 지나쳐야 했다. 셰익스피어는 늘 크라운 여관Crown Tavern에 머물렀다. 여관의 주인은 부유한 와인상인 존 대버넌트John Davenant. 바로 윌리엄 대버넌트의 아버지였다. 그는 옥스퍼드 시장까지 지냈을 정도로 존경을 받는 인물이었다. 셰익스피어는 존 대버넌트와 오랫동안 친분 관계를 유지했다. 대버넌트의 부인은 제인 셰퍼드 대버넌트Jane Shepherd Davenant. 바로 셰익스피어와 사랑을 나누었을지도 모를 의심의 주인공이다. 그녀는 "아주 아름다운 여인으로 재치가 넘치고 함께 대화를 나누다 보면 굉장히 즐거워지는 쾌활한 화술을 가진 사람"이었다고 전해진다. 셰익스피어는 대버넌트 가족과 친분을 쌓았다. 훗날 목사가 되는 부부의 큰 아들 로버트는 어렸을 때 셰익스피어가 자신에게 '수없이 뽀뽀해 주었던 일'을 추억했다. 1606년 3월 3일, 부부의 둘째 아들 윌리엄 대버넌트의 세례식에 셰익스피어가 참석했다. 그때 그의 나이 42살, 아이의 대부가 되어 주었다.

극작가이자, 극장 경영가, 그리고 시인이었던 윌리엄 대버넌트는 왕정복고 시대를 연 찰스 2세의 절대적인 지지 속에 기사 작위까지 수여받으며 승승장구했다. 여왕 헨리에타 마리아도 윌리엄의 후원자였다. 벤 존슨이 세상을 떠난 뒤인 1638년에는 계관 시인

자리도 이어받았다. 대버넌트는 자신을 따라 다니던 셰익스피어의 숨겨진 아들이라는 소문을 어떻게 생각했을까? 윌리엄은 자신의 이름이 셰익스피어의 이름을 따온 것이라며 자랑하고 다녔다. 1618년 셰익스피어가 죽은 후 당시 12살이었던 대버넌트는 〈셰익스피어를 추모하며In Remembrance of Master Shakespeare〉라는 시를 쓸 정도로 그와의 시간을 추억했다. 그리고 셰익스피어가 대부 이상의 존재임을 암시하고 다녔다. 대버넌트는 1668년 4월 7일 링컨스 인 필즈에서 숨을 거두었다. 그리고 이틀 후, 웨스트민스터 사원의 시인의 코너에 안장된다.

다시 챈서리 레인에 다다르면 첨탑으로 장식된 웅장한 3층 건물이 보인다. 1834년에 지어진 이 건물은 영국의 모든 공식 기록물들을 보관해 두었던 영국의 공문서 보관소였다. 현재는 킹스 컬리지King's College 모건 도서관Maughan Library건물로 사용되고 있다. 공문서 보관서는 1086년 윌리엄 1세가 작성한 토지조사부인 둠즈데이 북Domesday Book, 근대 헌법의 토대가 된 '대헌장Magna Carta', 그리고 셰익스피어의 마지막 유언과 중요한 서류들까지 보관한 영국 역사의 보고다. 수집되는 자료들이 넘쳐 나자 2004년부터는 큐 왕립 식물원Royal Botanic Gardens, Kew 근처에 새롭게 지은 국립 보존 기록관The National Archives으로 자료를 이전하여 보관하고 있다.

셰익스피어의 유언

국립 보존 기록관에는 특별한 자물쇠가 채워진 방이 하나 있다. 셰익스피어의 유언장이 잠들어 있는 방. 유언은 서로 크기가 다른 3장의 양피지에 쓰여 있고 각 장의 마지막은 셰익스피어의 서명이 장식하고 있다. 지금까지 알려진 6개의 셰익스피어의 서명 중 이 유언장에만 3개나 남겨져 있으니 자물쇠로 꽁꽁 잠궈 보관할 만하다.

셰익스피어가 죽기 한 달 전인 1616년 3월 하순, 그는 갑자기 유언을 바꾸었다. 그 무렵은 잘 나가던 셰익스피어의 발목을 붙잡는 불행한 사건의 연속이었다. 토머스 퀴니와 결혼한 쌍둥이 딸 주디스는 잘못된 결혼으로 이만저만 난처한 게 아니었다. 결혼식을 올리고 채 한 달이나 되었을까, 사위 토머스 퀴니가 마거릿 휠러라는 여자와 내통 관계라는 것이 밝혀지고 5실링의 벌금형을 받았다. 설상가상으로 휠러가 퀴니의 아이를 낳다가 죽자 셰익스피어 가문은 수치심으로 얼굴을 들지 못할 정도였다. 52살의 나이로 세상을 떠난 셰익스피어의 정확한 사망 원인에 대한 여러 가지 추측 중, 사위 토머스 퀴니로 인한 충격 때문이라는 주장까지 나올 정도다. 잘못된 결혼의 후유증이 얼마나 컸을지 짐작할 만하다. 4월 17일에는 셰익스피어의 매제, 윌리엄 하트William Hart가 죽어 그의 누이 조안Joan(1569~1646)이 과부가 되었다. 6일 후에는 셰익스피어도 세상을 떠났다.

셰익스피어는 꽤 많은 유산을 남겼다. 스트랫퍼드의 3채의 집과 107에이커에 달하는 소작인이 딸린 농지, 그에 딸린 세간들, 350파운드의 현금, 모두 합쳐 1,000파운드 정도나 되는 가치였다. 셰익스피어가 가지고 있던 글로브 극장의 지분은 이미 한참 전에 팔아 버렸다. 유언의 내용은 분명했다. 누이 조안을 특별히 아꼈던 셰익스피어는 과부가 된 그녀에게 현금 20파운드와 함께 헨리 거리Henley St.에 있는 가정집을 여생 동안 사용하도록 했다. 세 명의 조카들에게도 각각 5파운드를 남겼다. 셰익스피어는 유언을 남기면서도 한 가지 특이한 일을 했다. 누이동생 조안에게 자신의 옷가지를 남긴 것. 유산으로 남길 만큼 옷이 중요한 시대였지만 성별이 다른 사람에게 옷을 물려준다는 것은 흔한 일은 아니었다. 이건 또 무슨 꿍꿍이였을까? 셰익스피어답다.

셰익스피어는 스트랫퍼드의 가난한 사람들을 위해서도 10파운드를 떼어 두었다. 당시 기부금 10파운드 정도면 아주 관대한 금액이었다. 셰익스피어의 재산과 신분 정도이면 2파운드 정도를 기부하는 것이 보통이었다. 셰익스피어 사후 18편의 희곡을 담은 퍼스트 폴리오를 출간한 존 헤밍John Heminges(1566~1630)과 헨리 콘델Henry Condell(1576~1627) 그리고 동업자이자 위대한 배우였던 리처드 버바지에게는 각각 추모 반지를 남겼다. 나머지 재산은 모두 두 딸들에게로 돌아갔다.

유언장의 가장 유명한 한 줄은 세 번째 장에 나온다. "나는 나의 아내에게 두 번째로 좋은 침대를 가구와 함께 준다" 유언장 세 장을 통틀어 아내 앤을 위한 유일한 한 마디다. 당시 침대와 침구는 값나가는 물건들이어서 자주 유언장에 언급되었다. 그런데 남편 없이 혼자 아이들을 키운 아내에게 제일 좋은 침대는커녕 두 번째로 좋은 침대라니? 평생 집을 지키지 못한 가장으로서 조금의 염치라도 있기나 한 걸까? 라는 생각이 문득 든다. 하지만 당시 생활상을 보면 부부가 그 집에서 두 번째로 좋은 침대를 쓰고 가장 좋은 침대는 중요한 손님들을 위해 비워 두는 것이 관례이기도 했다. 당연히 많은 추억이 담긴 부부의 침대가 소중하긴 하지만 그렇다고 두 번째 침대를 아내에게 유산으로 남기는 법은 없었다. 거의 모두가 가장 좋은 침대를 아내나 장남에게 남겼다. 셰익스피어의 숨은 의도는 도대체 무엇이었을까?

셰익스피어 아내 앤은 퍼스트 폴리오가 출판되기 직전인 1623년 8월에 세상을 떠났다. 뒤이어 두 명의 딸도 차례차례 세상을 떠났다. 장녀 수잔나는 1649년 66살의 나이로, 둘째 딸 주디스는 1662년 77살의 나이로 죽었다. 주디스는 놓쳐 버린 골든타임 같은 인물이었다. 셰익스피어 사후 50여 년이나 생존해 있었던 그녀에게 누구라도 찾아가 셰익스피어의 흔적을 찾았다면? '5퍼센트의 사실과 95퍼센트의 억측'뿐이라는 의문투성이 사나이 셰익스피어의 수수께끼를 푸는 열쇠를 얻을 수 있지 않았을까?

5장

젠틀맨
셰익스피어의 꿈

올드 스트리트역

번힐 필즈
공동묘지

바비칸 센터

브릭 레인 마켓

세인트 폴 대성당

뱅크역

시티 오브 런던

런던탑

서더크 지역

템스강

예술의 망루 '바비칸 센터'와
천 년의 기도 '세인트 폴 대성당'

바비칸 지역

영국의 사상가 토머스 칼라일은 '셰익스피어를 인도와도 바꾸지 않겠다'는 저 유명한 말을 남겼고, 〈율리시스〉를 쓴 아일랜드 소설가 제임스 조이스도 '내가 만약 무인도에 떨어진다면 단테가 아니라 셰익스피어의 책을 가져가겠다'라고 했다. 그를 찬미하는 수많은 사상가와 작가, 지식인 들이 있지만 누구보다 셰익스피어를 자랑스러워하는 건 영국 국민들이다. 어느 시골 소년은 그의 희곡을 읽으며 작가의 꿈을 키우고, 전 세계 곳곳의 공연장에서는 셰익스피어의 연극이 무대에서 펼쳐진다. 셰익스피어의 나라 영국은 세계대전으로 붕괴된 도시를 예술의 힘으로 재건했다. 대대적인 도시 프로젝트로 완성된 아트 빌리지 바비칸 센터는 명실공히 전 세계 예술의 중심이다. 건축학적 논란을 일으키기도 한 바비칸 센터, 그리고 셰익스피어의 하숙집이 있던 실버 거리, 그리고 세인트 폴 대성당의 문을 연다.

저 멀리, 세인트 폴 대성당의 돔이 셰익스피어의 눈에 들어온다. 약 5만 제곱미터나 되는 넓고 탁 트인 광장에 서 있는 성당 옆으로는 지저분한 여관들과 악취를 풍기는 선술집들이 어깨를 나란히 하고 있고, 성당 뒤편에는 곰 격투장의 높은 벽이 성당을 에워싸고 있다. 신은 낮은 곳에 임하나니, 웨스트민스터 사원이 왕족의 안위를 지켜봤다면 세인트 폴 대성당은 오랜 시간 서민들의 곁에서 그들의 눈물을 닦아 준 곳이다.

"어이 셰익스피어! 드디어 책이 들어왔네!" 출판업자 리처드 필드가 가게 앞에 나와 있다가 셰익스피어를 보고 반갑게 인사를 한다. 성당 앞 광장의 북적이는 시장 옆에는 인쇄업자들의 점포와 서점이 늘어서 있다. 열렬한 신자는 아니었지만 독서광이었던 셰익스피어가 주말마다 이 거리에 오는 이유다.

당시 출판업계는 그야말로 활황이었다. 인쇄 기술이 발달하고 읽고 쓸 줄 아는 사람들이 늘어나면서 영어책의 보급은 급속도로 빨라졌다. 자고 일어나면 생기는 서점 때문에 대성당 앞 광장이 비좁을 지경이었다. 고육지책 끝에 내놓은 대안은 옥외 변소를 철거하고 심지어는 대성당의 지하 납골당의 유골까지 치워 가며 공간을 만드는 것. 서점들의 경쟁도 날로 치열해 질 수밖에 없었다. 지금의 대형 서점에서 볼 수 있는 마케팅이 이미 이때부터 시작되었다. 책 속의 인상적인 구절을 적어 판매대 앞에 붙여 두어 손님의 눈길을 끌었다. 엘리자베스 치세 마지막 10년 동안 허가받은 인쇄소에서 발행한 책은 3,000종을 넘어섰다.

셰익스피어는 필드의 가게 안으로 들어가서 두꺼운 양장 제본의 책부터 단출하게 인쇄된 작은 책까지 꼼꼼히 들춰보기 시작한다. 필드 가게의 책꽂이를 더듬던 셰익스피어가 책 한 권을 뽑아 들었다. 플루타크의 〈영웅전〉. 토머스 노스Thomas North가 번역하여 1579년에 초판 발행되었다는 소문으로만 듣던 그 책을 드디어 찾아낸 것이다. 책을 손에 넣는 데 16년이나 걸렸다. 셰익스피어의 서재로 옮겨진 〈영웅전〉은 그로부터 4년 후인 1599년에 초연된 〈줄리어스 시저〉로 다시 태어났다.

필드에게 책값을 치른 셰익스피어의 발걸음이 바빠졌다. 집으로 돌아가서 빨리 책을 펼쳐보고 싶은 마음으로 가득하다. 다시 세인트 폴 성당의 문 앞에 도착한 셰익스피어는 힐끗 성당 안으로 눈길을 돌린다. 얼마 전 발표한 〈로미오와 줄리엣〉의 성공 이후, 차기작에 대한 부담으로 며칠 눈을 제대로 못 붙이던 참이었다. 잠시 머뭇거리던 셰익스피어가 성당으로 발길을 돌린다. 그리고 성당 문을 열고 들어선다. 경건한 침묵은커녕 소란스러움에 악취까지 밀려 나온다. 방금 산 귀중한 책을 손에 들고 얼굴을 찌푸리던 셰익스피어도 어쩔 수 없다는 듯, 엉거주춤 무릎을 꿇었다.

번힐 필즈 공동묘지의 윌리엄 블레이크

올드 스트리트 지하철역Old Street Tube Station에서 시티 로드City Road 방향으로 나선다. 왼편으로는 웨슬리 채플The Weseley Chapel이, 오른편으로는 번힐 필즈 공동묘지Bunhill Fields Burial Ground가 있다. 먼저 동상이 있는 교회부터 들어가 본다. 감리교회의 창시자 존 웨슬리John Wesley(1703~1791)가 1778년에 지은 이 건물은, 세계 감리교의 본산이다. 장로교를 창시한 장 칼뱅Jean Calvin(1509~1564)과 함께 중요한 종교 개혁자로 손꼽히는 존 웨슬리는 기독교의 구원에 있어 칼뱅과는 다른 교리를 펼쳤다. '신의 구원은 예정되어 있다'라고 주장한 칼뱅과 달리 존 웨슬리는 '인간 누구에게나 하나님의 선재적 은총이 있고 그것을 수용하는 것은 인간의 주도권에 달려 있다'라고 설파했다. 이것이 곧 자유 의지적 교리에 바탕한

만인 구원설이다. 이런 칼뱅과 존 웨슬리의 사상은 훗날 장로교와 감리교를 나누는 큰 차이점이 된다. 지금도 수천 명의 신도들과 순례자들이 찾는 웨슬리 채플은 예배당과 박물관으로 공개되어 있다.

교회에서 나와 길을 건너 번힐 필즈 공동묘지Bunhill Fields Burial Ground로 들어선다. 런던 월의 외곽에 위치해 있던 이 오래된 매장지의 역사는 17세기까지 거슬러 올라간다. 성벽 밖의 누추한 공터에 유대인들과 비국교도들Nonconformists의 시신이 버려지기 시작했다. 영국 국교회의 예배와 교리에 반대한 개신교도들이었던 그들의 죽음은 쓸쓸했다. 하나둘 묻힌 시신은 무려 12만 구까지 늘어났다. 1867년, 이곳은 런던시의 관리로 운영되는 공동묘지가 되었다. 넓은 부지의 묘지에는 아름드리나무가 짙은 녹음을 드리우는 공원이 어우러져 있고, 수백 년의 세월을 지내며 한 줌 흙으로 돌아갔을 주인 잃은 돌비석에는 이끼만 무성하다. 삶과 죽음의 경계가 모호한 곳. 공원에서 들려오는 아이들의 웃음소리를 들으며 천천히 비석 사이로 발걸음을 옮긴다.

존 버니언John Bunyan(1628~1688)의 묘지가 보인다. 성경 다음으로 가장 많이 번역되었다는 기독교 문학 작품《천로역정》의 작가다. 오른편에 보이는 아담한 오벨리스크에 다가가니《로빈슨 크루소》의 작가 다니엘 디포Daniel Defoe(1660~1731)의 이름이 새겨져 있다. 저널리스트로서 당국을 비판하는 글로 감금까지 당했던 작가는 환갑의 나이에 쓴 소설《로빈슨 크루소》로 영문학사에 길이 이름을 남겼다. 그 옆에는 18세기 영국 낭만주의 시대의 시인이자, 화가, 그리고 판화가였던 시인이자 윌리엄 블레이크William Blake(1757~1827)의 묘비도 보인다. 살아생전 '미치광이'로 불렸던 그는 죽은 후에야 20세기가 인정한 예술가로 이름을 남긴다. 그의 한계 없는 상상력은 동시대인들에게 환영받지 못했지만 스티브 잡스는 외로운 천재를 알아봤다. 블레이크의 열렬한 추종자였던 잡스는 아이디어가 떠오르지 않을 때마다 블레이크의 삽화를 들추고 시를 읽었다.

> 한 알의 모래에서 세계를 보고
> 한 송이 들꽃에서 하늘을 본다.
> 너의 손바닥에 무한을 쥐고
> 한 순간에 영원을 담아라.
>
> 《순수의 노래 경험의 노래》윌리엄 블레이크 지음, 김영무 옮김, 혜원출판사

블레이크의 대표작 중 하나인 〈순수의 전조〉의 한 구절이 떠오른다. 블레이크처럼 시대를 앞서갔던 또 한 명의 천재, 스티브 잡스. 디지털 혁명을 이끌던 선구자도 육신의 한계 앞에서는 범인과 다를 바가 없었다. 투병 중에도 블레이크의 시를 읽으며 무한을 쥐고 영원을 꿈꿨을까. 잡스는 56세를 일기로 그토록 번잡스러웠

던 생을 마감하고 영면에 들었다.

행운의 거리에 있는 포춘 극장

묘지에서 나와 번힐 로Bunhill Row와 화이트크로스 거리Whitecross St.를 지나면 포춘 거리Fortune St.를 만난다. 이 '행운의 거리'에 포춘 극장Fortune Playhouse이 있었다. 극장의 주인은 그 유명한 필립 헨슬로우와 에드워드 애일린 콤비. 1장에서 소개했듯이 장인과 사위 사이였던 이 둘은 엘리자베스 시대를 대표하는 극장 경영가로 이름을 날렸다. 이미 커튼 극장과 로즈 극장을 운영한 경험이 있던 그들은 세 번째 투자로 포춘 극장을 선택했다. 1600년에 문을 연 극장은 연극을 금지했던 청교도 혁명으로 1642년 문을 닫을 때까지 런던 시민들을 불러 모았다.

당시 인근의 쇼디치를 포함한 이 지역은 지금의 웨스트 엔드에 버금가는 엔터테인먼트의 중심지였다. 쇼디치 서쪽에는 더 시어터(1576)와 커튼 극장(1577)이 있었고 세인트 질 위다웃 크리플게이트St Giles-without-Cripplegate 교구에는 스완 극장(1595)이 있었다. 포춘 극장은 1600년에 만들어졌으니 가장 마지막으로 들어선 셈이다. 거기에는 이유가 있다. 필립 헨슬로우의 사업가적인 계산이 더해졌기 때문이다. 1590년대 말, 템스강 북쪽 쇼디치의 시대는 서서히 지고 있었다. 쇼디치 시대를 열었던 '더 시어터'가 템스강을 건너 서더크에 '글로브 극장'이라는 새로운 이름을 내걸며 관객 몰이에 들어갔다. 템스강 남쪽 서더크 지역에 가장 발 빠르게 로즈 극장(1587)을 짓고 운영 중이던 헨슬로우에게 예상치 못한 경쟁자들이 갑자기 등장하게 된 것이다. 헨슬로우와 그의 사위 애일린은 다시 템스강 북쪽으로 눈길을 돌리게 된다. 그리고 두 사람은 극장의 앞날에 행운을 빌며 포춘 거리의 이름을 딴 극장 문을 열었다. 행운의 이름 덕이었을까. 포춘 극장은 사라졌지만 그 모습을 본 따서 만든 극장이 전 세계 곳곳에 있다. 오스트레일리아 퍼스에 있는 웨스턴 오스트레일리아 대학 극장, 폴란드의 그단스크 셰익스피어 극장이 포춘 극장에서 영감을 얻어 만들어졌다. 포춘 극장은 바다 건너 아시아 일본에도 모습을 드러냈다. 와세다 대학에 있는 쓰보우치 기념 연극관. 쓰보우치 쇼오坪内逍遥(1859~1935)는 일본의 극작가이자 문예 평론가로 평생을 셰익스피어 전작 번역에 바쳤다. 죽기 7년 전에 40권의 전집을 완성한 그를 위한 선물로 이만한 것이 없었을 것이다.

예술의 탑 위에 쌓은 망루, 바비칸 센터

포춘 거리에서 직진을 하면 골든 레인Golden Lane이다. 왼편으로 걸어 내려가니 바비칸 센터Barbican Center가 모습을 드러낸다. 멀리서 바라보는 바비칸은 마치 거대한 콘크리트 요새 같다. 아파트의 벽들이 4면을 철옹성처럼 둘러싸고 있어 센터의 출입문을 찾기에도 쉽지가 않다. 지하철을 타고 바비칸 역에 내린다면 상황은 좀 더 어려워지는데, 바비칸 센터로 가는 길을 안내하는 화살표를 따라가도 제자리에 맴도는 신기한 경험을 하게 된다. 당황할 필요는 없다. 이곳에서는 누구나 길을 잃는다. '성문 위의 망루'라는 뜻의 바비칸. 2차 세계대전의 포화가 휩쓸고 간 전쟁의 폐허 위에 예술의 성을 쌓아 올려 런던을 지켜내려는 결연한 의지가 담겨 있는 듯하다.

영국 국민들에게 바비칸 센터 건축은 2차 세계대전으로 입은 정신적 고통과의 결별이자, 경제적 복구에 대한 희망의 현장이었다. 전쟁이 발발하자 독일군은 '시티 오브 런던'에 제일 먼저 포탄을 떨어뜨렸다. 세계 금융의 중심지이자 도도한 역사가 흐르는 영국의 심장이 순식간에 초토화되는 순간이었다. 폐허에는 잿더미만 쌓였다. 영국인들의 자존심이 무너지는 순간이었고, 독일은 바로 이를 노렸다. 전쟁이 끝난 후, 제일 먼저 논의된 일은 '시티 오브 런던'의 재건. 전쟁의 상처를 아물게 하기엔 예술만 한 치료약이 없었다. 1955년 전후 복구 사업의 일환으로 계획된 바비칸 센터는 16년간의 기획과 검토 기간을 거치며 대대적인 도시 프로젝트로 이어졌다. 주거 공간과 예술 공간이 자연스럽게 어우러지는 아트 빌리지를 건설하는 것이 목표였다. 1971년 착공에 들어간 이후에도 공사를 서두르지 않았다. 1977년에 먼저 연극과 음악 학교를 완공하고, 5년 뒤인 1982년이 되어서야 극장과 콘서트 홀, 도서관, 전시장, 영화관을 갖춘 복합 예술 센터가 갖추어졌다. 무려 27년이 걸린 셈이다. 당시 건설비는 1억 6천만 파운드, 현재의 가치로 치면 4억 파운드가 넘는 어마어마한 예산이 투입되었다. 우리 돈으로 하면 무려 5,000억 원이나 된다.

바비칸 센터로 가까이 다가가니, 멀리서 보이던 철옹성 같은 아파트들의 창문마다 꽃이 만개한 화분들이 장식되어 있다. 회색빛 콘크리트를 배경으로 피어난 진분홍과 노랑, 그리고 초록의 생명력이 더욱 눈부시다. 아파트에 살고 있는 주민 누군가가 처음 화분을 내걸고, 이웃들도 하나둘 동참했을 것이다. 차가운 시멘트 벽, 저 너머에 살고 있는 사람들의 일상과 온기가 느껴진다. 처음 바비칸 센터가 완공되었을 때 런더너들에게도 익숙치 않은 풍경은 바로 이 아파트들이었다. 기껏해야 3~4층 정도 높이의 플랫Flat이라고 불리는 연립 주택이나 단독 주택detached house이 대부분인 영국의 주거 문화에서 바비칸 센터의 고층 아파트는 그 자체로 볼거리였다. 완공 이후, 여기에 또 하나의 꼬리표가 따라 붙었다. BBC가 선정한 '가장 흉물스러운 건물 1위.' 타일이나 벽돌 한 장 붙이지 않는 노출 콘크리트와 가공하지 않은 건축 재료들로 만들어진 건물들은 입주자들이 살고 있는데도 '도대체 언제 완공이 되느냐'는 질문을 들을 만큼 미완성으로 보였다. 전통주의자들의 공격과 대중들의 반감이 이어졌다. 하지만 바비칸 센터는 영국에서

바비칸 센터 고층 아파트들

시작된 건축 양식인 브루탈리즘Brutalism을 대표하는 건축물로 그 가치를 인정받아 2001년 문화부 지정 2급 보존 건물Grade II Listed 로 등록되었다.

이루지 못한 브루탈리즘 건축의 꿈

2차 세계대전 종전 후 등장한 건축 양식인 브루탈리즘의 어원은 현대 건축의 위대한 거장, 르 코르뷔지에Le Corbusie(1887~1965)가 사용했던 베통 브루Beton Brut에서 시작되었다. 프랑스어로 'beton' 은 '콘크리트'를, 'brut'는 '거친, 가공하지 않은'이라는 의미로, 르 코르뷔지에가 즐겨 사용했던 '노출 콘크리트'를 뜻한다. 이를 다소 비판적으로 바라보던 영국의 건축계에서는 '브루탈리즘'의 원래의 어원보다는 '야수적이고 잔혹한'을 의미하는 영단어 브루탈brutal의 의미로 정착되었다. 영국에서 브루탈리즘의 시작은 1954년 피터와 알리슨 부부Alison & Peter Smithsons가 건축한 노포크 지방의 한스탄튼 학교에서 찾는다. 전통적인 우아미를 추구하는 조형화된 서구 건축 문화에 반기를 든 부부 건축가는 건축물의 외형을 장식하지 않는 것은 물론, 건물 내부에 감추어져 있던 설비들을 숨기지 않고 그대로 드러냈다. 르 코르뷔지에의 후기 건축과 순수주의에 영향을 받은 동시대 영국 건축가들에 의해 브루탈리즘은 급격히 확산되기 시작했다.

브루탈리즘 건축은 시대의 요구와 맞아 떨어졌다. 2차 세계대전이 끝난 후, 전후 복구에 노력하던 유럽 국가들은 빠른 도시 재건이 필요했다. 기존의 건축 자재인 비싼 강철 대신 콘크리트로 짓는 건물은 상대적으로 저렴했고 공사 기간을 단축시켰다. 브루탈리즘은 공동 주거를 위한 건축물뿐 아니라 공공 기관에도 적용되기 시작했고, 전후 피해가 미미했던 미국까지도 영향을 받기 시작했다. 그러나 1970년대에 들어 그 인기는 사그라들기 시작한다. '계층의 경계를 허물자'는 브루탈리즘 건축이 꿈꾸던 모델은 왜 실패했을까? 르 코르뷔지에의 '하우징 유닛Housing Unite'이라는 공동 주거 빌딩 건립 프로젝트가 좋은 예가 될 것 같다.

2차 세계대전 종전 후 프랑스 마르세유 아파트 건축에 참여한 르 코르뷔지에는 기존에 볼 수 없었던 다양한 시도를 한다. 아파트 중심에 상점을 배치하고 옥상엔 수영장까지 만들었다. 건물 안에서 모든 생활이 가능한 작은 사회였다. 거대한 콘크리트 건물을 단일 규모의 구획으로 나눈 외형은 브루탈리즘 건축 양식의 전형을 보여 주었다. 건축학적 의미를 평가받아 지금은 세계 문화유산이 된 이 아파트의 이면은 따로 있었다. 완공 후 정작 분양에 어려움을 겪게 된 것. 회색 일색의 콘크리트와 구조물들의 반복적인 모습은 정작 그 집에 살게 될 대중의 구미에는 맞지 않았다. 인간적인 온기가 없는 건물은 시간이 지나면서 마치 폐가처럼 보일 정도였다. 그 가치는 점차 하락할 수밖에 없었고 철거 논란까지 휩싸이게 된다. 민간 기업들은 사회주의를 연상시키는 획일적인 브루탈리즘 건축 양식을 의도적으로 기피했다.

브루탈리즘 건축물들에 대한 비난은 지금도 여전하지만 시대사적 의미를 담은 건축물들은 보존을 하고 있다. 한국에서 브루탈리즘은 고급 인테리어로 변형되었다. 언젠가부터 강남과 청담동 일대 소위 '힙한 분위기'의 커피숍이나 레스토랑의 실내는 온통 비슷한 분위기로 바뀌기 시작했다. 거친 콘크리트 벽과 천장을 가로지르는 파이프라인은 정제되지 않은 고급스러움의 상징처럼 여겨졌다. 하지만 그 인기도 시들하여 요새는 북유럽 스타일이 대세인 것 같지만 말이다.

바비칸 센터는 유럽 최대 규모, 영국 내 유일한 종합 예술 센터로 모든 공연 예술과 주요 시각 예술을 한자리에서 볼 수 있다. 유럽 문화의 성지, 바비칸 센터 지붕 아래에 모여 있는 예술 단체의 면면만 봐도 화려하다. 세계 4대 명문 교향악단으로 손꼽히는 런던 심포니 오케스트라LSO와 BBC 심포니 오케스트라, 100년이 넘는 전통을 자랑하는 로열 셰익스피어 컴퍼니RSC, 그리고 세계 미술의 흐름을 볼 수 있는 바비칸 아트갤러리까지. 여기에 예술 관련 서적을 총망라하는 도서관, 다양하고 유익한 교육 프로그램, 최신 영화를 감상할 수 있는 영화관도 품고 있다. 널찍한 공간마다 테이블과 의자도 비치되어 있고 근사한 테라스가 보이는 전망 좋은 카페도 있어 예술과 함께 하루를 보내기에 이만한 곳이 없다.

바비칸 센터 상주 예술 로열 셰익스피어 컴퍼니RSO는 세계적인 수준의 공연 단체다. RSO라는 로고가 포스터에 있다면 일단 믿고 본다. 그만큼 모든 공연의 수준이 높다. 1879년 셰익스피어의 고향 스트랫퍼드에 만들어진 극장을 그 전신으로 하는 RSO는 1960년 조직 개편과 함께 극장 소속의 전문 극단으로 발전해서 현재에 이른다. 1,000여 명의 스태프가 한 해 20여 편의 공연을 선보이는데 명실공히 영국 내 뿐만 아니라 세계적인 극단으로 그 이름이 높다. 극단의 재원은 여왕의 허가를 직접 얻은 '영국 예술진흥회Royal Society for Arts'를 통한 국고 보조금에서 충당한다. 셰익스피어 시대 '국왕 극단'으로 왕실의 전폭적인 지지를 받았듯이 그 명성은 현재까지 이어져 여왕의 관심과 애정을 받는다. 하지만 자유로운 창작 분위기에 왕실의 입김은 전혀 닿지 않는다. 지난 2012년부터 RSO를 이끌고 있는 그레고리 도란Gregory Doran 예술 감독은 《The Sunday Times》에서 '우리 시대 가장 위대한 셰익스피어적인 인물'로 일컬을 정도로 셰익스피어극에 정통하다. 하지만 RSO의 명성은 400년이 넘은 셰익스피어의 작품을 단순히 보존하고 원형 그대로 이어 나가는 데 있지 않다. 고전주의에 대한 새로운 해석, 대담한 전위 실험극을 넘나드는 그들의 시도야말로 셰익스피어가 지금도 살아 숨 쉬는 작가로 만드는 원동력이다. 스트랫퍼드에서든 바비칸 센터에서든 RSO의 작품 하나를 보게 된다면 런던에 대한 추억은 더욱 깊어질 것이다.

역경을 이겨낸 성공의 아이콘, 존 밀턴

바비칸 센터의 자랑, 레이크사이드 테라스Lakeside Terrace 의자에 앉아 잠시 숨을 돌린다. 호숫가에 앉아 책을 읽는 은발의 신사, 방금 보고 나온 전시 작품을 두고 열띤 토론을 벌이는 학생들, 서로의 어깨에 기대어 밀어를 속삭이는 연인들. 한가로운 모습에서 고개를 들어 보니 호수 저편으로 세인트 질스 위다웃 크리플게이트St. Giles without Cripplegate가 보인다. 바비칸 센터를 둘러싸고 있는 아파트와 세계적인 금융 그룹의 현대적인 빌딩을 배경으로 서 있는 붉은 종탑이 단아하다. 교회의 역사는 11세기까지 거슬러 올라간다. 1666년 대화재와 2차 세계대전의 폭격을 비껴간 이 행운의 교회는 런던 시내에 몇 개 남지 않은 중세 건축물 중 하나다. 하지만 제 모습을 온전히 보전하지는 못하여 2차 세계대전 이후 많은 부분이 재건되었다. 교회의 오래된 역사만큼이나 신도들의 면면들도 화려하다.

조금 전에 지나쳐 온 번힐 필즈 묘지에서 만났던 존 버니안과 다니엘 디포를 비롯하여 단두대에서도 웃음을 잃지 않았던《유토피아》의 작가 토머스 모어, 그리고 인근에 있던 포춘 극장의 공동 경영자이자 배우 에드워드 애일린도 이곳에서 신에게 무릎 꿇고 기도를 드렸다. 애일린의 모습은 교회 입구 왼편에 있는 스테인드글라스에 남겨져 있다. 청교도 혁명을 이끈 올리버 크롬웰과 그의

레이크 사이드 테라스

부인 엘리자베스 부셰는 이곳에서 1620년 영원한 사랑을 맹세하는 결혼식을 올렸다. 하지만 교회의 셀러브리티는 따로 있다. 바로 비운의 사상가, 셰익스피어의 명성에 버금가는 시인,《실낙원》의 작가 존 밀턴John Milton(1608~1674)이다.

1674년, 존 밀턴의 시신이 세인트 질스 위다웃 크리플게이트에 안장되었다. 그의 묘비는 설교단 바로 오른쪽 바닥에 있다. 넘실대는 촛불 너머 희미하게 그의 이름이 천천히 모습을 드러낸다. 실명 후 실의와 고독 속에서《실낙원》이라는 세기의 걸작을 써낸 존 밀턴. 한 인간의 위대한 삶과 죽음 앞에서 숙연해진다. '모든 구름 뒤에는 햇빛이 있다'라고 말한 밀턴은 실로 자신의 인생 속에서 격언을 실천해 나간 인물이다. 역경과 고난을 이겨내고 성취를 이루어 낸 수많은 이들 중에 밀턴만 한 스토리가 또 있을까 싶다.

작곡에도 재능이 있고 부유하고 교양 있는 상인이었던 아버지 존 밀턴은 어린 존에게 큰 영향을 끼친 인물이다. 부자는 이름도 같았다. 7세에 라틴어와 그리스어, 히브리어까지 배우기 시작한 밀턴의 라틴어 실력은 케임브리지 대학 크라이스트 칼리지에 입학할 당시에는 타의 추종을 불허했다. 하지만 정작 대학 졸업 후 밀턴은 6년 동안 런던 서쪽 교외의 호튼에 칩거한다. 이때 발표된 글이 가면극 〈코머스Comus〉와 친구를 위한 추도시 〈리시다스Lycidas〉다. 그리고 1638년, 돌연 파리와 이탈리아로 떠나지만 고국의 혼란스러운 정치 상황을 듣고 1년 만인 1639년 영국으로 귀국

한다. 이때부터 밀턴의 격동 같은 인생 2막이 시작된다.

　당시 영국은 왕권신수설을 주장하며 의회를 해산시킨 절대군주 찰스 1세와 의회파의 수장 올리버 크롬웰의 대치가 절정으로 치닫고 있었다. 찰스 1세가 무리하게 일으킨 스코틀랜드와의 전쟁에 패하고, 이를 보다 못한 의회파의 혁명이 승리로 돌아가면서 국왕과 왕당파는 갈 곳을 잃게 된다. 바야흐로 주권자가 국왕으로부터 국민으로 바뀌는 시대였다. 신에게 부여받은 전지전능한 왕의 권한들은 이제 국민의 손에 쥐어졌다. 국민의 대표가 입법, 행정, 사법의 국가 권력을 행사하는 혁명의 시기였던 것이다. 올리버 크롬웰의 공화제를 지지하는 선봉에 밀턴이 있었다. 그는 청교도 혁명과 크롬웰을 옹호하는 글들을 쓰기 시작했다. 언론 출판의 자유를 주창한 〈아레오파지티카Areopagitica〉, 크롬웰의 라틴어 비서관 시절 공화제를 옹호하기 위해 쓴 〈영국 국민을 위한 변호의 서書〉 등의 산문들은 전 유럽에 혁명 사상가로서 밀턴의 명성을 드날린 글들이었다.

　1649년 1월 30일, 마침내 찰스 1세가 참수형을 당했다. 크롬웰의 청교도 혁명이 맞는 승리의 순간이었다. 국왕이 처형되자 영국은 왕국에서 공화국이 된다. 그러나 승리의 기쁨은 오래가지 않았다. 크롬웰이 죽고 나자 왕당파는 네덜란드에 망명 중이던 찰스 2세를 불러들인다. 찰스 1세가 처형되고 11년 후인 1600년, 다시 왕이 세워졌다. 천년을 넘게 이어져 온 왕권은 그리 쉽게 무너지지 않았다. 청교도 혁명을 이끌었던 지도자들은 처참하게 복수를 당했다. 사형과 종신형, 심지어 부관참시를 당하기도 했다. 왕정복고 시대가 열렸다.

공화제를 옹호했던 밀턴의 처지도 나락으로 떨어졌다. 밀턴의 책들은 불태워졌고 도피하는 신세가 된다. 이때 또 하나의 불행이 닥쳤다. 좋지 않았던 시력을 완전히 잃게 된 것. 혁명 정부의 과도한 격무 속에서 영국 의회에 왕의 처형을 지지하는 팸플릿을 쓰던 밀턴은 장님이 되었다. 놀라운 것은 자신의 시력 상실이 자발적이라는 밀턴의 주장이었다. 자유의 방어를 위해 자신의 시력을 희생했다는 그는 좌절하지 않았다. 그리고 오래전부터 꿈꾸었던 시를 쓰기로 결심한다. "위대한 시인들은 자신의 시들이 절대로 사라지지 않도록 시를 쓴 것처럼, 나도 후세에 사라지지 않을 시를 써야 한다."

실패한 혁명 사상가로서 무릎 꿇지 않은 그는 다시 펜을 잡았다. 총 12권, 1만 행에 달하는 대서사시 《실낙원》이 이 시기에 탄생된다. 청교도 혁명의 소용돌이에 휘말리는 바람에 미뤄 두었던 《실낙원》의 구상은 사실 20년 전부터 계획했었다. 모든 것을 잃은 밀턴은 혼자만의 시간으로 깊이 침잠하며 20년 전의 꿈을 다시 들춰냈다. 만약 혁명이 성공하고, 밀턴이 시력을 잃지 않았다면 우리는 《실낙원》을 만날 수 있었을까? 역사는 언제나 가정과 우연의 길로 유혹한다. 《실낙원》의 집필 과정도 남다르다. 앞을 못

보는 밀턴은 자신의 시상詩想을 구술하고 그의 아내 엘리자베스가 남편의 목소리에 귀를 기울이며 이 방대한 시를 받아 적어 내려갔다. 엘리자베스는 밀턴의 세 번째 아내였다. 31살의 나이 차이와 밀턴의 불우한 말년에도 불구하고 그녀는 밀턴의 곁을 지키다가 그의 죽음을 함께 맞았다.

1647년, 밀턴은 반역자와 은둔자로서 숨을 거둔다. 하지만 밀턴의 혁명은 실패로 끝난 것이 아니었다. 그의 사후 14년인 1688년, 영국 의회는 제임스 2세를 무혈로 몰아내는 명예혁명Glorious Revolution을 일으킨다. 이듬해인 1689년에는 국왕의 전제 권한을 박탈하는 권리장전Bill of Right을 제정하여 '왕의 무력화'에 성공한다. 이로써 근대 최초의 입헌 민주주의가 탄생되었다. 명예혁명의 불씨는 1789년 프랑스 혁명과 인권 선언으로 타올랐다. 그 뒤로 지금까지 200년이 넘는 시간 동안 그 불길은 영원하여, 전 세계 민주주의 혁명과 정치적 자유의 시대를 여는 횃불이 되었다. 밀턴의 삶이 거대한 혁명의 밑거름이었던 것이다.

교회의 묘지에는 우리가 알고 있는 악명 높은 인물도 한 명 있다. 토머스 루시 판사. 좀 갸우뚱하다면 1장이 힌트다. 셰익스피어의 고향 스트랫퍼드의 고약한 치안 판사였던 토머스 루시와 그의 가족들의 시신이 이곳에 잠들어 있다. 눈을 감으면서 루시 판사는 자신이 아끼던 꽃사슴을 밀렵한 셰익스피어를 용서했을까?

2000년 런던의 역사를 담고 있는 런던 뮤지엄

교회를 나서 런던 뮤지엄으로 이어지는 계단으로 향한다. 그 옛날, 시티 오브 런던을 에워싸던 런던 월의 잔해를 따라 월사이드 wallside를 걷는다. 발걸음을 뗄 때마다 세인트 질스 위다웃 뉴게이트 교회와 바비칸, 그리고 고층 빌딩들이 차례차례 눈에 들어온다. 동서로 런던탑에서 세인트 폴 대성당까지, 남북으로는 템스강에서 런던 월에 이르는 약 78만 평의 시티 오브 런던은 런던 월의 경계로 구분된다. 로마의 계획도시로 만들어진 런던의 전성기는 2세기였다. 인구 6만에 신전과 목욕탕, 원형 극장, 도시 수비대의 병영까지 갖추었다.

하드리아누스 황제가 스코트 족의 침입을 막기 위해 만든 하드리아누스 방벽과 도로망을 따라 세워진 런던 월은 당시 가장 큰 공사 중 하나였다. 5킬로미터 길이에 6미터 높이, 2.5미터 두께의 성벽이 모습을 드러냈다. 당당한 위용을 자랑했을 런던 월은 시티 오브 런던 역사의 부침을 함께하며 현재는 그 잔해만이 드문드문 남아 있을 뿐이다. 2차 세계대전 이후 대대적인 도시 재건 속에서도 영국인들은 런던 월의 돌무덤을 그 자리에, 그대로 보존했다. 금융 회사의 최신식 빌딩들도 이끼 낀 런던 월을 피해 몸을 틀었다. 그래서 우리는 지금도 2000년 전의 런던을 걷는다.

저 멀리 건물의 벽을 기어 올라가는 듯한 검정색 대형 도마뱀

런던 박물관

이 보인다. 런던 박물관Museum of London이다. 1975년에 문을 연 런 던 박물관은 2000년 런던의 역사를 한눈에 볼 수 있는 곳이다. 과 거 이곳은 런던 월 바로 외벽, 유대인의 묘지가 있던 자리였다. 선 사시대부터 현재까지 런던의 변모를 알 수 있는 유적들과 소장품, 그리고 기획 전시들이 흥미롭게 구성되어 있어 런던을 이해하는 데 이만한 곳이 없다. 박물관을 나서기 전 팁 하나. 런던에 관련된 다양한 서적들이 구비되어 있는 박물관 서점을 놓치지 말자.

실버 거리의 하숙집 나리, 셰익스피어

박물관을 나서 런던 월 거리London wall St.를 건넌다. 우드 거리Wood St.로 이어지는 길 어딘가에 지금은 사라진 실버 거리Silver St.가 있 었다. 이곳에 장년기에 접어든 셰익스피어의 흔적이 남아 있다. 1603년에서 1604년, 사십대 초반이 된 셰익스피어. 그는 런던 월 의 북서쪽 모퉁이, 크리플게이트의 실버 거리와 머그웰Mugwell 모 퉁이에 있는 프랑스인 가발 가게 위층에 세 들어 살았다. 그리 고 이곳에서 〈잣대엔 잣대로〉〈끝이 좋으면 다 좋다〉 그리고 〈리 어왕〉을 집필했다. 가게 주인의 이름은 크리스토퍼 마운트조이 Christopher Mountjoy. 그와의 인연이 악연이었는지, 10년 후 셰익스 피어는 증인으로 법원 출두까지 하게 된다.

셰익스피어가 친숙하게 돌아다녔던 쇼디치, 비숍게이트, 크리플게이트는 프랑스나 벨기에, 네덜란드와 룩셈부르크에서 망명해 온 기능공들이 모여 살던 지역이었다. 무엇보다 집세가 저렴했다. 하지만 이미 극작가로 정점에 있었던 셰익스피어가 집세에 쪼들려 이사를 하진 않았을 것이다. 더군다나 크리플게이트에서 글로브 극장으로의 출퇴근길은 번거롭기 짝이 없었다. 도시를 가로질러 남쪽으로 돌아가거나 거룻배를 이용해 강 건너 서더크까지 가는 수밖에 없었다. 그런데 왜 굳이 이곳으로 이사를 왔을까?

절름발이(크리플)가 치유를 받았다는 전설의 문이 있는 크리플게이트로 이사를 한 1603년, 셰익스피어는 이미 히트 작가였다. 1590년대 후반에서 1600년대 초반까지 셰익스피어의 인생은 놀랄 만큼 생산적인 시기였다. 훌륭한 극본들이 연속적으로 탄생했다. 〈로미오와 줄리엣〉〈리처드 3세〉〈한여름 밤의 꿈〉〈베니스의 상인〉〈뜻대로 하세요〉〈십이야〉〈줄리어스 시저〉 그리고 〈햄릿〉까지. 그의 명성과 부도 차곡차곡 더해졌다. 하지만 극단 간의 치열한 경쟁과 쉴 새 없는 극작은 중년에 접어든 셰익스피어를 지치게 만들었다.

런던 최초의 극장 레드 라이온이 개관한 1576년부터 청교도 혁명으로 모든 극장이 폐쇄되는 1651년까지 약 5,000만 명의 유료 관객이 연극을 관람했다. 런더너들은 연극을 사랑했고 끊임없이 극장을 오갔다. 하지만 극장 운영은 호락호락한 일이 아니었다. 셰익스피어는 자신이 주주로 참여한 글로브 극장과 극단의 운영을 위해서 적어도 하루에 2,000여 명에 달하는 유료 관객들을 극장으로 불러들여야 했다. 잘 실감이 나지 않을 수 있지만 이는 대단한 행운과 노력이 필요한 일이다. 우리나라의 예술의 전당 오페라 하우스와 국립 극장 대극장의 경우에도 하루 유료 관객 2,000명은 몇 작품 손에 꼽을 정도로 어려운 일이다.

새로운 손님을 끌어들이려면 쉴 새 없이 신작들을 발표해야 했다. 일주일에 5편의 희곡이 무대에 올랐다. 당연히 극장들은 재능 있는 희곡 작가의 발굴에 나섰지만 희곡으로 생계를 유지하는 작가는 거의 없었다. 잘 받아야 희곡 한 편에 10파운드. 이마저 대여섯 명의 작가들이 합작을 하면 개인이 손에 쥐는 돈은 그야말로 얼마 되지 않았다. 당대에 셰익스피어보다도 명성을 떨쳤다는 벤 존슨도 가난에 시달리며 생을 마감했다. 셰익스피어는 휴식이 필요했을지도 모른다. 그리고 무엇보다 그의 친한 동료들이었던 존 헤밍과 헨리 콘델이 이곳에 살았다. 한 편으로는 바로 지척에 있었던 경쟁 극단인 포춘 극장의 활약상은 셰익스피어의 긴장감을 놓치지 않게 만들었다.

여기에서 잠깐 셰익스피어 작품 중 불후의 명작 〈햄릿〉의 탄생에 대해 이야기 하지 않을 수 없다. 작가의 원숙기인 30대 후반, 1601년에 발표된 〈햄릿〉은 이전에 전혀 접해 보지 못했던 캐릭터의 등장이었다. 영웅의 미묘하고 복잡한 정신 상태를 묘사한 그를 두고 프로이트는 '셰익스피어가 정신분석학의 중요한 논제들을 빠짐없이 다루었다'고 확언했다. 또 하나 중요하고 대담한 변모가 있다. 대본 가득 쏟아지는 새로운 어휘들. 셰익스피어는 이전의 스물한 개의 연극과 2개의 장시에서 쓴 적 없는 어휘들을 써 내려갔다. 무려 600개가 넘는 신조어들은 영어로 기록된 적이 없는 것들이었을 뿐 아니라 셰익스피어 자신도 처음 만들어 낸 단어들이었다.

그의 이런 변화에는 시기적으로 두 가지 사건이 영향을 미친 것으로 보인다. 1600년, 자신의 후원자이자 연인이었을지 모를 사우샘프턴 백작의 투옥과 몰락, 그리고 1956년 경험한 아들 햄닛의 죽음이었다. 사우샘프턴과 셰익스피어의 관계는 4장에서 이미 자세히 언급한 바대로 그의 인생에 잊지 못할 기억을 남겼다. 하지만 작가의 아들 햄닛의 등장은 사뭇 의아스럽다. 아내와 아이들을 고향 스트랫퍼드에 남겨 두고 홀로 런던 생활을 하던 그가 아니던가. 가족과의 돈독한 애정을 발견할 수 있는 증거들도 남아 있지 않다. 심지어 아들을 잃은 직후인 4년간 셰익스피어는 그의 작품 중 가장 쾌활한 작품들을 써냈다. 〈윈저의 즐거운 아낙네들〉 〈헛소동〉 〈뜻대로 하세요〉. 어찌 보면 비정한 아버지인 것처럼 보이기도 할 법했던 셰익스피어는 왜 새삼스레 수년 전의 비극을 떠올렸던 것일까.

우연의 일치일지도 모르지만 비운의 왕자 '햄릿'과 아들의 이름 '햄닛'의 이름이 비슷해서였을지도 모른다. 〈햄릿〉을 집필하며 쓰고 또 쓰던 그 이름은 어린 아들을 떠올리게 했다. 그도 아버지가 아니었던가. 셰익스피어는 자신의 죽은 아들과 이름이 같은 어느 파멸한 영웅의 비극을 쓰면서 매일 밤 깊은 상념에 잠겼을 것이다. 그로 인해 작가로서 인간과 삶을 이해하는 더욱 성숙한 단계에 오르게 되었을 것이다. 셰익스피어는 〈햄릿〉을 분수령으로 〈오셀로〉〈리어왕〉〈맥베스〉〈안토니와 클레오파트라〉 그리고 〈코리올라누스〉를 쏟아 내었다.

사실 〈햄릿〉은 셰익스피어가 만들어 낸 인물은 아니었다. 그의 대부분의 작품이 그렇듯이 유년 시절 접했던 설화나, 독서광이었던 그가 읽었던 책, 그리고 다른 연극에서도 과감하게 아이디어를 착안했다. 셰익스피어의 천재성은 무에서 유를 만들어 내는 데 있지 않았다. 그의 소질은 이미 회자되던 이야기들을 찾아내어 몇 스푼의 창의성을 더해 맛있게 비벼 내는 데 있었다. 12세기 덴마크의 역사가 삭소 그라마티쿠스가 처음 소개한 '햄릿'은 덴마크 왕자가 살해된 아버지의 복수를 한다는 자극적인 이야기로, 이미 1589년에 런던에서도 공연될 만큼 영국인들에게도 통했다. 셰익스피어도 시장 조사 겸, 그 인기 많다는 〈햄릿〉을 보러 수차례 극장에 방문했을 것이다. 〈햄릿〉 대본을 발표한 뒤, 그는 직접 자신의 연극에 유령으로도 출연을 했다. 셰익스피어는 극작가와 배우를 동시에 소화 해 내는 전천후 연극인이었다. 1592년, 1598년, 1603년, 1608년에 배우를 했다는 기록이 남아 있는데 그가 맡은 단골 배역이 바로 〈햄릿〉의 유령이었다.

셰익스피어는 자신의 입장과 퇴장이 적힌 대본집을 가지고 있었다. 이 대본집이라는 것이 그저 종이 두루마리를 풀로 붙인 엉성한 뭉치였는데 엘리자베스 시대의 배우들은 자신의 출연 분량만큼의 두루마리roll만을 가질 수 있었다. 바로 여기서 지금의 배우들이 맡는 '역할role'이라는 말이 유래했다. 배우가 전체 대본을 소지하는 것은 있을 수 없는 일이었다. 당연히 전체를 다 인쇄하려면 비용이 많이 들었고, 극단은 대본의 유출 문제도 걱정을 했다. 희곡은 극단의 제일 중요한 자산이었다. 극단의 후원자들에게 증정하기 위한 특별한 경우에만 전체 복사본을 만들기도 했다. 극단이 경제적 어려움에 처하면 극본을 인쇄업자에 파는 일도 있었다. 하지만 이는 흔치 않은 일이었다. 지금도 그렇지만 연극은 '읽는 예술'이 아니라 '보는 예술'이기 때문이었다. 관객들은 서재에서 희곡집을 읽는 것보다 매음굴과 소매치기들이 진 치고 있는 더러운 골목들을 지나 극장에 가길 원했다. 전체 대본이 남아 있는 경우는 아주 희귀한 일이었다. 이런 이유로 우리는 많은 작품들을 일별할 수 있는 기회조차 잃었다. 셰익스피어의 《퍼스트 폴리오》를 출판한 존 헤밍과 헨리 콘델스에게 노벨 문학상을!

셰익스피어의 하숙집은 그가 사망한 후에도 50여 년간 자리를 보존하고 있었다. 하지만 역시나 1666년의 대화재가 문제였다. 푸딩 레인에서 시작된 작은 불씨는 건조한 도시를 제물 삼아 걷잡을 수 없이 번져 서쪽으로 진행됐다. 크리플게이트는 대화재로 인해 파괴된 지역의 북쪽 끝 언저리에 있었다. 실버 거리가 화염에 휩싸인 것은 화재가 발생한 지 3일째인 1666년 9월 4일. 1만 3천 채의 집이 사라졌고 아쉽게도 마운트조이의 집도 그중 하나였다. 빨리 불길을 잡았다면 그의 집은 살아남을 수 있지 않았을까? 괜한 상상을 해 본다. 훗날 마운트조이의 집은 다시 복원되었다. 19세기 중반이 되면서 이곳은 더 쿠퍼스 암스The Cooper's Arms라는 선술집으로 그 모습을 바꾸었다. 실버 거리는 공장지대로 변해 갔지만 선술집만은 공장 노동자들의 하루를 위로하는 맥주를 팔며 명맥을 유지했다.

아쉽게도 실버 거리는 결국 역사 속으로 사라졌다. 2차 세계대전의 폭격은 셰익스피어의 그나마 몇 남지 않은 흔적 중 하나를 가져가 버렸다. 1940년 12월 29일 새해를 맞이하기 전날 밤, 독일군은 런던에 폭격을 떨어뜨렸다. 무방비 상태로 있던 런던은 순식간에 폐허로 변했다. 북쪽으로는 앨더스게이트와 무어게이트가, 남쪽으로 치프사이드Cheapside까지 불길이 치솟았다. 대공습 이후 많은 지역이 잿더미 속에서 제 모습을 찾았지만 실버 거리는 그러지 못했다. 바비칸 센터 프로젝트에 포함되지 못한 이 거리는 바비칸 단지의 외곽 지역으로 바뀌었다. 현재 실버 거리의 일부는 런던 월 거리 아래쪽으로, 일부는 런던 월을 따라 뻗어 있다. 과거의 위치를 대충 짐작해 보면 런던 월 주차창 지하쯤이 될 것 같다.

셰익스피어는 다시 한 번 흔적을 감추었다.

마운트조이 소송 사건의 증인, 셰익스피어

셰익스피어가 마운트조이의 하숙집을 떠난 뒤 10여 년이 흐른 1612년 5월 11일. 웨스트민스터 소재 소액 청구 재판소에 계류 중인 소송 서류에 셰익스피어의 이름이 등장한다. 그는 법원 서기가 기록한 진술서의 맨 밑에 서명을 했다. 스트랫퍼드 법원에서 있었던 이 진술은 셰익스피어의 연설 방식과 그가 직접 쓴 6개의 서명 중 하나를 볼 수 있는 유일한 사건이다. 당시 셰익스피어는 48세.

셰익스피어가 증인으로 출두했던 재판은 '벨롯 대 마운트조이 사건'이었다. 피고인 크리스토퍼 마운트조이는 머리 장식 제작자였고 원고인 스티븐 벨롯은 마운트조이의 제자였다. 벨롯은 그의 딸과 결혼하여 사위까지 된 인물이었다. 둘 다 프랑스 인으로, 타지 생활에 함께 적응하는 사제지간이자 가족의 연까지 맺게 되지만 치졸한 돈 싸움의 주인공이 된 것이었다. 가족 간의 금전 다툼으로 소송까지 갔던 재판은 결혼 지참금 때문에 벌어졌다. 벨롯은 1604년에 마운트조이의 딸과 결혼하면서 60파운드의 지참금을 받기로 했으나 한 푼도 받지 못했다고 주장했다. 60파운드는 오늘날 화폐 가치로 환산하면 대략 1만 2천 파운드, 우리 돈으로 약 1,800만 원 정도다. 적은 금액은 아니지만 결혼 지참금으로 큰 금액도 아니었다. 벨롯은 마운트조이가 사망하면 200파운드의 유산까지 딸 부부에게 주기로 했다고 덧붙였다. 마운트조이는 벨롯의 주장을 모두 부인했다. 그는 '소송에서 유죄 판결을 받더라도 벨롯에게 돈을 주느니 차라리 감옥에 누워 있겠다'라고 큰소리쳤다. 결국 이 문제로 딸을 결혼시킨 지 8년 만에 장인어른과 사위가 법정에서 맞붙은 것이다.

셰익스피어는 심리 첫날 소환된 증인 세 명 중 하나였다. 10여 년 전, 세를 들어 살았던 인연으로 법정에 선 그는 5개의 질문을 받고 간결하게 답했다. 셰익스피어는 원고와 피고를 안 지 '10여 년이 되었으며' 젊은 벨롯을 '매우 선량하고 부지런한 일꾼'이며 '일을 잘하고 정직하게 처신했다'고 진술했다. 다툼의 원인에 대해 셰익스피어는 '벨롯이 지참금을 약속 받았다는 것은 확실하지만 액수는 정확치 않으며' 벨롯 부부가 결혼할 당시에 마운트조이에게서 '어떤 살림살이를 받았는지 기억하지 못한다'라고 답했다.

사실 셰익스피어는 벨롯과 마운트조이의 딸이 결혼을 하는 데 중매쟁이 역할을 했었다. 셰익스피어가 법정에서 한 진술을 보자.

"마운트 조이는 스티븐 벨롯에게 자신의 딸인 메리를 '기꺼이 주어' 결혼하게 했고 이로 인해 만족해하는 것처럼 보였다. 마운트조이 부인은 '앞서 언급한 결혼을 하도록' 벨롯을 설득해 달라고 셰익스피어에게 간청했고 셰익스피어는 그녀의 말을 따랐다."

같은 해 12월, 판결이 났다. 마운트조이에게 지참금을 지불하라는 결론이었다. 하지만 금액은 겨우 금화 20노블. 약 6파운드 정도에 지나지 않는 이 금액은 벨롯이 주장하던 금액의 10분의 1도안 되는 돈이었다. 피고나 원고 누구 하나 속 시원한 이가 없었다. 더군다나 판결 이후에도 마운트조이는 끝끝내 돈을 지불하지 않았다. 사건은 서서히 사람들의 기억 속에 사라졌고 세익스피어는 4년 후 세상을 떠난다.

《퍼스트 폴리오》의 편집자 헤밍과 콘델

현대식 고층 빌딩 사이에, 샌드위치처럼 긴 작은 도로 섬에 오래된 교회 첨탑 하나가 볼품없이 서 있다. 교회의 뒤편으로는 파리 퐁피두 센터의 건축가, 리처드 로저스Richard George Rogers(1933~)가 디자인한 로이드 빌딩Lloyd's Building이 보인다. 거대한 실버메탈 파이프 관들이 건물의 외벽을 가로지르는 건물은 마치 SF영화에 나오는 우주 정거장 같다. 1634년에 만들어진 세인트 앨번스St. Albans wood street 교회와 로이드빌딩은 런던 역사의 400년 간극을 한 눈에 비교해 보는 자리인 셈이다. 1666년 대화재를 피할 수 없었던 앨번스 교회는 해결사 크리스토퍼 렌의 복원으로 다시 생명을 얻었지만 2차 세계대전의 폭탄으로 다시 한 번 수난을 겪었다. 교회의 앞부분을 장식했던 탑만 간신히 살아남아서 빌딩 숲 사이에 고개를 빼죽이 내밀고 있다.

건너편에 초록 잔디가 깔린 작은 녹지가 보인다. 렌이 건축한 교회 중 하나인 세인트 매리 앨더맨베리St. Mary Aldermanbury가 있던 곳으로 지금은 그 주춧돌만 남아 있다. 2차 세계대전의 폭격으로 무너진 교회의 돌들은 다시 수습이 되어 미국 땅으로 건너가 복원이 되었다. 윈스턴 처칠의 힘이었다. 종전 후인 1946년 3월 5일, 전직 영국 총리 윈스턴 처칠이 미국 미주리주 풀턴의 웨스트민스터 대학에서 역사적인 강연을 했다. 그는 이곳에서 "오늘날 발트해의 수데텐란트에서부터 아드리아해의 트리에스테에 이르기까지 대륙을 횡단하여 '철의 장막Iron Curtain'이 내려져 있다"라는 말로 소련의 폐쇄적인 긴장 정책과 동유럽의 경찰국가를 격렬히 비난했다. 대학 당국은 처칠의 연설을 기념하기 위해 세인트 매리 앨더맨베리의 부서진 벽돌과 기둥을 실어 날라 1969년 교회를 복원시켰다. 지하에는 '국립 처칠 박물관'이 있다.

교회가 있던 터에서 셰익스피어의 흉상을 발견한다. 이마를 훤히 드러내고 정면을 바라보는 그의 눈가와 입맵시가 결연해 보인다. 셰익스피어의 흉상 아래로 1623년에 출간된《퍼스트 폴리오》가 펼쳐져 있다. 이 책의 편집자인 존 헤밍과 윌리엄 콘델의 기념비적인 업적을 기리기 위한 조각이다. 헤밍은 42년간, 콘델은

세인트 앨번스 교회와 로이드 빌딩

30년 이상 이 교회의 신도였다. 교회 교구 위원으로 활동하던 그들은 후에 이곳에 묻히게 되었다. 헤밍과 콘델은 출판업자 이전에 배우였다. 콘델은 1594년, 셰익스피어가 궁내장관 극단에 입단을 한 비슷한 시기에 함께 극단 생활을 했다. 헤밍도 로드 스트레인지스맨Lord Stranges Men극단 멤버였다. 그는 최초의 팔스타프 역을 맡은 것으로 전해진다. 1611년 배우를 은퇴한 후 극단의 경영인으로 남았다가 콘델과 함께 셰익스피어의 희곡을 출판한 것이다. 그들의 우정은 꽤나 견고했던 것 같다. 돈이라면 깐깐하게 굴었던 셰익스피어도 유언을 남기면서 헤밍에게 블랙 프라이어스 게이트하우스의 신탁 관리를 맡겼다.

셰익스피어 사후 그의 원고는 출처 모를 해적판이 인쇄되고, 마구잡이로 손상되어 몸살을 앓았다. 헤밍과 헨델은 친구의 작품이 이렇게 훼손되는 것을 보고 있을 수만은 없었다.

독자들이 예전에 여러 형태로 도난당하고 비밀스럽게 유통된 모사본에 속았고, 작품은 모사본을 출간한 부주의한 사기꾼의 기만과 술책 때문에 변형되고 훼손되었지만, 완전한 형태로 복구한다.

《실버 스트리트의 하숙인 셰익스피어》찰스 니콜 지음, 안기순 옮김, 고즈윈

출판은 가볍게 내린 결정이 아니었다. 책의 크기가 커서 제작비도 많이 들어갔다. 시집 한 권에 5페니 정도면 살 수 있었던 당

세인트 매리 앨더맨버리 교회 터 셰익스피어 동상

시에 《퍼스트 폴리오》는 야심차게 1파운드로 가격을 매겼다. 이렇게 값이 비쌌는데도 《퍼스트 폴리오》는 히트를 쳤다. 1632년, 1663년~1664년, 1685년에 각각 2판, 3판, 4판까지 찍어 냈다.

당시 750권이 제작된 이 책은 현재 전 세계 233권만 남은 희귀본이다. 오늘날 《퍼스트 폴리오》 판을 가장 많이 소장한 곳은 미국 워싱턴의 국회의사당에서 두 블록 떨어진 허름한 건물에 자리잡은 폴저 셰익스피어 도서관이다. 이 도서관은 스탠더드 오일의 사장이었던 헨리 클레이 폴저Henry Clay Folger, Jr.(1857~1930)의 이름을 따서 명명되었다. 그는 20세기 초부터 돈에 쪼들리는 귀족이나 재정난에 허덕이는 기관들에게 싼 값을 매겨 《퍼스트 폴리오》 판 수집을 시작했다. 각각의 책들은 대략 세로 45센티미터, 가로 35센티미터, 브리태니커 백과사전만 한 크기였다. '책 한 권에 얼마나 할까? 싶지만 그 가치가 상상을 초월한다. 지난 2016년 5월, 영국 런던의 크리스티 경매에 셰익스피어 서거 400주년을 기념하는 빅 이벤트가 있었다. 바로 200년간 공개되지 않았던 《퍼스트 폴리오》의 등장. 낙찰가는 무려 250만 파운드, 우리 돈으로 하면 약 44억이나 되는 이 책은 익명의 미국 수집가의 손에 들어갔다.

스코틀랜드 뷰트섬의 한 도서관에 잠들어 있던 《퍼스트 폴리오》는 마치 셰익스피어 서거 400주년을 기다렸다는 듯 절묘한 타이밍에 모습을 드러냈다. 지금도 '출판계의 성배'를 찾기 위한 책 사냥꾼들은 먼지 덮인 책장을 들춰 보고 있을 것이다.

만약《퍼스트 폴리오》가 없었다면? 〈로미오와 줄리엣〉을 몰랐다면 수많은 연인들의 영원한 사랑의 맹세는 누구에게 빗댈 것이며, 〈햄릿〉을 몰랐다면 선택의 기로에 섰을 때 '죽느냐 사느냐 그것이 문제로다'라는 대사를 떠올릴 수 있었을까. 헤밍과 콘델이 이 위대한 작업을 단지 귀찮다는 이유로 하지 않았다면 셰익스피어의 역사극 4부작이 완성되지 않았을 것이고, 로마를 소재로 한 희곡은 〈티투스 안드로니쿠스〉 단 한 편뿐이었을 것이며, 4대 비극이 아니라 3대 비극만 남아 있었을 것이다. 이 책에 실린 셰익스피어의 희곡이 전해지지 않았다면 어쩌면 우리는 셰익스피어의 이름을 부를 일조차 없었을지도 모른다. 현재까지 전해지는 셰익스피어 시대의 희곡 약 230편 중 15퍼센트가《퍼스트 폴리오》에 들어 있는 셈이다. 헤밍과 콘델은 셰익스피어의 절친한 친구로서 우정을 나눈 위대한 작가에게 불멸의 명성을 선물했을 뿐 아니라 엘리자베스 시대와 제임스 1세 시대 희곡 중 상당 부분을 후대에 전하는 공로를 세웠다.

광장을 벗어나면 앨더맨버리 거리Aldermanbury St.가 이어진다. 길 건너편으로 반듯한 건축물들이 보인다. 날개를 단 두 마리 용의 지지를 받고 있는 붉은 십자가 방패가 그려져 있는데 시티 오브 런던의 문장이다. 이곳은 길드홀Guildhall. 1411년에 착공하여 1440년에 완공된 후 수백 년 동안 도시의 행정 본부였다. 시티가 런던에 편입된 후에는 시장의 취임식이 이루어지는 장소로 사용되고 있다. 건물의 구성은 길드홀 본관, 수천 권의 장서를 자랑하는 도서관과 라파엘전파 회화를 전시하고 있는 아트갤러리로 나뉜다. 라파엘전파는 19세기 중엽 영국에서 일어난 예술 운동으로, 라파엘로 이전처럼 자연에서 겸허하게 배우는 예술을 표방한다. 길드홀 아트갤러리는 관광객의 분주한 발걸음에 휩쓸리지 않고 한적하게 작품을 즐기기에 좋다. 지상 3층, 지하 2층 규모의 갤러리는 주제별로 그림이 전시되어 있다. 특히 지하 2층에는 로마시대 원형 경기장의 잔해를 아트 그래픽과 함께 보존하는 전시가 상설로 열리고 있으니 놓치지 말고 둘러보자.

코크니와 서울 토박이

길드홀 마당 건너편으로 세인트 로렌스 쥬어리 교회St. Lawrence Jewery church 가 보인다. 1136년에 건축된 이 교회는 1666년 대화재로 소실된 이후에 렌이 수습에 나선 수많은 건축물 중 하나다. 1666년 이전만 해도 런던 시내에는 150개가 넘는 교회가 있었다. 교회의 이름을 붙이는 데는 규칙이 있는데, 보통은 성자들을 기념한다. 세인트 로렌스 쥬어리 교회 또한 로렌스 성자를 위한 봉헌물이었다. 로렌스 성자는 지금의 스페인 북동부의 도시, 우에스카 민족이었다. 그의 순교 이야기는 전설처럼 전해진다. 교회의 보물과 재산을 관리하던 로렌스에게 탐욕스러운 로마의 장군이 보물

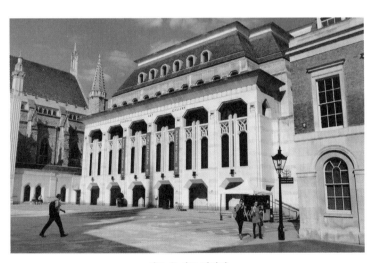

길드 홀 아트 갤러리

들을 빼돌려 바치라는 명령을 내렸다. 로렌스는 이를 거부했다. 화가 머리끝까지 치민 장군은 로렌스를 석쇠 끝에 매달아 천천히 불에 태웠다. 하지만 찬양을 부르던 로렌스는 뜨거운 기색 하나 없이 '오른편 살이 다 익었으니 날 왼쪽으로 뒤집어라'라는 농담까지 건넸다고 한다. 숨을 거두기 전에 그가 남긴 마지막 말은 '이제 요리가 다 끝났구나'였다. 교회의 첨탑 끝에 매달려 있는 풍향계가 빠르게 돌아간다. 교회를 한 번 둘러보고 나서면 뒤뜰에서 이어지는 작은 길이 하나 보인다. 안내판에는 이곳에서 제임스 1세 시대의 극작가 토머스 미들턴Thomas Middledton이 세례를 받았고 《유토피아》의 토머스 모어가 설교를 했다고 적혀 있다.

교회 앞은 밀크 거리Milk St. 교차로로 이어진다. 포울트리 방향으로 걸어 내려가다 보면 6미터가 넘는 높이의 세인트 매리 르 보우St. Mary-Le-Bow 교회의 아름다운 첨탑이 시선을 붙든다. 첨탑의 꼭대기는 황금볼 위에 올라선 불을 뿜고 있는 용이 장식되어 있다. 대화재의 해결사, 크리스토퍼 렌의 건축물 중 가장 아름다울 뿐 아니라 세인트 폴 대성당 다음으로 중요하게 손꼽히는 이 교회는 건축사적 의미보다도 다른 용도로 꽤나 유명하다. 교회에 걸려 있는 유명한 '보우 벨' 종소리로 '런던 토박이'를 구분하는 것. 펍에 앉아 맥주를 앞에 두고 런더너들이 주고받는 농담이 있다. '진정한 코크니라면 보우 벨의 종소리가 들리는 곳에서 태어났어야지!' 코크니는 런던 토박이들이 사용하는 사투리다. 우리가 흔히 영국 영어와 미국 영어가 다르다고 할 때 영국인들의 고유한 악센트와 발음을 얘기하는데, 바로 이것이 코크니다. 영국에는 코크니뿐 아니라 다양한 사투리와 언어가 있다. 이미 얘기했듯이 영국이 단일 국가가 아니라 4개 지역의 연합 국가이기 때문이다.

잉글랜드, 스코틀랜드, 웨일스, 북아일랜드, 각 지역의 언어가 너무 달라서 심지어 영국인들도 서로 알아듣기 힘든 정도다. 못 알아먹는 정도로 생각하면 제주도 방언쯤으로 생각하면 될까. 그중에 런던 토박이들과 그들이 사용하는 말이 코크니다. '보우 벨의 종소리와 함께 태어난Born within the Sound of Bow Bells'이라는 영어 표현으로 코크니를 설명할 정도다. 이 종소리가 들리는 사우스 이스트South East 지역의 주민들까지가 '리얼 런더너'라고 부를 수 있다니 우리나라로 치면 '서울 토박이라면 사대문 안에서 태어났어야지!' 정도로 바꿀 수 있겠다. 영국의 '코크니'처럼 우리도 '서울 토박이 말'이 있다. 하지만 점점 그 쓰임이 사라지고 있다. 8·15 광복 전후로 다른 지역 사람들이 대거 서울로 몰려들어 서울말이 크게 변했을 뿐 아니라 알뜰히 서울말을 보존하고 있는 서울 토박이도 찾아보기 힘들게 되었기 때문이다. 장 자크 루소는 《언어의 기원에 관한 시론》에서 이렇게 썼다. '참다운 말은 글말(활자)이라기보다 입말(목소리)이었다.' 국립국어원에서는 사라져 가는 서울 토박이말을 기록하기 위한 연구 작업까지 진행 중이라지만, 말의 생명력이란 입에서 입을 통해 전해지는 법인 것 같다.

길을 건너 브레드 거리Bread St.로 들어선다. 거리 모퉁이에 그 유명한 인어 주점, 머메이드 타번Mermaid Tavern이 있었다. 1장에서 얘기한대로 경쟁자였던 벤 존슨과 셰익스피어의 논쟁 장소로 유명한 곳이었다. 칩사이드 거리에서 뱅크 지하철역Bank tube station 방향으로 길을 잡는다. 런던의 골목을 걸으며 거리 이름을 유심히 보면 그 지역의 특징을 유추할 수 있다. 거리의 이름 칩사이드 cheapside. 왠지 익숙하게 들리지 않는지. 1장에서 이스트칩 거리를 걸을 때 장소의 유래를 설명했다. '값이 싼'이라는 의미의 'Cheap'을 떠올려, 이곳이 시장이었음을 짐작할 수 있다. 지금도 칩사이드 거리는 도·소매 시장과 식료품 거래로 활기를 띤다. 런던에서 유일한 대형 쇼핑센터 원 뉴 체인지One New Change도 이곳에 있다.

흔들리는 카나리 워프와 브렉시트

그리고 어느새 런던의 중심, 뱅크역. 세계 금융의 중심지답게 그 이름도 은행을 뜻하는 '뱅크'다. 지하철로 난 계단을 부지런히 오르내리는 사람들 사이에서 마천루에 갇힌 하늘을 올려다본다.《포춘》선정 미국 500대 대기업 중 대부분의 회사와 유럽의 모든 대형 은행이 있는 곳. 하지만 세계를 움직이는 돈줄이 모여드는데 '더 시티'는 이미 포화 상태다. 자연스레 금융사들은 뱅크를 중심으로 주변 지역으로 확장을 해 나갔다.

뱅크 서쪽 메이페어Mayfair 지역에는 헤지펀드 업계가 몰려 있고 템스강을 따라 동쪽으로 5킬로미터 정도 떨어져 있는 카나리 워프Canary Wharf는 런던 제2의 금융 중심지다. 비좁은 시티를 떠난 금융사들의 새로운 보금자리 카나리 워프는 템스강이 젖꼭지처럼 휘돌아가는 늪지대였던 도크랜즈Docklands에 자리를 잡았다. 시티에서 15분 만에 주파하는 경전철을 타고 카나리 워프에 도착하면 마치 세기말 미래의 어느 도시에 내린 듯하다. 리먼 브라더스, 씨티 그룹 유럽 본부, 모건 스탠리, HSBC 등 국제적인 금융 회사와 다국적 법률 회사 및 언론사들이 모여 있는 이곳은 국제적인 금융 회사들의 위풍당당한 빌딩들과 카나리 워프 타워Canary Wharf Tower라고 불리는 초고층 건축물들이 숲을 이룬다. 원 캐나다 스퀘어(50층, 235.1미터), 8 캐나다 스퀘어(45층, 200미터), 25 캐나다 스퀘어(25층 200미터) 는 런던에서 가장 높은 빌딩 탑 3로 손꼽는다.

2016년, 카나리 워프의 빌딩들이 휘청거리는 사건이 일어난다. 영국의 유럽연합 탈퇴, 브렉시트Brexit. 2016년 6월 23일, 영국민들의 51.9퍼센트가 영국의 유럽연합EU탈퇴에 찬성을 하는 투표 결과가 나왔다. 영국의 EU 탈퇴는 1973년 EU의 전신인 유럽경제공동체EEC에 가입한 지 43년 만의 결정으로 유럽 뿐 아니라 전 세계적인 충격을 가져왔다. 영국은 늘어나는 난민들과 이민자들로 인해 영국인들의 일자리 감소, EU의 불합리한 규제로부터 해방, 독일에 대한 견제 등으로 유럽연합을 탈퇴한다고 그 이유를 밝혔

카나리 워프

다. 하지만 독일을 비롯한 유럽 국가들의 비난과 반대는 끊이지 않았다.

유럽 국가 중 가장 부유하면서도 민주적인 국가 중 하나인 영국의 탈퇴는 유럽연합의 리더를 잃는 격이었다. 그로부터 1년 뒤. 브렉시트 결정은 영국의 자국 경제 보호를 통한 활황 대신 세계 1위의 금융 중심지라는 명예를 잃게 되는 결과를 낳았다. 시티 오브 런던에 유럽 본부를 두었던 많은 글로벌 회사들이 제2의 시티를 찾아 하나둘 떠나가기 시작했다. 물망으로 오른 곳은 독일 프랑크푸르트와 아일랜드 더블린. 2차 세계대전의 폭격으로 시티를 초토화하려던 독일은 이후 브렉시트라는 뜻밖의 기회로 세계 금융을 리드하는 역할을 꿰찰 준비를 하고 있다.

칩사이드에서 뱅크역 방향 정면으로 보이는 것이 영국 은행 Bnak of England이고, 뱅크역 오른편에 있는 아름다운 건축물이 맨션 하우스Mansion House다. 영국 은행은 4장에서 이미 방문한 존 손 박물관의 주인이자 건축가인 존 손 경의 건축 공모 당선작이다. 손의 작품 중 유일하게 창문이 없는 건물로 현재의 모습은 1939년에 재건축된 것이다. 맨션하우스는 런던 시장의 관사다. 고대 그리스와 로마 신전을 연상케 하는 고전 건축 양식 중 하나인 팔라디안 스타일의 건축물로 1752년에 완공되었다. 1837년에 그려진 삽화와 현재의 모습을 마치 숨은 그림 찾기를 하듯 펼쳐 놓고 비교해 보면 한 가지 달라진 점을 발견할 수 있다. 바로 건물 맨 꼭

대기 상층의 다락방이 2개였는데, 1개가 사라진 것. 당시 2개의 다락방은 '시장의 둥지' '노아의 방주'라는 애칭으로 불렸다.

맨션 하우스에서 이어지는 거리가 월브룩Walbrook이다. 맨션 하우스 바로 옆에 세인트 스테판 월브룩 교회St. Stephen Wallbrook church가 있다. 삐죽이 솟은 첨탑과 나지막한 돔을 얹은 교회의 건물은 거리에 꼭 맞게 끼워 넣은 듯 빈틈없다. 어쩐지 어색하고 불편해 보이기까지 하다. 사실 교회의 위치는 원래 이 자리가 아니었다. 1439년, 월 브룩 서쪽에 있던 교회를 현재의 자리에 옮겨 놓은 것이다. 교회의 돔도 1666년 대화재로 사라진 교회를 재건하던 렌의 계획으로 새롭게 만들어졌다. 건축가로서 렌의 천재적인 재능은 여기에서 발휘되었다. 초라해 보이는 교회의 외관을 그냥 지나쳐 버렸다가는 교회 내부에서 올려다보는 아름다운 돔이 이루는 장관을 놓치게 된다. 훗날 렌은 세인트 스테판 월브룩 교회의 돔을 만든 경험을 되살려 세인트 폴 대성당의 상징이자 런던의 상징, 푸른 돔을 완벽하게 재현해 놓는다.

저 멀리 세인트 폴 대성당의 돔이 보인다. 성당 앞 캐논 거리 Cannon St.에서 성당으로 방향을 잡는 대신 성당 맞은편 피터스 힐 Peter's Hill로 걷는다. '런던의 전망을 보려면 세인트 폴 대성당의 돔으로 올라가야 하고, 성당을 보려면 피터스 힐에 올라가야 한다'는 말이 있다. 이곳은 로마 시대부터 런던의 중심부에서 템스강 강변으로 내려오는 중요한 통로였다. 하지만 템스강 변의 창고

세인트 스테판 월브룩 교회

와 부두들이 자리를 잡으면서 상인이나 짐꾼들이 거리를 장악했다. 사람들의 인적이 끊긴 이 지역은 점차 쇠락의 길을 걷기 시작했다. 피터스 힐이 다시 활기를 띠기 시작한 것은 템스강을 가로지르는 밀레니엄 브릿지의 완공과 함께였다. 세인트 폴 대성당 전면의 서쪽 부분과 테이트 모던을 감상하는 최고의 조망 지점으로 21세기 런던이 발견한 최고의 거리가 된 것이다.

젠틀맨 셰익스피어 가문의 문장

작은 안뜰을 삼면으로 둘러싸고 있는 붉은 벽돌 건물이 눈에 들어온다. 암스 컬리지College of Arms다. 여왕과 귀족이 있는 나라, 영국의 클래시컬한 매력을 더하는 것 중 하나가 바로 고풍스러운 문장紋章들. 1484년 리처드 3세가 설립한 암스 컬리지는 유럽에 현존하는 몇 안 되는 문장 담당 기관이다. 문장을 규제하고 새로운 문장을 부여하는 일은 물론 귀족 가문의 족보를 등록하거나 문장을 변경하는 일도 맡고 있다. 문장 업무 외에도 새로운 왕위 계승을 알리는 왕립 성명서를 공표하는 일과 대관식 같은 공식적인 국가 행사의 진행에 협력하기도 한다. 12세기 초 유럽에서 본격적으로 나타나기 시작한 문장은 처음에는 왕과 영주, 귀족과 기사 등 상류층에서만 사용되다가 성직자와 상공업자들도 왕의 허락을 얻어 문장을 만들었다. 도시의 문장이 생긴 건 14~15세기 무렵이었다.

피터스 힐

14세기에 만들어진 런던 문장 외에 현재 사용되는 도시들의 문장은 대부분 최근 100여 년 전에 정해진 것들이다.

바로 이 암스 컬리지 문을 열고 셰익스피어 부자가 등장한다. 한 번은 존 셰익스피어, 그리고 또 한 번은 윌리엄 셰익스피어. 왕실이나 귀족 가문의 문장을 만드는 암스 컬리지에 부자는 무슨 볼일이 있었던 것일까?

존 셰익스피어는 그의 재산과 명성이 절정에 달하던 1575년 혹은 1576년에 문장원의 문을 노크하고 신규 가문의 문장 발행을 신청했다. 그의 인생이 내리막길을 시작하기 바로 직전이었다. 공식적으로 존 셰익스피어의 신분은 자작농이었다. 그가 농작지를 떠나 장갑 제작과 양모 거래로 자수성가를 하고 시장이 된 이후에도 이 칭호는 그대로 쓰였다. 신분의 구분이 엄격했던 엘리자베스 시대에 상류층과 평민 사이에 놓여 있는 다리는 절대 넘어가서는 안 되는 것이었다. 하지만 세상만사에 작은 구멍은 있는 법이니, 이 다리를 넘어갈 수 있는 요령이 몇 가지 있기는 했다. 바로 문장을 사는 것.

물론 돈이 아주 많이 드는 쉽지 않은 과정이었다. 하지만 존은 그 자신뿐 아니라 자녀들과 손자들, 그리고 가문의 후대들을 빛내는 사회적 명예를 얻는 일이라면 돈이야 중요치 않다고 생각했다. 장갑과 양털을 팔아 번 돈이었지만 가족의 영광스러운 미래를 위해 충분히 투자할 만한 가치가 있었다.

문장원은 과거를 재창조해서 현재의 사회적 신분을 감춰 주는 요상한 기관이었다. 신분 세탁의 과정은 이렇다. 먼저 상당한 금액의 돈을 수수료로 요구한다. 그리고 그 대가로 오래전의 등록부를 뒤져 발행인과 관련된 상류층의 호적을 찾아낸다. 물론 이는 사실상 존재하지 않는 가문의 뿌리를 날조하는 것이었다. 일말의 양심이나마 있었던지 돈을 낸다고 아무나 문장을 살 수 있는 것은 아니었다. 존의 경우 그 기본적인 자격 조건이 되었던 것은 스트랫퍼드에서 맡은 시장직과 공직 생활이었다. 그래서 자신이 직접 스케치한 문장의 발행 요청서를 들고 당당하게 문장원으로 향했다.

　　하지만 존의 재정 상황이 갑자기 급속도로 악화되기 시작했다. 자신은 물론 그 누구도 예상치 못한 일이었다. 결국 수수료를 지불하지 못한 존의 신청서는 결과가 보류된 서류들 틈에 끼워져 잊혀 갔다. 하지만 윌리엄 셰익스피어만은 아버지의 꿈을 잊지 않았다. 그로부터 수십 년이 지난 1596년 10월 어느 날, 존의 스케치가 담겼던 발행 요청서가 새로 갱신되었다. '금장, 검정색 사선 위에 은으로 된 촉을 끼운 강철 창이 놓여 있음, 문장의 상징은 매로, 은빛 날개를 펼치고 있음. 가문과 같은 색의 화환 위에 서서 금색 창을 들고 있음. 상술한 문장 위에는 장식과 술이 함께 있는 투구가 있음'

　　존의 문장 요청은 재검토 대상이 되었고 결국 최종 승인되었다. 이 요청서를 접수하고 승인을 한 담당자는 런던 문장원의 수장 윌리엄 데딕 경Sir William Dethick(1542~1612). 탐욕스럽고 오만하며 불같은 성미로 악명 높은 자였다. 윌리엄 셰익스피어는 그의 비위를 맞추며 요구하는 수수료까지 완납했다. 드디어 젠틀맨이 되는 순간이었다. 윌리엄은 죽는 순간까지도 자신의 자랑스러운 신분을 잊지 않고 마지막 유언장에 이렇게 서명했다.

윌리엄 셰익스피어, 워릭 카운티의 스트랫퍼드 어폰 에이번에 거주하는 신사.

런던 무대에서 이제 막 이름을 알리기 시작했던 셰익스피어는 이제 배우 셰익스피어가 아니라 젠틀맨 셰익스피어가 되었다. 하지만 모든 사람들이 이를 축하한 것 같지는 않다. 1599년, 궁내 장관 극단은 새롭게 지어진 글로브 극장에서 〈심기가 불편한 사람들Every Men Out of His Humour〉이라는 풍자극을 공연했다. 이번에도 작가 벤 존슨이 걸고 넘어졌다. 그는 극 중에 소글리아도라는 이름의 촌뜨기 인물이 30파운드의 거금을 내고 우스꽝스러운 문장을 사는 부분을 집어넣었다. 소글리아도의 지인은 그를 조롱하면서 '겨자가 없으면 안 된다'라는 굴욕적인 가훈을 문장에 붙여 준다. 이는 셰익스피어가 가문의 문장으로 신청한 방패 아래에 적어 놓은 격언을 실컷 조롱한 것이었다. "권리가 없으면 안 된다Non sanz droit"

1602년 문장을 승인한 윌리엄 데딕 경도 정식 항의서를 받게
되었다. 족보학자 랠프 브룩Ralph Brooke(1553~1625)이 보낸 불만 가
득한 편지였다. 데딕 경이 하층민 출신의 사람들에게 그들과 맞지
않는 신분 상승 기회를 주면서 권한을 남용하고 있다는 고발이었
다. 그리고 이러한 사례를 보여 주기 위해 스물 세 명의 명단을 제
출했는데 네 번째로 이름을 올린 인물이 '배우 셰익스피어'였다.

사람들이 비웃고 항의를 하거나 말거나, 가문의 문장을 발행하
고 난 지 3년 후인 1602년, 셰익스피어는 또 다른 문장 요청 서류
를 접수하러 암스 컬리지로 향했다. 이번에는 기존 문장을 수정하
기 위해서였다. 어머니 메리 아덴Mary Arden(1537~1608)의 가문인
아덴의 문장을 추가해서 재발행한 것이 현재 우리가 셰익스피어
의 '구문장the Ancient coat of Arms'이라고 부르는 것이다. 하지만 그
가 죽고 나서는 아덴 가문의 문장을 뺀 셰익스피어 가문의 문장만
이 그의 비석을 장식하게 되었다.

신이여 런던에게 축복을, 세인트 폴 대성당

세인트 폴 대성당의 기원은 1087년까지 거슬러 올라간다. 천여 년
이 넘는 시간 동안 런던 시민들은 이곳에서 신의 가호를 빌었다.
물론 현재의 모습과는 완전히 달랐다. 둥근 돔 대신 150미터 높이

의 첨탑이 하늘을 찌를 듯 솟아 있었다. 셰익스피어도 이 첨탑을 보지 못했는데, 그가 태어나기 3년 전인 1561년 번개가 첨탑을 내리쳤기 때문이다. 무너져 내린 첨탑은 다시 복구되지 않았다. 하지만 셰익스피어가 템스강을 건너며 바라보던 성당 또한 1666년 대화재 때 역사 속으로 사라져 버렸으니, 우리는 그저 건축가 렌의 손길로 복구된 현재의 모습으로 짐작이나 할 수밖에.

셰익스피어 시대 당시 대성당의 주변은 늘 소란스러웠다. 사람들이 모여드는 곳이었으니 자연스레 물건이 오고갔고, 책을 판매하는 매대도 생겨났다. 인쇄소도 하나둘 생겨나면서 도서 산업의 중심부가 되었다. 지적인 엘리자베스 여왕 치세의 런던 서적 시장은 활기를 띠었다. 엘리자베스 여왕의 책 사랑은 유별났다. 독서를 통해 역사와 철학을 섭렵하고 음악에도 뛰어났으며 4개 국어에도 능통했으니 이만한 수재가 없었다. 외국 책을 번역하는 게 취미일 정도였다. 책 수집에도 열성이어서 여왕보다 더 많은 책을 소장한 사람이 없을 정도였다.

책에 대한 사랑이라면 셰익스피어도 여왕 못지않았다. 셰익스피어는 52세에 세상을 떠날 때 까지 36편의 작품을 남겼다. 런던으로 상경하여 작품을 쓰기 시작한 것이 20대 후반쯤이었고, 그의 마지막 작품으로 생각되는 〈템페스트〉가 1611년에 발표되었으니 20년도 채 안 되는 시간 동안 거둔 놀라운 성과다. 이는 작가로 활동하는 동안 1년에 2편 이상의 작품을 한 해도 쉬지 않고 발표해야 되는 일이었다. 더욱 놀라운 것은 시대와 지역을 넘나드는 다양한 주제와 400년의 시간을 뛰어넘어 현대인들도 공감할 수 있는 입체적인 인물들을 창조해 낸 작가의 상상력이다. 셰익스피어에 대한 끊이지 않는 논란 중 하나가 바로 여기에서 시작된다. 이 작품들이 한 사람의 머리에서 나올 리가 없다는 것. 하지만 셰익스피어의 마르지 않는 영감의 샘물은 바로 책 속에 있었다는 단순한 진리를 생각해 볼 수도 있다. 실제로 그는 많은 책을 읽었고 자신의 작품에 녹여 넣었다. 그의 책꽂이를 장식하는 애장도서 중 가장 많이 손길이 닿았던 책은 로마 시인 오비드Ovid의 작품, 〈변신〉이었다. 셰익스피어의 첫 번째 시 〈비너스와 아도니스〉, 희곡 〈한여름 밤의 꿈〉, 그리고 그의 마지막 작품인 〈템페스트〉까지 〈변신〉의 흔적은 곳곳에 남아 있다. 셰익스피어 시대 당시 세인트 폴 대성당의 풍경을 짐작하기 위해 작가 존 이블린John Evelyn(1620~1706)이 남긴 일기장을 들춰 본다.

> 나는 넓은 성당 안으로 들어갔는데 연기 때문에 목사의 모습은 잘 보이지도 않고 사람들이 떠들어대는 바람에 설교는 아예 들리지도 않았다.
>
> 《빌 브라이슨의 셰익스피어 순례》 빌 브라이슨 지음, 황의방 옮김, 까치

심지어 성당의 긴 통로는 예배를 위한 의자가 놓이는 곳이 아니라 남과 북을 이어 주는 지름길로 애용되었다. 사람들은 이 길

에 폴스 워크Paul's Walk라는 별명도 붙여 주었다. 기도를 하기 위해 성당에 오는 게 아니라 그저 가던 길을 빨리 가기 위해 성당을 지나친다고? 하지만 상상도 못할 일이 더 있다. 폴스 워크라고 불리는 성당 통로 양쪽으로 시장이 펼쳐지는 것. 신선한 에일 맥주에 쟁반 가득 담긴 파이와 갓 구운 패스트리들, 바구니 가득 담긴 싱싱한 과일 가게 앞으로 말과 노새가 이끄는 수레가 먼지를 일으키며 달려갔다. 통로 반대편에는 일거리를 찾으러 온 하인들, 변호사들, 심지어 대출업자들까지 끼리끼리 모여들었다. 일요일 여름 밤이 되면 또 하나의 볼거리가 펼쳐졌다. 납으로 만든 성당의 지붕이 산책로로 변신했다. 악취 나는 골목에 갇혀 있던 사람들은 높은 지붕으로 올라가 신선한 바람으로 기분 전환을 했다. 1페니의 입장료도 있었다. 극작가 토머스 데커Thomas Dekker (1572~1632)는 이런 풍경을 보고 조롱 섞인 충고를 남겼다.

성당의 옥상에서 내려오기 전에 준비해 간 칼로 어딘가에 이름을 새겨 두는 게 좋을 걸. 바람이 갑짜 안아 당신을 바닥에 떨어뜨리면 납으로 만든 옥상이 당신의 관이 될테니.

예배가 진행되는 중에도 슬그머니 상인이 신도 옆으로 다가와서 물건을 내밀며 호객 행위를 했다. 술주정뱅이들과 거지들이 성당 한구석에 누워 잠을 청하고, 사람들의 눈을 피해 용변을 보는 이까지 있었으니 성당의 경건함을 바라지 않더라도 이건 좀 심했다. 그래도 세인트 폴 대성당은 런던의 상징이었다. 여왕도 이곳에서 무릎을 꿇었다. 여왕은 1588년 스페인 무적함대를 격파하고 승리를 자축하는 예배도 잊지 않고 올렸다. 그야말로 '하나님의 사랑 안에 모두가 하나 되는 곳'이었다.

세인트 폴 대성당으로 들어간다. 제단까지 이어진 긴 통로와 돔으로 연결되는 높은 천장의 압도적인 크기에 절로 숙연한 마음이 든다. 렌은 신에게 가닿고 싶은 인간의 마음을 둥근 돔에 담아 높이 올린 것은 아닐까. 제단 바로 뒤 벽면과 돔을 에워싸는 모양의 세 벽면은 커다란 스테인드글라스 창으로 장식되어 있다. 창에 닿은 햇살이 굴절되어 성당 안에 커다란 무지개를 만든다. 여행객인 듯 배낭을 옆에 내려두고 무릎을 꿇고 앉아 긴긴 기도를 올리고 있는 청년의 머리에 무지개가 쏟아져 내려앉는다. 신이여, 우리에게 축복을.

셰익스피어를 쫓아 런던의 골목을 구석구석 다니는 동안 대성당의 돔은 이정표가 되어 주었다. 영국 생활을 하는 동안 제일 익숙해진 풍경은 템스강을 품에 안고 배경처럼 서 있는 대성당, 그리고 둥근 돔과 맞닿아 있는 하늘이었다. 성당의 앞을 몇 번이나 오가면서도, 저 문을 열고 들어가는 것은 영국을 떠나는 그 날까지 나만의 작은 이벤트로 미뤄 두리라 생각했다. 이제 드디어 때가 되었다.

대화재 후 런더너들의 염원은 하루 빨리 성당을 재건하는 것이었다. 성당이 없는 런던이라니, 상상할 수도 없었다. 건축가 렌은 이래저래 반대에 부딪쳐 실현하지 못한 런던 재건의 꿈을 마지막으로 세인트 폴 대성당에 실었다. 하지만 역시나 실패. 당시로서도 획기적인 렌의 원형 돔 건축 설계안을 보고 보수적인 교회 관계자들이 아연실색했다. 3차까지 걸친 수정과 설계 변경이 거듭되었다. 대화재가 휩쓸고 간 지 9년이 지난 후에야 드디어 착공의 첫 삽을 떴다. 무려 35년의 건축 끝에 1710년 웅장한 세인트 폴 대성당이 모습을 드러냈다. 이 아름다운 성당에서 런던 시민들은 자신들의 앞날에 축복을 빌며 경배를 올렸다. 비록 반쪽이지만 렌의 꿈이 이루어지는 순간이었다. 세인트 폴 대성당의 돔은 로마 성 베드로 성당에 이어 세계에서 두 번째로 큰 돔일 뿐 아니라 훗날 워싱턴 국회 의사당이나 파리의 판테온 건축에도 영향을 미쳤다.

세인트 폴 대성당은 영국인들에게 수세기에 걸친 상징적 장소로 그 의미가 남다르다. 1965년 윈스턴 처칠의 장례식, 1981년 찰스 왕세자와 다이애나 왕세자비의 결혼식이 중계되면서 세계인들에게도 유명해졌다. 짧은 금발 머리에 발그레한 뺨의 다이애나가 드레스 자락을 날리며 사라진 성당 내부는 '세기의 결혼식'이 올려질 만큼 호화롭고 아름답다. 하지만 공주님과 왕자님의 결혼식은 이후 '오래오래 행복하지 않았다.' 다이애나의 불행한 결혼 생활은 결국 끔찍한 사고로 이어져 '공주님의 죽음'으로 막을 내렸다.

성당 내부에 들어가려면 18파운드, 한화로 약 3만 원가량의 입장료를 내야 한다. 내셔널 뮤지엄National Museum을 비롯하여 런던 시내의 대부분의 갤러리와 박물관, 미술관을 공짜로 드나들다가 돈을 내려니 잠깐 망설여진다. 성당 내부를 둘러보고 돔까지 올라가보기로 한다. 259개의 계단을 올라 첫 번째로 만나는 곳은 위스퍼링 갤러리Whispering Gallery다. '속삭임의 회랑'이라 불리는 이곳에서 잠시 숨을 고르며 앉아 있자니 어디선가 합창 소리가 들려온다. 은은하게 울려 퍼지는 에코가 저 높은 돔으로 날아올라 부딪혔다가 나에게 날아오르는 듯하다. 성당 내부의 모든 속삭임도 들을 수 있는 이곳. 신이여, 우리의 연약한 목소리와 낮은 신음도 놓치지 말고 들어 주소서. 다시 일어나 계단을 오르면 스톤 갤러리 Stone Gallery를 지나 성당의 최상층인 85미터 높이의 골든 갤러리 Golden Gallery에 다다른다. 나지막히 내려앉은 잿빛 구름 아래로 런던 시내의 모습이 한눈에 들어온다. 런던 아이의 대관람차가 천천히 돌아가고 템스강의 물줄기도 멈춘 듯 유유하다. 셰익스피어의 발자취를 따라 부지런히 오가던 작은 골목길을 눈으로 쫓는다. '아, 저 골목 어디쯤에 셰익스피어가, 그리고 내가 있었구나'

가을에 접어들면서 부쩍 짧아진 해가 어느새 도시에 조용히 석양을 내려놓고 사라지려 한다. 배우를 꿈꾸며 상경했던 셰익스피어가 작가로 성공하여 수많은 작품을 남긴 런던. 도시의 역사는 그의 흔적을 품고 또 다른 시간을 기다리고 있다. 강 건너 셰익스피

밀레니엄 브리지에서 바라 본 세인트 폴 대성당

어 글로브 극장의 불빛이 보인다. 오늘 밤 공연은 〈리어왕〉. 불멸의
작가 셰익스피어가 리어의 입을 빌려 이렇게 대신 묻는 듯하다.

내가 누구인지를 말해 줄 수 있는 사람?

《셰익스피어 전집 5 : 비극 Ⅱ》 윌리엄 셰익스피어 지음, 최종철 옮김, 민음사

스트랫퍼드 홀리 트리니티 교회 마당에서 만난 부부는 수문장처럼 교회를 지키고 서 있는 키 높은 나무들 사이로 사라졌다. 그들에게 시선을 거두니 흐드러지듯 드리워진 나뭇가지 사이로 아름다운 교회의 첨탑이 눈에 들어온다. 문 밖으로 사라지는 부부의 뒷모습을 바라보다가 교회 안으로 발걸음을 옮긴다. 미스터리한 인물, 세기의 작가, 셰익스피어가 펜을 내려놓고 긴 잠을 자고 있는 이곳. 그의 관을 중심으로 왼편에는 아내 앤이, 그리고 오른쪽에는 장녀 수잔나 부부가 잠들어 있다.

아내와 가족들을 고향에 버려두고 런던으로 훌쩍 떠났던 셰익스피어는 런던 연극계를 뒤흔드는 '셰이크신shakescene' 작가로 성공하여 금의환향했다. 그리고 책임감 있고 다정한 가장인 듯 가족들과 함께 고향 땅에 묻혔다. 셰익스피어가 태어난 스트랫퍼드 어폰 에이번은 인기 있는 관광지가 되었다. 한때 셰익스피어의 생가가 팔려질 운명에 처하는 일이 있었다. 1840년대에 P.T 바넘P. T. Barnum(1810~1891)이 집에 바퀴를 달아 미국 전역을 끌고 다니며 사람들에게 구경시키려는 괴상망측한 계획을 구상했지만 영국인들이 가만히 보고 있지는 않았다. 재빨리 모금을 시작하여 집을 구입한 후 지금의 박물관으로 보존하면서 영국인들의 자존심을 지켜 냈다. 생가에는 전 세계에서 출판된 셰익스피어의 희곡집이 전시되어 있는데 한국어 책도 보인다.

윌리엄 셰익스피어의 첫 전기가 출판된 건, 그의 사후 100년 뒤. 한 세기가 흐르면서 그를 기억하던 많은 이가 죽었고, 종이는 사라졌으며, 기억도 잊혀 갔다. 셰익스피어의 생애를 처음으로 기록한 사람은 1709년, 영국의 계관 시인이며 극작가였던 극작가 니컬러스 로Nicholas Rowe(1674~1718)였다. 하지만 지금 우리가 알고 있는 셰익스피어를 만들어 낸 이는 배우 데이비드 개릭David Garrick(1717~1779)이다. 1740년대부터 그가 출연하고 무대에 올린 셰익스피어 작품들을 통해 '영국이 낳은 세계적인 극작가'가 탄생한 것이다.

런던에서 보내는 동안 나의 하루는 셰익스피어의 자취를 찾아 길을 거닐고, 책을 읽고, 연극을 보는 시간들이었다. 런던에서 한국으로 돌아온 후에도 내 인생은 온통 셰익스피어였다. 영문학도도 아니고, 셰익스피어 희곡을 줄줄 암기할 정도로 그의 열혈 팬도 아니고, 수많은 런던 여행 안내서에 나의 보잘것없는 한 권의 책을 더 보태고 싶은 마음은 더욱 없었지만 마치 셰익스피어와 함께 걷는 듯 했던 런던의 그 길들로 당신의 손을 잡아 이끌고 싶었다.

삶은 언제나 그렇듯, 런던에서 한국으로 돌아온 나에게도 작은 변화들이 있었다. 그리고 런던에서 틈틈이 써 둔 글을 이어 나가 책을 쓰게 되었다. 퇴근 후 늦은 밤, 와인 한 잔을 옆에 두고 런던에서 걷던 골목길을 수없이 불러내어 책 속에 담았다. 가장 행복한 시간들이었다. 책을 사랑하는 삶으로 이끌어 주신 부모님, 이

어본 강의 백조

책이 나오도록 가장 많은 응원을 보내 준 남편에게 감사의 마음을 전하고 싶다. 월간 《객석》에 연재된 글을 보고 책을 만들어 보자며 연락을 주신 박소현 편집자님 덕분에 작가의 꿈을 이루게 되었다. 긴 시간 좋은 책을 만들기 위해 함께 애써 주신 바다출판사 여러분들에게도 감사드린다. 돌이켜 보면 삶은 늘 이렇게 내 곁에서 손 내밀어 준 많은 분들 덕분에 이어지는 것 같다. 굽이굽이마다 내 손을 잡고 함께 걸어 주었던 모든 분들에게 이 책을 선물하고 싶다.

홀리 트리니티 교회를 나서 작은 마을을 감싸고 흐르는 에이번 강가로 나섰다. 흰 백조 한 쌍이 어깨를 기대고 꿈을 꾸듯, 강물에 몸을 맡기고 흘러간다. 셰익스피어 박물관 입구의 벽에 걸려 있던 〈템페스트〉의 한 구절이 발길을 돌리려는 여행자를 붙든다.

이제, 당신의 이야기를 듣고 싶군요.

I long to hear the story of your life.

〈템페스트〉 5막 1장

셰익스피어처럼 걸었다

초판 1쇄 발행 | 2018년 8월 28일

지은이   최여정
책임편집   박소현
디자인   이미지

펴낸곳   바다출판사
발행인   김인호
주소   서울시 마포구 어울마당로5길 17 5층(서교동)
전화   322-3885(편집), 322-3575(마케팅)
팩스   322-3858
E-mail   badabooks@daum.net
홈페이지   www.badabooks.co.kr
출판등록일   1996년 5월 8일
등록번호   제10-1288호

ISBN   978-89-5561-139-7 03800